龙舌兰油

迷失墨西哥

〔英〕休·汤姆森 著

范文豪 译

商务印书馆
The Commercial Press

Hugh Thomson

TEQUILA OIL:

Getting Lost in Mexico

First published in Great Britain in 2009 by Weidenfeld & Nicolson

Copyright © Hugh Thomson 2009

Published by arrangement with Orion Publishing Group via

The Grayhawk Agency Ltd.

对《龙舌兰油：迷失墨西哥》的赞誉

文辞优美，处处可见妙语金句，令人激赏，用坦然无惧的方式讲述了一个个人故事。思想深邃，感情充沛，趣味横生，本质上充满着浓烈的浪漫主义情怀。

——马丁·弗莱彻，《独立报》

一部由重量级探险者写就的信息丰富的壮丽游记……尤其推荐给对传统游记那种无休无止的"风言趣语"已经感到厌倦的读者们。

——《水石书店季刊》

一段炸裂的怪奇之旅。作者穿行于墨西哥的小镇之间，那些地方遍布着金字塔、独木舟，还有蚊虫和腐败的政府官员。

——BBC《最高档》杂志

汤姆森路遇无数惊险，他凭借自己的风趣和智慧，用轻松悠闲的笔调带我们踏上了一段中美洲公路之旅。

——凯斯琳·怀亚特，《泰晤士报》

欢快，热烈，真诚……某种意义上，这是他现已完工的三部曲中最好的一部，本书连同《胭脂红》和《白石》堪居近年关于拉丁美洲的最佳书写之列。

——罗里·麦克莱恩，《卫报》

推荐序

　　《龙舌兰油：迷失墨西哥》（*Tequila Oil: Getting Lost in Mexico*，以下称《龙舌兰油》）是休·汤姆森（Hugh Thomson）"拉美三部曲"的第三部。作为一个成功的旅行作家、纪录片制作人和颇有学术水准的印加考古探险家，汤姆森的探险、冒险生涯是从拉美起步的，而他的写作也反映了这一点：他总是在涵盖漫长岁月的叙事中，从当前回望往昔，从往昔逼视当下。三部曲的第一部《白石》（*The White Rock: An Exploration of the Inca Heartland*，2001）先写他二十一岁初访秘鲁，再写他十七年后以更专业的水准探寻印加废墟，时间跨度近二十年；第二部《胭脂红》（*Cochineal Red: Travels through Ancient Peru*, 2006）则是在他的访古探险取得重大突破后回望自己的秘鲁经历，时间跨度是二十五年；到了《龙舌兰油》，叙事的重心干脆回到作者十八岁时在美洲的第一次冒险，然后直接跳转到四十八岁的他接续三十年前的旅行，在伯利兹考察玛雅遗址。三部曲一路下来，文字篇幅越来越小，时间跨度越来越大，可读性与趣味性越来越高。

　　故事发生在 1979 年和 2009 年，主人公分别是一个十八岁的朋克青年和一个四十八岁的成名作家。毫无疑问，读者更爱读、似乎作者也更爱讲那个无知无畏的英国小伙子，他从一开始就奇遇不断：空姐款待他坐头等舱，邻座旅客教他如何钻国界上的漏洞赚点黑钱。当他真的开一辆美国二手车穿越墨西哥前往伯利兹时，读者简直如同坐在副驾驶的座位上，和他一起听爵士乐、欣赏美景、经历危险、见识异域风情、感受意乱心慌。他宣称这次旅行是为了"迷失自我"，而他相信墨西哥是实现这一目标的最佳选择。对墨西哥的想象与冲动，来自1930年代那些著名的英国作家，然而他看到的是一个完全不一样的墨西哥："他们描绘了一幅与我游历过的国家几乎完全不同的图景。"他并没有因此怨恨前贤，"只有当我们所期望的和实际发现的产生了分裂，异国经验才得以形成。这就是为什么旅行类书籍比读者通常认为的要远远更有力量"。他说："书籍之所以重要，是因为它们能将读者引向他们原本不会去的地方，不仅是地理层面的他国异域，还有精神和情感层面的未知之地。"这本书也是如此。

作者以"龙舌兰油"给这本书命名，可以说义带双关。在墨西哥城的一家银行打工当翻译时，他跟随上司胡里奥到处见客户，见识了一种自己调制的龙舌兰酒，胡里奥称之为"龙舌兰油"，就是把相当分量的哈瓦那辣椒酱加进本已混合番茄汁的龙舌兰酒，再加入黑色的棕酱搅拌，最后杯子里的酒又黑又黏，看起来跟汽油一样。"酒精入胃那一刻，辣椒的刺激也会随之而至，然后这股劲儿会蹿回到大脑。简直能把你的脑袋轰下来！"这不是你可以在商店或酒吧买到的酒，你需要和墨西哥人一起才知晓配方，还得自己动手、耐心调制才喝得到。同时，"龙舌兰油"不只是给人喝的一种怪味烈酒，还是一个巨大的隐喻，是这个痛恨嬉皮士的朋克青年赖以驾车自北而南穿越墨西哥的燃料，是他那辆传奇般二手旧车的动力来源。以此为书名，真是再贴切不过。

20 世纪中期之后，很少有旅行书可以写得充满传奇色彩，而要再加上浪漫精神，就更罕见了。令人赞叹的是，休·汤姆森这本书都做到了。跟着墨西哥小伙子们在牧场上的欢乐冒险，在锯木厂的短期打工，在太平洋海岸的冲浪，在公路上的车祸，足以与切·格瓦拉相提并论的不成功爬山经历，在墨西哥城的浪漫尝试，在伯利兹的妓院艳遇，等等，几乎都让所有读者叹为观止、望洋兴叹。而写作时已经年将五十的休·汤姆森还不失时机地在书中添加历史的厚度，最成功的是让自己初入墨西哥时徜徉在潘乔·比利亚的传奇里，到了墨西哥城则深深沉浸在西班牙征服者的各种故事里，最后则是玛雅。甚至在那个青年结束冒险、飞回英国去读剑桥大学的飞机上，汤姆森还让他从邻座女青年口中，获知南美仍有许多等待发现的印加废墟。"为什么没有人试图去寻找呢？"也许这为他隔了三十年才回望自己当初的冒险提供了借口，或者更是，强调了安第斯山间的时时刻刻依然是墨西哥公路上青春岁月的延续。

　　只从《龙舌兰油》看休·汤姆森的所作所为，读者难以相信他原来出身于举世罕有其匹的书香门第。他的父亲和母亲都出自诺贝尔物理学奖获得者的世家：父亲大卫·汤姆森（David Paget Thomson）的祖父约瑟夫·汤姆森（Joseph John Thomson）和父亲乔治·汤姆森（George Paget Thomson）分别于 1906 年和 1937 年获得诺贝尔物理学奖，母亲佩欣斯·汤姆森（Patience Mary Thomson，不幸的是，她在新冠大疫之年去世了）的祖父威廉·布拉格（William Henry Bragg）和父亲劳伦斯·布拉格（Sir Lawrence Bragg）同于 1915 年获得诺贝尔物理学奖，后者更是迄今为止诺贝尔物理学奖获奖时最年轻纪录的保持者（二十五岁）。这样的家族光环对于那个只身深入墨西哥的青年意味着什么，读者当然是无法想象的，因为休·汤姆森从来不在书里提起，无论是在"拉美三部曲"中，还是在他有关喜马拉雅或英格兰自然风物的书里。正如前人所说，一切历史文本都存在空白，空白也是理解历史的重要线索。

《龙舌兰油》从结构上分成两部分，分别讲述作者十八岁时初访墨西哥与四十八岁时再续前缘。从可读性来说，当然第一部分更鲜亮夺目。不过第二部分也很重要，而且有趣。刚刚重返伯利兹时，休·汤姆森有一段回顾和总结：这三十年我并非落魄不堪，恰恰相反，我做成了当初我想做的所有事情……可是，为什么要回来呢？"我情不自禁地感到自己正以某种模糊的方式回到当初的起点。……部分是为了完成那场中断的旅程，去寻找一些我第一次来时可能没有意识到或认识到的东西。当然，还有一部分，是为了重新和那个刚开始旅行的我产生联结。"这时的他已具有完全不同的学识，他随后对伯利兹周边玛雅遗址进行的探险式考察显示了这一点。这时他已经历过人生各种各样的起起伏伏，刚刚结束延续了十五年的婚姻，正处在人生一个新篇章待写的空白页上，恍然间，我们仿佛又看到三十年前那个从飞机舷窗俯视墨西哥大地的年轻人。

这是一部关于生命可能性的书。结尾处，作者在加勒比海的某个小岛上，听一个得克萨斯人说："在这些岛上，你可以藏在任何地方，或者去任何地方。"

罗新

前　言

　　这里描述的大多数事件发生在四分之一个世纪以前，那时的墨西哥比今天更加荒蛮与陌生，尽管眼下它依然拥有许多与现代世界相抵触的对抗性元素，以及诸多让人惊奇的地方——就像其邻国伯利兹一样，我最初的旅程就是在那里结束的，或者说被打断的。为了完成本书的最后一部分，最近我又回到了伯利兹。

　　有些人希望在游记类书籍中，作者只需要做一个模糊的存在者就好，永远不要过多宣扬自己，这种人现在可以合上本书了，因为我写的就是一个十足无耻的个人故事。

我早就应该离开你了，亲爱的，

我应该离开你，美丽的女孩，然后去墨西哥。

——啸狼[1]，《屠宰房》

酒吧里的私奔恋人：

女孩："妈的，我太喜欢龙舌兰酒了。我们为什么不去墨西哥呢？布拉德，你去过，那儿什么样儿？"

布拉德："热。"

——约翰·达尔，《西部红石镇》，1992 年

Picaresque:

主词条：pi-ca-resque

发音：ˊˊpi-kə-ˊresk，ˊˊpE-

词性：形容词

词源学：西班牙语 picaresco，来自 pícaro；恶棍的，流浪汉的，以恶棍或流浪汉主角的冒险故事为题材的虚构性文学作品的。如"一部恶棍 / 流浪汉小说"（a picaresque novel）。

1　指美国布鲁斯歌手切斯特·亚瑟·伯内特（Chester Arthur Burnett，1910—1976），绰号"啸狼"（Howlin' Wolf）。本书注释均为译者注。

目录

第一部分：往日

我十八岁了，就是不知道自己想要什么。我十八岁了，我要出走，我要离开这个地方。

——艾利斯·库柏[1]，《十八岁》

1　艾利斯·库柏（Alice Cooper，1948— ），美国演员与歌手。

我不知道空姐为什么这么做。也许是出于某种怪异的幽默感，或者因为我的英国口音，或者由于我告诉她自己从未飞越过大西洋。又或者是我的某个邻座跟她抱怨过我。

　　"亲爱的旅客，请来头等舱就座吧。"

　　我顿时目瞪口呆。

　　"来吧，过来坐在前面。这里有一个空位。"

　　出于尴尬和惊讶，我犹豫不决。我看上去非常糟糕：我没能把所有东西都装进背包，所以在最后一刻把一些东西一股脑儿塞进了塑料袋。一些实在塞不进去的，我就穿在了身上。我本来穿着国王路（Kings Rd）双色衬衫和黑色烟管牛仔裤，这符合1979年朋克风的正统观念，但我又在外面套了一身米列（Millets）牌户外生存迷彩服。

　　在英国那种天气下，这么穿着去机场没什么问题。但这是一个美洲航班，而且舱内热风开得很足。从起飞那一刻开始，我就一直在脱衣服。在飞往休斯敦的这十个小时左右的时间里，我身边堆满了各种各样的衣物，以至于当我们开始从美国到墨西哥城的最后一段旅程时，我的腿已经蜷缩在了胸前，姿势宛如母体内的胎儿。

　　"我要带上所有的东西吗，格洛丽亚？"我知道她叫格洛丽亚是因为瞥了一眼她的布拉尼夫（Braniff）航空公司的工牌。尽管她有完美的美式气质（丰满的胸部，金色的爆炸头），但我当时颇为自惭形秽，根本没有勇气去搭讪。

"当然啦。"格洛丽亚笑着说，那笑容简直能点亮银河系。

我跟跟跄跄地拖着塑料袋，跟在她身后，穿过商务区，来到头等舱的乐土。周围确实只有寥寥几个乘客。格洛丽亚就像一个出色的护士，把我安置在了新座位上。如果座位上有个病床折角，她一定会把它塞进去。我决定要爱上她了。同时，我也明智地决定先不告诉她。

她帮我把我的塑料袋整理得井然有序。那些袋子奇迹般地躲进了头顶上那些宽敞的储物柜里。我检视了一下自己的新领地，感觉就像在游艇上一样。

我旁边的扶手座椅上是个墨西哥人。他穿得很讲究，我后来认定这是墨西哥城生意人的一种典型着装方式：一件深灰色的"运动"夹克、一条美式休闲裤和一枚足有公牛睾丸般大小的图章戒指。

他把身子凑了过来，神秘地问道："你想再来一杯吗？"虽然他很明显能看出来我已经喝了一阵了，但"再来一杯"的点子似乎也不错。

"喝点我的香槟吧。"我喝了一点。一大块鲜嫩的牛排端了上来。我开始感到有点飘飘然。我觉得生活应该永远如此。生活是可以永远如此的。

喝着威士忌，那个商人问我对墨西哥有何了解。"只是在书上读过一些。"我如实回答。

"你叫什么？"

"乌戈。"（Hugo.）我在西班牙旅行时得知母语为西班牙语的人发不出 Hugh 的音。

"乌戈，让我来给你讲讲。"他顿了一下，完全是为了气氛效果。"我跟你讲，你个'小年轻'［西班牙语 jovencito，为 joven 的指小词，即英语的 young man，但我没在意这个称呼］，想在这儿赚点钱吗？"

4

"想啊。"我谨慎地答道。

那个人一脸悲伤地看着我。"墨西哥有很多毒品和毒枭。"他语带回味地咀嚼着最后那个词。

这是品格测试还是商业提议？我尽可能让自己清醒地去认同毒品肯定是个麻烦。

"当然，携带毒品旅行可以赚很多钱——但还有另一种方式，一种更简单的方式。"

原来他要说的是这个。他身子向前倾斜，跨过扶手（一段相当远的距离），抓住了我的肩膀。

"如果你弄一部车，从这里出发，"他朝我们飞机下面的得克萨斯平原画出一个模糊的波浪，"然后直接穿过墨西哥到达中美洲，"他接着做了另一个向前的手势，就像摊开一条地毯或一匹布，然后停顿了一下，"告诉你，我的朋友，有人会为此付给你很多钱，很多很多的钱。"

我有点迟钝。"为什么？"

"因为美元。我们没有美元，你们有。是的，事情就是这样。"

"还有税收。"他眯起了眼睛。"我们必须缴纳进口税。不仅仅是税收。如果我们把车运过边境，啪！"他拍了拍我们之间的皮革扶手。"他们会咬我们！"

"什么？"

"他们会咬我们，他们从我们身上咬下一点，索贿[1]，也许会索要相当于整辆车的价值。但是你，一个操着流利西班牙语的外国人，你可以做到。"他又用手臂做出了另一个模糊的、无所不包的手势，意在表明在这个世界

1　西班牙语 mordida，本义为"咬"，在墨西哥意为公职人员索要的"贿赂"。

上，对于那些去追求的人，一切皆有可能。这是有生以来第一次有人暗示我可能有资质去做好一份工作。

"为什么要一路开车去中美洲？"我的地理知识不太扎实，但一路往下去伯利兹或危地马拉这些紧邻墨西哥南边的国家似乎有些奇怪。"为什么不干脆直接在墨西哥卖呢？"

"我们墨西哥有足够的汽车。但是在那边，"他有点颇为得意地笑着，"你看，那些可怜的家伙们什么都没有。你可以卖给他们任何东西。他们如果在黑市上买到一辆美国产大轿车，就会认为自己拥有了整个世界。同时因为你已经跨越了两次国界，避开了两次进口税和两拨警察，你会大赚一笔的。"

他坐回到自己的座位上。当我们进入墨西哥上空时，他已经睡着了。我一直不曾知道他的名字。

通常情况下，我会忘记这种聊天。但这次情况不一般，当时我人在头等舱，正沉浸于一股虚幻的感觉中，机舱下面，墨西哥正从黑暗中来拥抱我，再加上大量的酒精，我有点飘飘欲仙。

我当时十八岁，几乎是第一次离家远行，第一次有大把时光来消磨。这听起来简直就是世界上最明智的事情。

我决定去做这件事。

第一章　奇瓦瓦和北方

　　格兰德河的一侧是华雷斯市，该市以 19 世纪年轻的墨西哥共和国的伟大英雄本尼托·华雷斯（Benito Juárez）的名字命名；河的另一侧是美国的埃尔帕索（El Paso）市，这是墨西哥独立后被迫向美国支付的高昂代价的一部分——不仅包括得克萨斯，还有新墨西哥和加利福尼亚。[1]

　　我当时已经知道了两者之间的巨大差异：你会从一个环境肮脏、道路坑洼、到处是"轮胎窝棚"的破败边境小镇穿越到整洁卫生的美国郊区购物中心。更重要的是，我还知道，埃尔帕索是仅次于底特律的美国第二大二手车市场。

　　我在墨西哥城做兼职翻译赚了一些钱——虽然不多，但我希望能足够让我飞到北方去买一辆（非常）便宜的汽车。我还有一个同伙，一个和我同龄的墨西哥人，为人和善的费尔南多，我们相识于酒吧。我当时跟他要了一支烟，接着我们聊了起来，他说他会帮助我。

　　我们的行动相当低调，大部分时间都是在边境墨西哥一侧的酒吧闲逛，或者去打台球，因为得克萨斯州饮酒的法定年龄是满二十一岁。中午时分，

1　1846—1848 年间的美墨战争结束后，墨西哥割让了约 230 万平方公里的土地。

在喝了几杯啤酒和龙舌兰后，我们穿过了边境。

在边境的桥梁处有两套管控制度：一套适用于长期移民，另一套针对当天的过境者；许多美国家庭都有来自华雷斯市的墨西哥女佣。第一次通过主哨卡并登记后，我开始适用第二套过境制度，我解释说自己要定期去埃尔帕索看望朋友。费尔南多的父母是墨西哥富裕阶层，在那里有一套公寓，所以他有一张常规通行证。

墨西哥警卫注意到我是因为我的护照与众不同。除了外表那呆板的帝国蓝，他们无法理解上面的签证为何能有十年的有效期；他们更习惯需要无休止续签的短期签证。当我第一次穿越边境时，所有的卫兵都跑过来进行检查，他们挂在臀部的卡宾枪叮当作响。"有效期十年？直到1989年？我的天！"显然，他们不喜欢在这么长的时间里每天都要检查，所以第一次过境后，后来他们总是挥挥手直接让我过去。

美国警卫也慢慢习惯了我。我看上去与众不同：短发、朋克风格的着装以及没完没了地被议论的英国口音。一个叫里克的美国警卫每天都会让我在过境时随便说些什么，然后他就愚蠢地傻笑起来。尽管令人恼火，我还是确保每次过境时都能吸引他的注意。我想当我最终试图开车穿越边境时，这可能会有所帮助。

我们开着费尔南多家的皮卡，去参观各家汽车展销中心，着实被大肆嘲笑了一番："你们身上有五百美元吗？孩子们，不要一下子花光了哦。"

然后我们又去看了一些小广告。只有一家的东西看上去足够便宜。我们来到一个繁华的中产阶级生活区，外面停着一辆豪华旅行车。当一名警察走出来时，我最初的得意变成了担心。但他似乎不太关心我的动机。他彬彬有礼地对汽车进行了四十分钟的详细检查——完美无瑕的发动机，合法的胎面，车内没有任何香烟的烧烫痕迹，千斤顶也在，还有完整的使用史。

最后，他问我们是否感兴趣。

何止有兴趣啊，我都已经把钱准备好了。他面带可怜地看着我，说道："你知道需要每月五百美元的分期付款吧？"

于是我们又回到了此前的日常生活。虽然四处闲逛持续了很长时间，但我从费尔南多身上学到了很多。事实上，我从他身上真正学到的是如何去闲逛。英国的青年文化从来不会让我们有太多的机会去闲逛——最多就是在潮湿的下午，在大街上或在乡下的公共汽车候车亭周围，有一点杂乱无章的闲荡，但没有机会去进行一些严肃的消磨时间的活动。

费尔南多可以展开史诗般规模的四处游荡。我喜欢这样。还有，我可以在台球场击败他。他喝起酒来像条垂死的鱼。他总是如此。

他可能会决定再玩一局台球或弹球游戏，他似乎能这样玩一天。华雷斯城这个地方没有多少新鲜事发生。这是一个满是破烂修车厂的小城，里面的汽车破旧不堪，连我都不想碰它们。美国人的重型卡车或"灰狗"长途汽车一旦变得破旧、有所损坏，不再符合美国的安全法规，就会被卖给墨西哥人。而此时这些车会载着货物越过边境一路南下。

这些酒吧都是在墙上开的洞，经营者看起来都像是潘乔·比利亚[1]的同袍。我们不去"拉斯维加斯台球厅"时就会去"非洲酒吧"，那是一栋破旧的绿色建筑，外墙上有迷人但虚假的舞女照片。如果你实在是蠢到一定水平，选择在那里吃饭（费尔南多和我会努力确保我们中午能及时越过边境到埃尔帕索吃个汉堡），他们就会从窗帘后面端出一盘蔫了吧唧的意大利通

---

1 潘乔·比利亚（Pancho Villa, 1878—1923），土匪出身，北部奇瓦瓦州的军事领袖和大地主，墨西哥革命时期曾统率"北方师"，1923 年被刺杀身亡。

心粉。

费尔南多又高又瘦，他有一句口头禅："走着瞧。"

"你认为我们今天能搞到一辆车吗？""走着瞧。"

"你打算以后回大学吗？"费尔南多有一些看上去没完没了的遗留课程，他的教育史太复杂了。"走着瞧。"

"为什么不找份工作呢？""走着瞧。"

我很担心中美洲到底是否真的存在所谓的汽车黑市，对此他十分漠然，再次说道："走着瞧吧。"他第一次说这话时，我以为他是想和我一起去。但是后来我意识到这太费力气了。只有一件事能让他激动起来——讨论一下轮到谁买香烟了。部分原因是我经常不去买。

有时我会住在华雷斯的一家廉价旅馆里。或者，当费尔南多的父母不在时，住在他家在埃尔帕索的公寓里。

有一天下午，我们正在闲逛，试图弄清楚该轮到谁去买万宝路了，这时，我们注意到了一个此前从未见过的汽车展销点，就藏在埃尔帕索的一条小路上。

正前方是一辆蓝色奥兹莫比尔98（Oldsmobile 98）型汽车。不用说，我其实根本不认识这款车（在我看来，所有美国车都一样——体型庞大），但当我看了后备厢上的文字后，觉得它很不错。我听说过相对早期的奥兹莫比尔88这款车，这是一款著名的摇滚车，也就是一些歌曲中的"火箭88"（Rocket 88）。眼前这辆车甚至更加强大。它增加了凯迪拉克的车翼。我绕车走了一圈，看着它的镀铬外壳和低底盘，当我看到六百美元的价签时就意识到自己发现了什么。就是它了。

这个展销点似乎没有人。我们走到旁边一间小办公室里。里面有两个人：一个大腹便便的老人，他把脚架在桌子上，喝着罐装酷尔斯（Coors）啤酒（多年后，当我看到奥逊·威尔斯在《历劫佳人》中说出那句"我不会说墨西哥语"时，马上认出了他），还有一个更加年轻高大的家伙，穿着足球衫。

"想买什么呢？"奥逊·威尔斯眼睛瞥了过来。"奥兹莫比尔？"他以惊人的迅捷站了起来，把我们带了出去。

"动力转向。车内空调。火箭 V8 引擎。"他转了下钥匙，然后按下一个按钮。伴着轰隆隆的声音，车窗缓缓降下，我们都恭敬地听着。"电动车窗！"

我试图回忆起那个警察说过的话。"我能看看引擎吗？"

"当然，先生。"他说"先生"这个词的方式有些滑稽，但我没有在意。他打开了引擎盖。看起来很像个……引擎。

"后备厢（boot）怎么样？"

"什么？"

那个满身肌肉的大个子这次放声大笑。"他说的是后备厢（trunk）。"

"好像没有千斤顶。"语调甚至连我自己都觉得很拘谨。

"我告诉你，"奥逊·威尔斯大手一挥，"买下这辆车，我就免费送你一个千斤顶。"

我抬起脚，用切尔西靴踢了一下轮胎。它似乎要爆炸了。

"我们能不能，呃，去办公室谈一谈？"

"当然，我们可以在办公室谈，但是先生，"他把我带到一边，说了句在华雷斯都能听到的耳语，"那个墨西哥人是谁？"他向费尔南多那里摆了摆拇指。

我把自己一米七八的身子使劲挺了挺，拿出十足的英国腔调。"他是我的朋友。"

"啊哈。他是你的朋友。"

费尔南多面无表情，一言不发。这是因为他从未拿出时间来好好学习英语。

"好吧，就当他是你的朋友。"回到屋里，那个不错的高个子从半热不冷的冰箱里给我们拿了几罐酷尔斯啤酒。

我想起了一个应该搞清楚的问题。"它跑了多少英里了？"

"我相信，"威尔斯低头看着他的手指，好像这事儿还在计算中，谨慎地说道，"它已经跑了大约16万。"随后他又赶忙补充道，"当然，单位是公里。""它有个大引擎，7升的排量。它会一直运转下去。"他做了一个动作，好像要摊开一条地毯——奇怪的是，和飞机上那个墨西哥人的手势很像。

这绝对是一个非常巨大的引擎。我见识过"引擎盖"下面的光景。

他继续主动说道："你看，孩子们，这是一辆1972年的车。这意味着什么？"随着更多的酷尔斯啤酒端上来，费尔南多也喜欢上了这个亲切的小地方。

在他自己给出回答之前，我想说"太老了"。

"这意味着它是在那些石油输出国组织的蠢货作妖之前制造的，这就是1972年的意义。当石油危机爆发时，他们不再生产这些耗油的汽车了。"他很快又补充道，"当然，我也不是说它多耗油，但他们开始引进这些大众兔子（Volkswagen Rabbit）。"他说"兔子"[1]这个词时满含恨意，就像《兔八哥》里面的猎人提到"兔八哥"这个词时那样。"所有这些杀千刀的环保主

---

1 "兔子"是大众在1970年代针对北美市场推出的一款车，特点是皮实、耐用，同时价格相对低廉。

义者［又一个扣动猎枪扳机的词］开始使用催化剂之类的东西。这辆车，"他自豪地说，"只能用含铅汽油。"

他停顿了一下，说道："你们俩知道那个因酒驾被拦下的女士的故事吗？"很明显他肯定会继续告诉我们。"警察拦住她，把她从车里拉了出来。"威尔斯一边说着，一边精心地模仿着那些动作。"然后他拉开裤链。'哦哦，'那位女士说，"威尔斯的声音变得很尖，"'哦哦，你想让我做酒精测试吗？'"

他笑的时候肚子在颤抖。我们几个人则不为所动：那个高个子大概是因为以前听他讲过，费尔南多是因为听不懂，而我没反应则是因为这个笑话太无聊了。

威尔斯毫不气馁，继续说道："如何认出波兰排雷员？"我觉得如果费尔南多不在的话，他肯定会说墨西哥排雷员。"因为当他排雷时，他是这样走的。"他模仿一个双手捂着耳朵小心翼翼地踩着地面的男人。这一次连费尔南多都笑了。

"先生，你打算在墨西哥使用这辆车吗？这样的话，那里的汽油很便宜。事实上，价格太便宜了，以至于墨西哥人都在大量浪费。"鉴于我确实打算在墨西哥大量使用这款车，这的确是个好消息。

费尔南多说了一句惊醒我的话，他语带急切，说道："乌戈！伙计，你应该开一下。"

他说得有道理。"我们能试驾一下吗？"

威尔斯看了看自己的同伴。这是他的"地盘"。我们走到了展陈室外面的狭窄通道。

我让费尔南多来开，我看着。他开着车在跑道上前前后后地奔腾起来。

当高个子和威尔斯显出一脸惊讶的时候，我只是说："他是个机械师。"天啊，我为什么没有早点想到这么说？

费尔南多回来了。他看起来像是摔了一跤的巴斯特·基顿（Buster Keaton）。他用西班牙语小声对我说，这辆车似乎很不错。我也小声对他说，在我们开始最后的谈判时，要继续保持这样的（严肃）面相。事实上，我身上真的只有五百美元了，尤其是和费尔南多大喝了一顿之后，这让事情变得简单了。即使在华雷斯的酒吧打出最低价格时，我们依然无力消费。

他们接受了五百美元。"你真会讨价还价。"奥逊瞥了我一眼，如此说道。"现在我要给你一些临时车牌［写着号码的纸板］，这样你就可以开着它，带着你的保险单和驾照去登记了。当你支付完登记费时，他们会把正式的车牌交给你。办公室五点关门，你应该马上去登记，否则上路时警察会一直拦下你。"

我现在感到轻松愉快。"要烟吗？"我拿出了几乎是我们最后的一根烟。

"我不要，可能会阻碍我的发育。"高个子说道。

"孩子们，"奥逊说，"我不知道你们要去哪里，但你们现在有了一辆非常好的车。"

我们开走了这部车。

*

我根本无意去登记。

有这么几个原因。首先，我没有保险，我也没打算去买。此外我也没钱去付登记费。我觉得在墨西哥人们似乎不需要去担心这个那个的。

更重要的是，我没有任何驾驶执照，英国的也好，美国或墨西哥的也罢。事实上，我根本不会开车（这事儿我只是勉强偷偷对自己一个人承认

14

了）。这就是为何我把大秀车技的机会让给了费尔南多。

我想现在是时候把自己这最后一点信息告诉费尔南多了。他倒是很淡定。"伙计！这没什么要紧的！在墨西哥这边，实际上也没人会开车。"他说这话时，像往常一样，面无表情。我以为他在开玩笑。

谢天谢地，这部车自动化程度挺高。"你需要做的，"费尔南多说，"就是推到 D 挡，然后……"他做了一个和其他人一样的手势——优雅地摊开地毯，暗示我接着只管往前开就行了。

我试了一下。似乎确实非常简单。我用车上的点烟器点燃一支烟，打开了收音机。"天哪，我忘了测试收音机了。"我在宝贵的塑料袋里翻出一盘埃尔维斯·科斯特洛的磁带："奥利弗的军队……会驻扎在这里 / 我现在宁愿跑去别的地方 / 而不是待在这里。"[1]

"浑蛋！"费尔南多说，"这他妈的是什么音乐？"

我们轻轻松松地穿过了边境。那个叫里克的美国警卫挥手让我通过，看都没看一眼。"今日顺利！或者，我是不是该说'我们今天过得简直太棒了'？"他傻笑道。开到墨西哥这边的哨卡时，我也笑了起来。

这正是我担心的一点。我不想让这部车"正式"进入墨西哥，因为那会需要正规的文件和盖戳的护照，如果我试图出售它，还需要缴纳 100% 的追溯税（自 1947 年比索汇率飙升以来，墨西哥对进口商品——通常是美国商品——征收的关税一直高得吓人）。

一个警卫走了过来。我像挥动一张幸运符似的向他挥着我的护照。

---

1 埃尔维斯·科斯特洛（Elvis Costello, 1954—　），英国歌手，乐风多元，曾因此被评论家形容为流行音乐的百科全书。这首《奥利弗的军队》是他最成功的单曲之一。歌词中的奥利弗指的是奥利弗·克伦威尔（Oliver Cromwell, 1599—1658）。

"这是谁的车？"

"从一个朋友那里借来的——就今晚去华雷斯逛逛。"

"就今晚吗？"警卫猥琐地扭了下屁股，把卡宾枪顶到了车门上。"找姑娘吧你们？"他斜睨着。

他一摆手放过了我们。

如其所愿，我把费尔南多留在了路过的第一个酒吧。我们最后一起喝了几杯：摆出一个庆祝性的"旗帜"，用红色的桑格丽塔、白色的龙舌兰和绿色的酸橙追饮酒[1]排出了墨西哥国旗的颜色。然后我道了再见，让他坐在台球桌旁，等着别的玩家来。

我在一家酒品店买了瓶廉价的塑料瓶装龙舌兰。店主老头说我真正需要的是一瓶梅斯卡尔（mezcal）[2]，因为当我一路往下开到伯利兹时（他在地板上做了个手势），就会准备好去吃瓶底的虫子了。当说到"虫子"（gusano）这个词时，他的西班牙语带上了南部国家那种缓慢而刻意的重音，在出口之前先细细品嚼了一番。

虽然天快黑了，我还是带着一股热劲儿，继续朝南开去。许久之后终于再次摸到了车，我实在是迫不及待地想去开启旅程。华雷斯城微弱的灯光很快就消失在了我身后，前方除了地平线上诡异的仙人掌轮廓什么也没有，这简直就像电影里一样。

每隔一段时间，一辆"灰狗"巴士就会从夜色中冒出来，驶到路中央，这时我便会停下来。谨慎似乎是勇气的重要组成部分。当走到通常是单行

1　追饮酒（chaser），指的是饮淡酒后喝的烈性酒或饮烈性酒后喝的淡酒。

2　龙舌兰酒的一种，主要产于墨西哥南部的瓦哈卡州。有些品牌的梅斯卡尔酒瓶中装一种寄生在龙舌兰草上的蝴蝶幼虫（当地称为 gusano），这种虫子墨西哥人偶尔会在日常生活中用作菜肴原料。

道的桥时，有人跟我说过墨西哥这边的交通规则——路权归先亮灯的车。这点如果不理解，别的争论就没有意义了。

一路的驾驶颇为轻松。现在走的都是高速公路，我可以随心所欲地开快车。车速计不太好用了，但引擎却动力十足。我一路开去，地平线不断后退。我感觉棒极了。事实上，自从来时格洛丽亚把我带到头等舱后，我还没有感到如此兴奋。从现在开始，日子会变得很好。

我身上还带着另一盘磁带，我已经放了无数遍了。我专门在埃尔帕索市买的，为的就是在此等情景下听：

这是关于比利·乔和鲍比·苏的故事，

这俩爱人除了在房间里坐着，喝酒看电视，

没有其他事可干，

当他们决定去狂欢一下时，发生了下面的故事：

他们一路南下来到了埃尔帕索，

他们发誓称自己遇到了个大麻烦，

比利·乔在抢劫一个城堡时，开枪打中了它的主人，

鲍比·苏拿了钱就跑了。

合唱：拿上钱快跑吧，喲……喲，

拿上钱快跑吧！

我听了几个小时后，歌词一字不落地都记住了。伴着史蒂夫·米勒的歌声，

我知道得州的警探比利·迈克开始去追踪这对亡命鸳鸯，试图弄清发生了什么。但让我着实喜欢的却是那彰显光荣寓意的结尾：

> 他们……成功逃跑了。
>
> 一路向南，直到今天还在奔逃。
>
> 所以，拿上钱快跑吧，噢……噢，
>
> 拿上钱快跑吧！
>
> （合唱循环三遍）

我在一条小路上停了下来，来到一个小小的铁路道口，准备在那里过夜。后座空间蛮大，很容易睡得开。我把脚伸出窗外，抽了睡前的最后一支烟，一群萤火虫聚集在车窗玻璃上，仿佛对即将燃尽的烟头十分好奇。

*

第二天醒来时，我浑身冰凉。这条铁路一路穿过高高的奇瓦瓦平原，一直延伸到视线尽头。我所在的小路与铁路线成一个直角。路上有一具郊狼的尸体，几只秃鹫围着它扑腾，这让我来了精神。我很赞赏秃鹫的生存哲学，一直不明白它们为什么会遭到唾骂。作为食腐动物，它们不过是在帮助进行生物循环的工作。看着秃鹫我意识到了自己已经饥肠辘辘。

我拿出一张地图。我从埃尔帕索启程时，当然也思考过一点如何去旅行的问题，但我现在才开始意识到这个国家的巨大。

墨西哥的广大让人惊讶——之所以会感到惊讶，是因为我一直认为它相对于美国来说是很小的，而且因为墨卡托投影[1]，与最上面的加拿大相比，它被压缩得很不自然。手里的《南美手册》告诉了我这些事实，在我前面铺开的国土足有两百万平方公里。它不仅是个大国，而且相对来说也比较空旷，（当时）墨西哥人口与英国相当，但它四分之一的国民都挤在了墨西哥城。

我可以走大道，比如泛美公路[2]。但是我来墨西哥不是为了走泛美公路这种大道的。我是来迷失自我的。

在成长的过程中，身边的兄弟姐妹和60年代的幸存者们总是跟我说他们要往东去印度"寻找自我"。我不太确定他们最后是否实现了那个愿望；看上去似乎没有太多明显的益处。我所知道的是，我坚决不想去做那种事。那种想法过于嬉皮士了。如果说想去做什么的话，我想迷失自己。而墨西哥一直是实现这个的最佳选择。

我记得在小时候看过的那些牛仔电影中，当牛仔们去到"边境以南"的时候，总会获得新生。在墨西哥，开枪之前他们不必告知对方自己的存在。

所以我的计划是走很长一段路——像比利·乔和鲍比·苏一样，一直往南走，但是我要看看一路发生了什么，而且每当我想停下的时候，或者更重要的是，每当有机会挣点钱或者吃一顿免费午餐的时候，就能停下来。我非常需要不断地挣钱，因为我身上已经没有几个铜板了。之后，就这样一路南下，当我最终到达伯利兹时，就会卖掉这辆"全新"的完美汽车，小赚一笔。

我把里程表归零，然后朝高速公路开去，在那里我发现了一个卖黑豆汤

1　墨卡托投影（Mercator Projection），由荷兰地图学家墨卡托于1569年创立。假想一个与地轴方向
　　一致的圆柱跟地球相割或相切，按等角条件，将经纬网投影到圆柱面上，将圆柱面展为平面后，
　　即得本投影。使用该方法会导致一些国家的图示面积失真。

2　自阿拉斯加至火地岛，全长48,000公里。

和咖啡的小摊。我继续向南行驶，晨曦中的沙漠出人意料地美丽——高高的查帕拉尔群落[1]上方覆盖着牧豆树丛，下方是翠绿的三齿团香木灌木和丝兰属植物的小花苞，群山搁在地平线上，如同电影中常见的那种墓碑状街区。

穿越查帕拉尔群落，我想象着墨西哥革命期间潘乔·比利亚的军队是如何在这里扎营的，每个人都找了一片牧豆树丛靠着，围着一条披肩毯，树枝上搭着几条生肉，下面还有一把枪；后面是载有革命军的火车，"夜晚如同行进的火龙，白天恰似冒黑烟的横柱"，随军的杰出美国记者约翰·里德做了如此描述。

*

约翰·里德早年就开始写作，同时他也英年早逝：他报道墨西哥革命时只有二十六岁——这是他当时最好的作品——布尔什维克起义时他死于俄国，时年仅三十三岁。我随身带着他的那本《暴动的墨西哥》（*Insurgent Mexico*），这本小书如同一杯龙舌兰，分量很小，干脆直接。

1913 年，里德和潘乔·比利亚一起穿越这片沙漠时，正值后者的权力极盛时期。潘乔·比利亚在革命动荡中被抬升为国家级重要人物之前，一直是个边鄙地区的普通土匪。他是个非常能炫耀的人，能跳一晚上的舞，还能在二十步以外拔枪射中罐子。里德指出，比利亚因为玩弄女性和骑术绝佳而创造了自己的传奇，但他同样也可以精确计划战役中的每一个细节，包括火车时刻表这种东西。

沙漠造就了一个完美的铁路国家。火车成了发动战争的核心，不仅仅是因为它可以快速部署军队，"疯狂的火车"还可以装满炸药，一头扎进敌人的防线，爆炸后给对方造成巨大的破坏。

1　北美大陆西部（尤其是加利福尼亚南部）地中海气候区的硬叶常绿灌木群落。

约翰·里德描述了比利亚的军队沿铁路前进时，有时会不得不停下建造和修理铁轨。在一列运兵火车上，里德坐在前面的排障器上，和一个女人一起烘烤玉米饼，用锅炉的蒸汽烘干衣物；还有一次，他打扰了一名陆军上尉和他的女人在机房里的"娱乐"。

里德带着一种狂热投入战斗，这种热情催生了伟大的文本，也导致其中夹杂着大量有意思的自我吹嘘。在跟比利亚的部队同行时，里德讲述了墨西哥人如何恳求自己离开前线，因为那里太危险了；当然，他没有撤下去，而是被"同志们"簇拥着，他们坚持要他躺在满是虱子的毯子里。后来，他激起了军人女伴们的倾慕，成了"一个带劲的家伙"，赌博，酗酒，摆出一副强悍记者的姿态，之后，从海明威到报道越战的迈克尔·赫尔（Michael Herr），那些 20 世纪的前线记者无不以他为榜样：

> 中午，我们用绳子拴住一头牛，割开了它的喉咙。因为没时间生火，我们直接把生肉撕下来吃了下去。

通过对潘乔·比利亚及其部下的描写，里德创造了一个野性墨西哥的形象，这一形象将在无数西部片和塞尔吉奥·莱奥内[1]的电影中展现——毫无道德的野蛮和任意的多愁善感：唱着民谣，分享着玉米饼，同时对着溅了一地的敌人的脑浆大肆嘲笑。

他讲述了一个很棒的故事，是关于一位带兵撤退的将军。将军失去了一切：他的妻子，他的人马，还有武器装备。看到他哭泣，里德很同情，

---

1 塞尔吉奥·莱奥内（Sergio Leone, 1929—1989），意大利著名导演，被誉为"意大利西部片之父"，代表作有《黄金三镖客》《西部往事》《革命往事》等。

说他的部队打得很好。将军对此不以为然:

"不是这样的。"他慢慢地回答,同时透过泪水模糊的双眼,看着从沙漠中爬过来的可怜同伴。

"我不是在为他们哭泣。"他说着,两只手拧在一起。"今天,我失去了所有我珍视的东西。他们带走了我的女人、我所有的军官和文件,还有我所有的钱。但是当我想到失去了那个镶有黄金的银马刺时,我就悲痛欲绝。那是我去年在马皮米买的!"说完他转过身去,陷入万分痛苦之中。

我开着这部奥兹莫比尔轿车继续向南行驶,山脉沿着查帕拉尔群落两侧蜿蜒起伏,土地变得愈加肥沃:绿色的小橡树开始出现在风景中,还有一些棉花种植园和牧场。位于漫长土路尽头的牧场房舍宛如诱人的绿洲,它们的牛角门正好通向高速公路,通常旁边还有一个风车,一片小树林围住低矮的土屋,屋顶上有个蓄水池。

开车穿过高地平原上那条笔直的长路时,我注意到了这辆车的一些奇怪之处:如果把手从方向盘上拿开,让它自由行驶,它会猛烈地转向一边。我感觉不对劲,决定到达奇瓦瓦后去修理一下。

*

奇瓦瓦市是奇瓦瓦州的首府。我想寄封信回家,目的只是为了拿到"奇瓦瓦,奇瓦瓦"这个抬头。

这是一个宁静的小城。费尔南多跟我讲过这里——到处都是和他家一样富裕的养牛大户,遍地是美国化了的家庭,宽阔的街道,肯德基快餐店,有家"罗宾汉旅馆"，甚至还有一个多层停车场。

正是在多层停车场，我经历了一个糟糕的时刻。就像所有的停车场一样，为了能容纳尽可能多的汽车，当你爬上一层时，每个角落的转圈空间都很小。从边境开始跑了几百公里后，我逐渐放松，觉得开得很熟了。但是我一直对转弯判断失误，老是熄火停车。我终于找到了一个空间。它看上去很小。它的确太小，没人告诉过我停车这么难。我的保险杠狠狠地划伤了旁边的汽车，几乎擦过了它整个车身。

继续留在这儿似乎不是个好主意。我退了出去，又冲向出口。这一次，我真的开始横冲直撞了，每下一层，不是撞墙，就是碰到一辆皮卡。那些停放的汽车上有很多突出的东西。我的这部奥兹莫比尔也是。每次撞到什么东西时，它都会发出刺耳的撞击声。

我试着在那个服务员面前表现得镇定一点。在此之前，他看到我抽着烟兴高采烈地开了进来，看上去就像开启全新一天的詹姆斯·迪恩[1]。"好像忘了什么。"我一边快速离开一边嘀咕道。

一个友好的机师在后街的"车间"帮我评估了损坏情况。车身上有我撞过的每一辆车的油漆条纹，五颜六色。"没有什么是一点黏合剂解决不了的。"机师愉快地说道。他有个不可思议的绰号："俄国人"。当我告诉他我的计划时，他建议在我到达墨西哥城之前，不要费心去弄油漆填料。"在那之前，你还会新添更多的凹痕。""俄国人"又帮我校正了车轮，这样汽车就不会明显偏离直线行驶了。我弄坏了车身一侧的后灯组件——"俄国人"建议在上面贴些反光带。

1　美国传奇男演员，1955 年因车祸丧生，年仅二十四岁。

"转向灯怎么样了？"我问。

他笑道："为了安全，最好别用它。"

我去了潘乔·比利亚博物馆。考虑到潘乔·比利亚是所有墨西哥革命人物中最粗鲁的，博物馆处在这样一个安静的郊区似乎感觉不太合适。他同时代的埃米利亚诺·萨帕塔[1]至少有一些革命理想，虽然可能有点单纯，他有句著名的口号：面包和自由。但潘乔·比利亚似乎更多是为了好玩，更像罗尼·比格斯[2]，而不是罗宾汉。

潘乔·比利亚在墨西哥城以北最远的奇瓦瓦州点燃了革命，这可能看起来有些奇怪，但实际上很合理：该地区长期以来一直抵制大种植园的概念，这种体制将工人们永远与隶属种植园的共同商店捆绑在了一起。

整个 19 世纪，北方阿帕奇人的袭击让这里成为一片无法无天的土地。因此，墨西哥政府撤回了联邦军队，转而武装当地社区，创造了边境州好战而独立的传统，比利亚后来正是利用了这一传统。因为他们离美国如此之近，如果需要的话，土匪总是可以溜过边境，就像比利亚和其他人在革命早期经常做的那样：有一次，他只带了四个人就从埃尔帕索"入侵"了墨西哥；几个月内，他就重新夺回了奇瓦瓦州。

从约翰·里德的作品中，我可以想象出潘乔·比利亚在墨西哥北部铁路上疾驰的形象，当他们野蛮推进时，他的士兵，那些"黄金战士"们的脑袋从车厢顶上和窗户中探出来。在那些不得不撤退的战役中，士兵们会

---

1 埃米利亚诺·萨帕塔（Emiliano Zapata, 1879—1919），墨西哥革命领袖，他以"土地与自由"为革命的目标，所领导的墨西哥南方农民武装是 1910 年墨西哥革命的重要组成力量。1919 年 4 月 10 日在莫雷洛斯州遭伏击身亡。

2 罗尼·比格斯（Ronnie Biggs, 1929—2013），英国 1963 年火车大劫案主犯，1965 年越狱后逃亡三十六年。2001 年回到英国后被捕入狱。

切断身后的铁路线，这样追兵就无法赶上来了，就像动画片《猫和老鼠》中一样。

在随后的几年里，除了萨帕塔之外，胆大妄为的潘乔·比利亚几乎攻击过所有其他革命领袖，在这一系列战役之后，他于1916年"入侵"了美国——他是最后一个这样做的人。在他对新墨西哥州的夜间突袭中，虽然仅造成了十八名美国人死亡，但是美国做出了过度的反应。伍德罗·威尔逊即将竞选连任，他下令发动了"潘兴突袭"，派出成千上万的人马进行报复，一路追击比利亚，直至马德雷山脉。

我是这个偏僻博物馆的唯一参观者。从落满灰尘的游客登记册上可以看出，墨西哥人已经对潘乔·比利亚或革命没兴趣了。至于世界其他地区，长期以来对此更是漠不关心，尽管事实上1910年至1920年的墨西哥革命对拉丁美洲产生了持久的影响，这场革命的发生时间也领先于导致上百万人死亡的布尔什维克革命，托洛茨基选择逃往墨西哥并非没有原因的。

墙上挂着一张合照，有潘乔·比利亚与美将潘兴等人。照片拍摄于两国关系恶化前几年的一次边境会议上。比利亚一脸微笑，戴着一条活泼的小领结。潘兴则是咧嘴大笑。几年后，潘兴像撵老鼠一样追着比利亚到处跑。

这张照片出奇地令人满意。他们的帽子和小胡子让人忍俊不禁，这让我想起了布奇·卡西迪和"日舞小子"[1]。在比利亚和潘兴身后那拨人中，有一个年轻的美国陆军中尉，他就是日后名闻天下的乔治·巴顿。比利亚旁边站

1　布奇·卡西迪（Butch Cassidy）和"日舞小子"（Sundance Kid）是美国西部最著名的劫匪，活跃于19世纪末20世纪初。1908年11月，两人在玻利维亚被警方包围，饮弹自尽。1969年的电影《虎豹小霸王》就是以二人的事迹改编的。

着他的革命同志奥夫雷贡[1]，他后来背叛了比利亚，并纵容了1923年对比利亚的暗杀。

照片中有个引人注目的细节，潘兴和奥夫雷贡都穿着笔挺的军装，一副完美的军人形象，站在他们中间的潘乔·比利亚则穿着一件破旧的猎装夹克，一个口袋翻进去，另一个翻了出来。如果不看那枚像怀表一样随随便便挂在腰间的奖章，人们可能会把他当作一个来自山下的农民。实际上他也正是如此。

博物馆有一处非凡的吸引力，那就是它的管理者是潘乔·比利亚八十七岁的遗孀鲁斯（Luz）夫人。这有点像发现列宁的遗孀正在莫斯科照看他的陵墓，因为墨西哥革命要早于布尔什维克革命。但是，由于比利亚乐呵呵地娶了许多女人，她们中的某个人很有可能会活到这样一个令人尊敬的年纪。

鲁斯夫人人高马大，面无表情，她的目光从电视屏幕转到我身上，好像在看一只苍蝇。我试图躲开她的目光。"去看看那辆车。"她冲着我吼道，仿佛在下命令。我刚才在外面路过一辆旧车，没怎么注意。现在我看到车身布满了弹孔。上面有一张卡片，说这就是比利亚被暗杀时乘坐的那辆车。

我回到她身边。当鲁斯夫人把手伸进一个包里，拿出一张皱巴巴的照片时，聊天中尴尬的停顿终于被打破了，照片是她本人拿着一支潘乔·比利亚用过的猎枪；墙上也挂着一排枪支。她用那张照片给我签了名，笔迹歪歪斜斜、摇摆不定，宛如出自一个六岁孩童，然后她又回到了自己那永恒的墨西哥肥皂剧世界中。

我告诉她，潘乔·比利亚在英国很受欢迎。这是奉承。我都怀疑我的

1　阿尔瓦罗·奥夫雷贡（Ávaro Obregón, 1880—1928），墨西哥军事、政治人物。1920年12月至1924年11月间，担任墨西哥总统。1928年，再次当选总统，但在就任之前不幸遭刺杀身亡。

朋友中是否有人听说过他，除了作为一个搞笑的墨西哥名字，像"飞毛腿冈萨雷斯"[1]。尤尔·伯连纳[2]不是曾经在电影里扮演过他吗？

事实上，比利亚曾在一部电影中扮演过自己。他签下的那份合同堪称好莱坞历史上最不寻常的合同之一，这位大人物同意在 1914 年《比利亚将军的一生》(*The Life of General Villa*) 中，亲自上场为摄影师提供所有的战斗场景。后来影片加了一段，他也将把那些处决从黎明转移到几小时后光线更好的时候；死刑犯在这几个小时缓刑期间所做的事情并没有被记录下来。

我问鲁斯夫人，1914 年晚些时候，当比利亚与其革命同志、南方著名革命领袖萨帕塔会面时发生了什么。他们两人以胜利者的姿态进入墨西哥城，在政府的议事桌上坐了一小会儿。然后奥夫雷贡这样的真正操盘手就接管了政权。

鲁斯夫人当时留在了奇瓦瓦，所以没有见到过萨帕塔。但她给我讲了一个非同寻常的故事，关于比利亚如何聚拢所有睡在墨西哥城街头的孤儿，并把他们送给鲁斯夫人照顾："他给我发了一封电报，说'三百名孤儿即将乘下一班火车到达'。"她给所有的孩子都找到了一个家，并为此感到自豪：虽然许多孤儿再次逃去街头，但其他人留了下来，并且找到了工作，还有一些人至今仍然在世，住在奇瓦瓦：鲁斯管他们叫"我的孩子们"。

我们的谈话变得越来越有趣，她关掉了电视。我犹豫了一下，问了她

---

1 即 Speedy Gonzales，华纳兄弟出品的动画中的角色，是一只"墨西哥最快的老鼠"，说英语时浓重的墨西哥口音，也说西班牙语。

2 尤尔·伯连纳（Yul Brynner, 1920－1985），俄裔美国人，著名演员，在 1968 年电影《西部骑士》中扮演比利亚一角。

一个决定比利亚命运的关键事件。有那么一小段时间，比利亚将奥夫雷贡拿捏在了自己手里，他已精明地预见到，如果不杀了奥夫雷贡，奥夫雷贡就会背叛革命，反过来杀掉他自己。但鲁斯夫人抗议说，奥夫雷贡当时在他们家，是客人，杀了他将违反墨西哥的好客传统。于是比利亚退让了，用火车把奥夫雷贡送走，并要求手下的将军们在路上杀死他。他们要么失败了，要么没有执行命令，奥夫雷贡得以幸存下来，并实现了比利亚的两个预言。

"这么多年过去了，我仍然感到惊讶的是，弗朗西斯科·比利亚将军［她从不称他为潘乔］当时竟然听了我的话。我说话一向很快，不假思索。"她停顿了一下，似乎陷入了沉思。

鲁斯夫人面前的桌子上堆放着几本她最近写的一部自传——《近观潘乔·比利亚》(Pancho Villa en la Intimidad)。书是用廉价的纸张私下印刷的。我买了一本，她大笔一挥，签上了如下这句话：送给亲爱的乌戈。

这本书中非常直白地讲述了比利亚令人发指的一夫多妻制；大多数传记作者都不确定他跟多少女人"结过婚"。有一次，鲁斯夫人来到奇瓦瓦，发现一个对头"妻子"侵占了她的房子。但我从其他文字中知道，鲁斯是潘乔·比利亚生活中的一个中心人物。他在1911年革命开始时就和她结婚了。当被问及是否希望在婚礼前按惯例举行忏悔时，比利亚给出了否定回答，理由是太费时间，当时她一定是心头感到了几分不安。

一位传记作者估计比利亚有十几个这样的妻子，并让其部下在每次婚礼后偷偷销毁结婚证书。鲁斯夫人不知何故一直陪着他度过了随后饱受战争蹂躏之苦的十年，高尚地从其竞争者们那里接过他的孩子，即使她的一个女儿被某个对头下了毒。

这一定是个任性的家庭。鲁斯夫人告诉我，有一次，她发现大一点的孩子把一个小一点的孩子浸在汽油里，准备烧死他。她是怎么处理的呢？不过是断掉了他们的零花钱和周日外出观影计划。

在比利亚死后的五十多年里，她一直为自己男人的名誉而战，在此期间，她靠奥夫雷贡给她的养老金生活，奥夫雷贡说是为了感谢她十年前的救命之恩。参与刺杀比利亚的一名刺客刚刚出版了一本书，名为《我杀了潘乔·比利亚》（*Yo Maté a Pancho Villa*）。博物馆没有收藏这本书，鲁斯夫人对该书的出版感到无比愤怒："无耻之尤！"

当我准备离开时，她给了我最后一点建议："年轻人，记住一件事——在他的一生中，弗朗西斯科·比利亚将军从不喝酒或赌博。在他整个人生中一直如此。"这一说法令人担忧。我没有对她说这些，但是如果潘乔·比利亚在冷静清醒时都那样杀人和蹂躏，他喝酒后又会是什么样子呢？

鲁斯夫人所言并非完全是事实。因为在生命的最后几年，比利亚为了一个年轻的模特把鲁斯夫人赶出了家门，之后他就开始酗酒了。如同潘乔·比利亚的大部分人生一样，它就像一首乡村和西部歌曲。

*

我一直是在车上睡的。说实话，我几乎没怎么下过车。这不只是为了省钱。我爱上了这部车，它的收音机，它的镀铬装饰，还有它的超大尺寸。我可以停在岔路口，开着空调，开心地坐在车内，看着每天回家吃午饭的墨西哥女大学生们，然后再等着她们下午四点多钟回来，真的太开心了。年方十八的她们有着墨西哥北方人高挑纤细的身材，黝黑的头发配上蓝色的格子连衣裙，脚上一双小白袜。在午后的阳光下，她们有说有笑，露出一口亮晶晶的白牙。

然后，我又在酒吧里碰到了费尔南多。他从边境南下而来，因为觉得"太无聊了"。我无法想象这一切。费尔南多给我留下了深刻的印象，他那种无尽的倦怠简直能让贝克特式的主人公蒙羞。

他的到来意味着我现在可以搬到他父母的房子里去洗澡了。他的父亲留着小胡子，人很安静，总是被称为"那个本科生"，因为他拿到了学位。他的母亲也是个沉默寡言的人。事实上，他们全家人，包括费尔南多及其兄弟姐妹，都异常安静。几天后，我明白了原因。

费尔南多的母亲在早餐桌上放了一个大玻璃瓶，里面装满了五颜六色的胶囊。如果是在美国人的家里（和大多数奇瓦瓦的家庭一样，这里也是经过精心设计的，好让其看起来像是美国人的家），它应该是装满了饼干。她在里面放着镇静剂，正儿八经的镇静类药物，比如安定（Valium）和眠确当（Mogadon）。我打小就知道这些东西。只要她发现孩子们一有什么过激行为，比如说句玩笑话，她就会给他们吃一颗。他们至少每天都会吃一颗，这位母亲管它们叫"妈妈的小助手"。

对于一个长期吃镇静剂和外卖比萨的家庭，我实在不太能忍受太久。我恳求费尔南多给我们创造一个转移注意力的机会。我们决定去他熟悉的一个牧场，和一些朋友一起去。他有点犹疑不决，因为他不擅长骑马。但我还是坚持要去，因为往南边开车时看到那些"绿洲牧场"的景象让我记忆犹新。

这个计划花了相当长的时间。"计划"这个词也许对费尔南多所做的事情来说太过雄心勃勃了。但最终我们还是出发了，我的奥兹莫尔比载着五个人、他们的行李、六瓶装的啤酒和威士忌。在最后时刻，一个叫"嗑药鬼"的男孩带来了一个帐篷，以防牧场的床位不够。我则带了一个睡袋。

我们在出发前喝了很多酒，我有一盘穴居人乐队（The Troggs）的磁带，我把音量开到了最大。没过多久，这群墨西哥人演唱的《野性》一曲就让车子摇晃了起来；他们歌词唱得很差，但到了副歌时却很好听："小野猫／你让我的内心唱起了歌谣。"

我们沿着越来越脏的土路前行，坑坑洼洼也逐渐多了起来。费尔南多和"嗑药鬼"让我左右移动，以避开坑洞，但我发现这样对底盘不太好。我们偶尔会开到干涸河床的浅滩上。"如果下雨会怎么样呢？"我问。

他们笑了。"那样你当然没法开过去。但无论如何，一年只下一两次雨，而且是在雨季。"

正说着的时候，我们看到地平线上乌云密布。不到一小时，天就开始下雨了。不是那种和缓的英国式降雨，而是非常迅猛，即使将雨刮器开到最大模式，依然无法阻止它淹没挡风玻璃。我关掉了音乐，试图沿着正在变成一片泥沼的地方行驶。我们又开过了一个十字路口，尽管水在车的两边打着旋。当我们到达下一个路口时，已经没有希望通过了。

"我们离牧场还有多远？"我问。

费尔南多耸耸肩。"我不知道——估计没多远了吧。"这意味着我们还有很长的路要走。

"嗑药鬼"又卷了一根大麻。"那我们几乎无能为力了。"

"用帐篷怎么样？"有人提议。现在想来，这不是个好主意。但是我们路上已经喝了不少酒，判断力充其量也就是晕乎乎的水平。

帐篷搭好的时候，我们已经湿透了。我们三个人扎进了帐篷。其他人留在了车里。浑身湿透、筋疲力尽的我，手里还拎着一瓶新的法国百龄坛威士忌，酒是费尔南多爸爸的。我想试着睡一会儿。半夜某个时候，雨停了。这时，"嗑药鬼"开始呕吐了起来。

我通常不是会早起的人，我尽可能快地把头伸出帐篷，带着深深的宿醉，试着观察外面的世界。首先映入眼帘的是一个巨大而模糊的物体，它的两条前腿朝我竖了起来。我跟它完全对上眼了。可能是我的大脑回来找我了。

我后退了一下，拉上帐篷的拉链。通过顶部的通风口，费尔南多和我看着蜘蛛以一种独特的方式向附近的一座小丘爬去。费尔南多证实这是一只狼蛛，尽管他只看过它们的照片。我拿这件事跟他开玩笑："你作为墨西哥人，怎么可能从来没见过狼蛛呢？"

他轻蔑地说道："这种东西乡下才有。"

我已经发现费尔南多对城市以外的一切事物都不屑一顾。我费了很大的劲才把他带到牧场。

狼蛛像一只恶毒的青蛙一样远远地看着我们，我们把浸满呕吐物的帐篷扔进袋子里，和同伴一起坐在了车里。他们似乎很开心。前一天晚上，他们在喝酒和嗑药时，让发动机运转了一会儿。在这个过程中，他们还一直让前灯开着，弄得电池没电了，现在汽车无法启动。

地平线上看不到人类的住所，但是一队十二岁左右的男孩从岩石后面出现了。他们穿着童子军制服。这是一个奇怪的时刻，就像一部布努埃尔的电影。我的同伴们对这种诡异无动于衷。实际上，英国式视角下整个奇怪的概念在墨西哥人看来似乎没有任何意义。事情就这样发生了。

童子军显然一直在附近露营。更妙的是，他们给我们提供了一些早餐，这些早餐是他们用可折叠的炉子精心烹制的。我礼貌地询问了这边"贝登堡运动"[1]的情况，高兴地得知这一运动正在奇瓦瓦蓬勃开展。其中一个人问我自己是否当过童子军。我不想告诉他们我不够格。

一些农民乘一辆卡车经过，用搭电启动的方式帮我的奥兹莫比尔恢复了活力。我们一路颠簸着向牧场驶去。到达那里时，我们发现所有的马都被转移到了另一个牧场——大牧场。至少我们可以洗个澡，吃点豆子。一辆皮卡正要开往奇瓦瓦，费尔南多和他的朋友们决定搭顺风车回去。潮湿的夜晚使他们放弃了整个计划。

我自己去了大牧场，一边走一边问路。在墨西哥问路有点困难，因为即使被问的人不认识路，也会觉得不给出一个回答是不礼貌的。通常的回答是"往前走，直走，跟着你的鼻子走"，伴随着一个向前的手势。这一姿势至关重要。如果手在指向的时候有所摇动，包容范围变大或者有点颤抖，就像风在移动一样，这等于发出了一个十分确定的信号——对方压根儿不知道你想去哪里。

我也是在前进途中知道这一点的，所以去另一个牧场的旅程堪称百折千回。大牧场远远算不上大，当我到达的时候，只看到一栋小楼和一个敦实的牧牛人，他叫埃莱乌特里奥（Eleuterio）。他和妻子及小女儿住在那里。

我觉得骑马可能就像开车一样，虽然以前从未骑过；但是马鞍和扶手椅一样大，几乎不可能从上面掉下来。埃莱乌特里奥教了我墨西哥式的骑术，当我骑在上面慢慢游走时，他从我身后走过，试图吓一吓我的马；然后当我抓住缰绳时，它一下子蹿了出去。

这样过了一天，我被迷住了。我问埃莱乌特里奥是否可以留下来过一

1　贝登堡（Robert Baden-Powell, 1857—1941），英国将军，童子军运动的创始人。

段时间。

就这样我开始了一段非常快乐的时光。有人在身边帮忙，埃莱乌特里奥也非常高兴。我们每天有八个小时是在马鞍上度过的。到了第三天晚上，我身体已经僵硬不堪了，无法坐下来吃饭，他觉得很滑稽。次日，当我试图套住一头阉牛的脖子，结果被绳子擦伤了半只手时，他笑得更厉害了。"蠢货，不要这样弄！抓它的腿。"

我们会骑马到山上去修理一个坏了的水泵，或者，更频繁的是，似乎纯粹为了好玩而骑着马到处奔跑，不过埃莱乌特里奥从来没有如实向他安静的妻子解释过，她给我们准备了黑豆和用黑咖啡冲下来的玉米饼。真正无事可做的日子我们就会好好睡个午觉。

几天变成了几周。我成了一个地地道道的乡巴佬，因为我的皮肤在阳光下起了泡，并且开裂了。有一天，我照镜子时惊讶于自己看起来是那么健康。我唯一带着的饮料是那瓶百龄坛威士忌，晚上我们坐在阳台上，慢慢地喝着酒，在星空下抽着烟，有了一些哲学思考的味道。当我们喝完威士忌时，他拿出了一些龙舌兰酒。

埃莱乌特里奥不是一个快乐的人。他厌倦了一成不变的生活，这种生活对我来说却如田园诗一般，以至于我可以考虑永远待在这里。他问我关于英格兰的情况，那里是否有雨季：

"你是说那里四季一直是绿色的？"

"是的。因为那里一直都是湿答答的。"

有些晚上，我会对自己冷落了那部奥兹莫比尔感到内疚，于是会在黄昏时分开着它来回跑几圈，看着萤火虫再次聚集在前灯上，收音机会捕捉到奇怪的得克萨斯—墨西哥风格的乡村频道和西部电台。

我也带了一些书，现在终于可以抽出时间去读了，这些书的作者包括：D. H. 劳伦斯、伊夫林·沃、阿尔道斯·赫胥黎、马尔科姆·劳里和格雷厄姆·格林。尽管他们来自完全不同的时代，但都去过墨西哥，目的是寻找可以无法无天的道路和一种所谓的道德缺失感。对于年轻一点的声音，我有《麦田里的守望者》；还有卡洛斯·卡斯塔涅达[1]写的唐望大师及其萨满力量的故事。我已经问过费尔南多当地是否有仙人掌。他看着我，像在看一个疯子。他轻蔑地嘀咕道："那是印第安人的东西。"

我想着要不就留下来，忘掉去南边贩卖车的事儿。也许我可以开着这部奥兹莫比尔回埃尔帕索找到奥逊·威尔斯，依靠他的仁慈（可能是有限的），把车退给他，然后回到这里，和埃莱乌特里奥一起实现我的牛仔梦想。

这一切之所以如此吸引人，是因为它就像电影《弗吉尼亚人》（The Virginian）一样。当埃莱乌特里奥和我在干涸的河床上穿行时，脑海中会自动播放电影主题音乐。我原本预计会有一些不同——现实会比好莱坞电影更加沉默。

但是某种固执占据了上风。一天清晨，我卷起睡袋，和他们一家人喝完最后一杯咖啡后，开始向南方进发。我留给埃莱乌特里奥一盘鲍勃·迪伦的磁带，他说这让他想起了汉克·威廉姆斯[2]。我常想起他坐在阳台上听《沿着瞭望塔》（"All Along the Watchtower"）这首歌的样子。

1　卡洛斯·卡斯塔涅达（Carlos Castañeda, 1925—1998），秘鲁裔美国作家，以唐望系列图书闻名，书中记载了他拜印第安萨满巫师唐望·马图斯为师的经历。

2　汉克·威廉姆斯（Hiram "Hank" Williams, 1923—1953），美国歌手、音乐家，被认为是美国20世纪最重要和最有影响力的歌手之一。猫王、鲍勃·迪伦和滚石乐队等都受其影响。

第二章　荒蛮之地杜兰戈

一个警察缓慢地走了过来。他靠在挡风玻璃上，草草看了我一眼。几年后，我看了电影《惊魂记》（Psycho），明白了珍妮特·蕾（Janet Leigh）被骑警拦下时的心境，当时她正带着身上所有的钱赶去汽车旅馆——那是一种特定的动作编排，戴着墨镜的警察一脸深思熟虑的样子，俯下身子，停住了好一阵。"来吧，我们最好进去谈谈。"

虽然我曾试图走小路南下，但我在马德雷山脉边缘，一个盛产木材和矿物的城镇伊达尔戈德尔帕拉尔（Hidalgo del Parral）的郊区遇到了路障。"进去"是指坐在对面小屋的唯一一张桌子旁，那里有个"小老太太"正在煮咖啡。我试图跟他说明情况，称自己主要是出于好奇和天真（我问了诸如"我需要上保险吗？"等问题）。

他看着我，一脸的不相信："臭小子，你有种。"这似乎是一个自相矛盾的说法，但现在不是说这个的时候。"没有驾照，没有登记，没有保险，连该死的车牌都没有！"我把纸板车牌摘掉了，因为担心它会被风吹走。

"我可能要扣下你的车了。"他向前探身，"告诉我——你想不想找一份工作？"

我无法相信他的问话。不端行为让我在墨西哥警员面前获得了加分，就像那个老笑话，没通过准入测试却得以进入军情局工作？

"一份工作。在镇子另一边的锯木厂。那里的工头告诉我，他们眼下正在找一个翻译。你的西班牙语相当不错。"

"呃，那辆车呢？"

"我说了，我要暂时扣下它。"他给了一堆盖章的正式表格让我看。"这是你的证明文件。"这是我仅有的能证明这辆车存在的文件。我怀着好奇心研究了一下。我一直认为墨西哥人不在乎文书工作，他们非常随和，不会用这些讨人烦的东西。没有什么比这种想法更离谱的了。仅仅从文具店买一支铅笔就需要准备一式三份的表格。

警察露出了诡异莫测的微笑："或许，我后面会还给你。"我只能把车放在警察局了。我把能锁进后备厢的东西都扔了进去（他让我保留了钥匙），然后拿上了一些必需品——我的磁带、日记和几件衣服，用背包和几个塑料袋装走了。

伊达尔戈德尔帕拉尔是个名副其实的牛仔小镇，这里与奇瓦瓦截然不同。空气十分清新，远处群山在望。一个谷仓大小的圣母像被钉在了教堂上方。坐满农场工人的定制款福特100型皮卡一辆辆经过：许多工人都有塔拉乌马拉印第安人的血统，看上去瘦瘦的，好像被烧焦了一样；塔拉乌马拉人都是出色的长跑选手。这个地方只有一条街，街上主要商店的橱窗里都摆着一排排的牛仔靴，走线精巧，棕色皮子上还有取自蛇皮或犰狳的装饰。有一家商店叫塔拉乌马拉靴店（Tarahumara Boot's）。我喜欢那个撇号。

鞋跟是根据倾斜角按数字分类的，从1到11。1就很平，和普通的鞋子差不多；到了11，简直要和女式的细高跟一样了，那鞋跟如"恨天高"一般，直落鞋底。感觉穿上它们根本无法走路。在去锯木厂的路上，我遇到了几个牛仔，他们块头都很大，穿着木工的衬衫，戴着高顶宽边的牛仔帽，而脚上的高跟靴似乎在某种程度上削弱了这种英武气概。真正的男人显然都喜欢 11 号的。

我熟悉了一下锯木厂的环境。在等待工头到来的时候，我看着一个锯木工操作机器把一根根将近五米长的原木甩来甩去，就像甩火柴棍一样，然后用圆锯把它们锯成薄片，再把这些薄片沿滚轴送到下面进行切边、分类和分级。

我还没有从丢车的震惊中走出来，又被眼前的这一切淹没了：机器的噪声，从锯齿喷出的细微木屑形成的雾显现在光照中，还有刺鼻的甲醛气味。锯木工是个深色皮肤的塔拉乌马拉印第安人。他穿着高及大腿的橡胶靴，以防止被飞溅的湿碎木屑打到。过了一会儿，他更换了锯片，随意把钢制圈带甩到了厂房地上，在那里它扭动着，弯曲着，然后又不动了，像一条垂死的鱼。

工头扎克来自得克萨斯州。作为开场白，他告诉我，前一天甲醇厂的一条管道爆裂，导致他的一名工人全身 80% 烧伤。扎克已经在此多年了，所以他自己理解西班牙语不存在任何问题；之所以需要翻译是因为一位加拿大木材专家准备去西马德雷山区的一个姊妹厂。他找不到愿意去的人，因为那里太偏远了。当我解释说自己没有交通工具时——尽管我没有提到原因——他笑了："进入塔奥那斯（Tahonas）的唯一方式就是搭飞机。"

待遇似乎不错，而且那种情势下似乎不去也不行。几个小时后，一架"赛斯纳"（Cessna）飞机飞到了马德雷山脉的上空，而我是唯一的乘客。

当年潘乔·比利亚被美军追击时，就逃进了这片"强盗之乡"。我能理解美国人当年为什么没能抓住他。这里都是森林覆盖的山脉,深谷切入其中,一往无前地荡漾开去。飞行员朝下面指出了一些坐落在山上奇怪位置的小机场:其中一个跑道中间拐了个弯,终点落在了悬崖顶。

"毒贩用的。"飞行员解释道。直到几年前,这里还是向美墨边境运送大麻的主要种植区。然后,美国人与墨西哥联邦警察联手,通过代号为"秃鹰行动"(Operation Condor)的反毒计划,用飞机向大麻种植园喷洒了大量杀虫剂。现在,政府试图在当地建立小型的合作社,称为"村社"(ejido)[1],为大型锯木厂提供木材,作为大麻的替代作物。

飞行员悲伤地叹了口气。种植毒品的话,农民一天挣五百比索,提供木材一天只能挣一百二十比索——而且后者更为辛劳。我能很明显地看出他的想法。过了一会儿,他带我去了林中的几处空地,他说这些空地现在仍被用来种植大麻。这让我明白了在小机场发生的奇怪现象,上飞机之前,士兵们对我进行了搜身。搜查不算过分——没有检视体腔——但也让我吃了一惊。

在那儿等我的加拿大木材专家叫艾德·麦克唐纳(Ed MacDonald)。他六十八岁,戴着一顶白色软礼帽,与我期望的形象不太一样。但可能我也跟他所期望的不太一样。

我认为最好马上展现我对木材一无所知的事实。在车上,他不断地给我上课。例如,我们刚看到参天的西黄松(ponderosa pine)非常珍贵,因为它们的主干没有逐渐变细,而且在前三十米内能自然整枝,所以没有留下

---

1 ejido 一词源自拉丁语 exitum,指的是社区农民的共有土地,成员只有使用权和收益权,没有所有权。尽管 ejido 这一概念源自阿兹特克时期的卡尔普伊(calpulli)制和中世纪西班牙市郊公地处置制,民众自管意味较为浓厚,但 20 世纪的 ejido 基本处于政府控制之下。90 年代初,萨利纳斯总统为加入北美自贸区,修改了宪法,停止了政府授地,并允许既有的 ejido 土地出租和售卖,可以视作现代墨西哥土地改革的终结。

木头结。艾德本人从十四岁起就在不列颠哥伦比亚省从事木材生意。

塔奥那斯原来是隐藏在一座小山坡下面的一系列小木屋的集合。在两千多米的海拔上，夜晚变得异常寒冷。艾德前一天刚到，已经开始对住宿、破旧的学习室和食物有所抱怨了，食物是典型的墨西哥北方风格，通常由炸豆泥、玉米饼、黑咖啡和可口可乐组成。可乐是唯一一种能保持温热的食品。

我们会开车或坐飞机去当地的小锯木厂。飞行是一项艰苦的工作。飞行员会在起飞前画十字，艾德滔滔不绝地说，我们的飞机是"一堆垃圾，在着陆时可能会散架"。

塔拉乌马拉人很少对任何事情表现出惊讶，但当一个戴着白色软礼帽的红脸老头带着脚踏切尔西靴、头发竖起的十八岁助手突然出现在他们的锯木厂时，确实感觉打破了他们素来的平静泰然。

他们雇艾德来是向工人们就可能的改进提供建议，他没有怯场。将他那种木材专家充满活力的话语翻译给一群列在工头旁边的村社工人需要一个中国侍臣的交际技巧。我努力把他说的话（"工作方式太糟糕了"）变成墨西哥人在这种会议上经常使用的那种非常正确的西班牙语（"可能还有其他更有利的工作方式"）。

尽管艾德说了那些话，但他对塔拉乌马拉人做事的方式还是展现出了一种勉强的尊重——而他不是一个容易尊重人的人。例如，他对英国的黑人移民有着恶毒的看法，在他看来，在懒惰和撒谎方面，他们仅次于法裔加拿大人。

塔奥那斯的当地工头名叫恩里克（Enrique），是一个乐呵呵的大块头，看起来就像动画电影《瑜伽熊》（Yogi Bear）里的护林员。恩里克是个狂热的无线电爱好者，总是在收听他的短波收音机。他有时会从外面向我们汇报，他还曾经收听到新当选的撒切尔夫人的演讲。

有一天，就连艾德也因为除了谈论树木实在无事可做而感到无聊，所以我们坐上了恩里克的皮卡出去兜了一下。恩里克一路上高度兴奋。芒果的收获季到来了，我们会开车到一个深谷去找一些。

这段时间天天吃豆子这种招致胀气的东西，我和艾德已经迫不及待换换胃口了。我已经几个月没有看到任何水果了。我以前也没有吃过新鲜的芒果；在 1970 年代的英国，鳄梨（牛油果）被认为是具有异国情调的水果——芒果则没有市场。

这条路很糟糕。恩里克对颠簸有自己的看法——应该慢慢上升，然后快速下降。这种效果让人感觉就像在游乐场玩耍。加上中午的炎热，艾德·麦克唐纳开始显得面色惨白。

我们经过了一座海拔高达三千米的山，叫莫伊诺拉山（Cerro de Mohinora），然后一头扎进通往芒果谷的另一边的峡谷。路况太糟糕了，我不得不站在敞篷皮卡的后面，承受着颠簸的路面给到的压力，每当恩里克放纵地踩下油门时，我都要往前靠在驾驶室上。

阿帕奇松像光纤灯一样被阳光照亮，长长的针叶呈半透明状。我们下坡时，松树变成了橡树——"很适合拿来镶木地板。"艾德喊道。他告诉过我，在马德雷山区生长着三百多种橡树，着实令人眼花缭乱：银叶和蓝色橡树的清爽与柳栎的绿色形成鲜明对比。有时，我们会惊扰到一群在林木间搜寻橡子的墨西哥松鸦，当皮卡经过时，它们会在刺耳的尖叫声中飞起。

橡树、刺柏和朴树树丛开始变薄，更多的热带植物慢慢出现：管风琴仙人掌和木棉树，还有它们爆裂的棉头荚。有一些小定居点，塔拉乌马拉人种植了橘子和香蕉，几只山羊在木屋周围兜来兜去。

最终到达山谷底部的多洛雷斯（Dolores）时，我们已经下降了一千多米，深谷将中午时分的热浪尽数收拢。艾德随身带着一个温度计，显示将近三十八摄氏度；他还随身带着指南针和急救包，当我把《南美手册》中关于旅行时要带一个备用橡胶浴缸塞子的建议当作笑话讲给他时，他觉得这是个相当不错的主意。五个小时的车程下来，他很痛苦，我有点担心。不管怎么说，他可是我的"饭票"。

我们在多洛雷斯镇中心一座粉刷过的房子里歇下了，里面很凉快。这里的村民看上去和我之前在锯木厂见过的那些塔拉乌马拉人似乎不太一样——他们身材矮小一点，皮肤白一点，面孔看上去更加机敏狡黠；他们有更多的欧洲血统。恩里克告诉我，在 19 世纪马西米连诺一世短暂的统治期，一群法国殖民者来到了这里，拿破仑三世为了让其侄子成为这个国家的皇帝进行了荒谬而悲惨的尝试，结果导致马西米连诺一世最终被枪决[1]。我不禁想象到法国移民因为发现了芒果生产的机会，从而进入马德雷山脉，他们的马车装满了那个时期的沉重家具。

房间里确实有一个 19 世纪法国的旧餐具柜，上面放着一个饰有一圈花边的瓜达卢佩圣母像（Virgin de Guadalupe）[2]。当我们从酷热中恢复过劲儿来，喝上了清凉的柠檬汽水时，艾德给我讲了一个他在战争中经历的奇怪故事。

---

1 马西米连诺一世（Maximiliano I, 1832—1867），本为奥地利大公，在法国皇帝拿破仑三世和想做皇后的妻子（后来的卡洛塔皇后）的怂恿下，接受了墨西哥皇位，称墨西哥皇帝马西米连诺一世。后被墨西哥前总统华雷斯的反抗军击败，马西米连诺一世被俘，1867 年 6 月 19 日，被行刑队处决。马西米连诺一世皇宫设在墨西哥城郊外的查普尔特佩克山上，现已成为墨西哥国家历史博物馆。

2 即圣母玛利亚在墨西哥的本土化身。墨西哥的家家户户以及街头随处可见该圣母像。

他曾是攻占伯希特斯加登¹的盟军的一员。当其他人在房子里搜寻他们认为希特勒可能留下的贵重物品时（此时艾德轻蔑地摆了摆手，对人类愚蠢的虚荣表示不屑），他自己在花园里发现了一棵非常好的胡桃树。"希特勒不讨人喜欢，但他真的懂树木。"他砍下一根树枝，回加拿大后用它做了一个棋盘。"休，永远不要忘记，胡桃是所有硬木中最好的。它能千年不朽。比第三帝国强多了。"

恩里克去找芒果了。芒果还没有成熟，但是仙人掌上结出的"火龙果"（pitaya）成熟了。我们大快朵颐了一番，果实有红有绿，果肉新鲜爽口，其间的小籽增加了果肉的密实度和粗粝感。然后，恩里克带我们沿着一条旧驿道来到一片柠檬树林，那里的柠檬又大又绿，甜得可以直接下口去咬。从来没有人告诉我柠檬会是绿色的，而且可以直接吃。我感觉自己就像一个战时逃难者，来到乡下第一次看到一头牛。

艾德心里盘算了一下：他没法再坐车回去了，所以必须让人开飞机来接他。恩里克试图用他手里的短波设备找到一个可用的飞行员，但是没人想在那天深夜飞到山谷里，因为高温会影响气流。

我们开始了回程。我又一次坐在了皮卡的后面，但是车子还是颠来颠去，所以我们放了些沙袋来增加重量。因为天气实在太热，加上还有一肚子水果没消化，我感到有点头晕。我还产生了一种可怕的忧郁感觉，觉得这一切都不会持久；白天在阳光下开着皮卡东奔西突的令人愉快的恣意生活将不得不让位于需要背负一些责任的事情。我还担心那部停在伊达尔戈德尔帕拉尔的奥兹莫比尔轿车，想象它即使没被砸烂，至少也会被拆走零件或者在警方福利舞会上被拍卖掉。

---

1 德国巴伐利亚州的一个小镇，希特勒曾在此营造别墅。

我在塔奥那斯有个叫卡洛斯的朋友，是个二十多岁的工程师，他自己有部皮卡。他看上了一个"村社"老大的女儿。因为他知道那女孩的父亲去帕拉尔了，所以我们就开车去拜访他，结果很顺利，那个女孩邀请我们进了她家。她是一个吃玉米长大的女孩，体格健壮。她怯生生地聊着自己毕业后的前景。然后她母亲进来了，那是一个笑容满面的女士，喋喋不休地说着自己多么"嫉妒"她的女儿们，还说自己要感谢上帝，因为她的儿子们没有一个是酒鬼。她认为女孩们不应该在二十七岁之前结婚（她说这些时，孩子们在厨房和卧室之间跑来跑去，包括那个女儿）。她还说了自己儿子的婚姻是如何在维持了两个星期后就破裂的，她女儿如何在卧室窗外和"她的男朋友"（她偷偷瞥了卡洛斯一眼，卡洛斯的脸马上低了下来）聊天，但她每周只允许她女儿这么做一次。

后来，我笑着告诉卡洛斯，他跟那个女孩的日子有的熬了。卡洛斯开始长篇大论地讲述自己在性生活上的挫折，说山区是如何原始，他如何试图和一个女孩在皮卡车里做爱，这时警察出现，他被迫裸着身子下了车，这时他可怜兮兮地转向我——说唯一愿意"和他快乐一番"的墨西哥女孩是护士小姐，可是最近的医院也在遥远的帕拉尔。

我们去参加一个当地的舞会时，我也看到了自己面临的问题。舞会在瓜达卢佩和卡尔沃举行，这是一个以贩毒者和暴力事件闻名的小镇。那里有些路边服务式酒吧，你甚至不用下车就能买到龙舌兰酒。卡洛斯告诉我，有一次他正坐在那儿吃饭，突然有人拿枪指着邻桌的一个人，然后开枪杀了他。当地的毒贩有一套对付他们捕获的所有美国缉毒探员的卑鄙手段：毒贩会把他们的身体往后拉，然后拿起可口可乐倒在他们的鼻子里。可乐会填满他们的肺，把那些"美国佬"联邦探员溺死。这似乎是一种怪诞的、具有隐喻性的死亡方式，就像一场詹姆士式¹的悲剧，有人不得不去亲吻一个有毒的头骨，或者在这个例子中，工具变成了"帝国主义软饮"。

但舞会是一件严肃的事情——一排男人挤在大厅的一边，女孩在另一边，没有人跳舞，整个场面就像一场伦敦周围某郡的乡村盛宴。男人们大口喝着啤酒，但不敢接近任何一个女人，因为害怕被当众拒绝。

作为一个外来者，喝了几杯啤酒后，我觉得没那么拘谨了，于是邀请一个穿绿色连衣裙的漂亮女孩跳舞，她叫罗萨里奥。我已经习惯了英国俱乐部式的那种自由自在、随心所欲的舞蹈：开始时先使劲跳一会儿，然后在终局时进入慢节奏。不幸的是，现场没有舞者可供我们去模仿。她用一句年轻人从不使用的正式西班牙语问了我的名字："您叫什么名字？"

当乐队开始演奏一首讲述山里某个强盗死亡的哀歌时，我们发现自己越来越不合群了。更糟糕的是，罗萨里奥眼睛盯着地面，已经完全不讲话了，我们在整个大厅里游荡着。我感到了苦恼，于是加入到大厅后部的一群人当中。也许这种事也曾经在他们身上发生过一次，结果就是他们再也没有跳过舞。

当卡洛斯和我沿着坑坑洼洼的糟糕道路往回开的时候，一群醉汉尖叫着经过，他们胡乱开着枪，利用坑洼把车子颠向半空。在憋了一个晚上也没鼓起勇气邀请女人跳舞之后，他们显然是在释放紧张的情绪。男人就会做这种事。

一天清晨，恩里克叫醒了我。我打开门，发现他身后有一群人，都把帽子拿在手里。恩里克欲言又止，好像对要说出口的话感到很为难。他身

---

1 詹姆士式悲剧（Jacobean tragedy），也叫复仇式悲剧（Revenge tragedy），英王詹姆士一世和伊丽莎白时期的悲剧风格，复仇的主要动机是因为真实或者想象中受到的伤害。莎士比亚的《哈姆雷特》是该类型悲剧的巅峰。

子晃来晃去。"乌戈，你们的大人物死了。"恩里克从短波收音机里听到了蒙巴顿[1]遇刺的消息。

那天晚上，我们一直喝到深夜。"刺客！"恩里克嘴里咕哝着，一边不断给我的杯子添满龙舌兰酒。我告诉了恩里克自己那部车究竟出了什么事以及我为什么会在这里的真相，然后向他征求意见。

恩里克笑了。他认识那个警察。"别担心。"当我回到帕拉尔的时候，一切都搞定了。

那部奥兹莫比尔仍在我离开前的地方，就在警察局后面。他们甚至在上面盖了一块防水布。恩里克教了我该说什么，还直接联系了警察，所以在某种程度上我们只是在走个过场。这种场合必须用一个特殊的短语，这样大家的荣誉才能得到满足（这个短语在《南美手册》中找不到）。我直截了当地说："没有别的处理办法了吗？"警察最后一次研究了这些文件，好像是为了寻找法律漏洞，然后建议我向警察局的孤寡基金捐一些钱，要现金，称这可能是表达我悔意的恰当方式。按照墨西哥的标准，这次贿赂就是象征性的。当然，我马上照办了。

这种安排让我们像小学生一样快乐。警察甚至请我喝了一杯。在我开车走之前，他变得严肃起来。"不要试图在联邦区[2]这样做，"他说，墨西哥人都把墨西哥城叫联邦区，"他们会把你生吞活剥的。"

我在伊达尔戈德尔帕拉尔最好的餐厅"墨西哥庄园"内庆祝了一下。

1　路易斯·蒙巴顿（Louis Mountbatten, 1900—1979），英国海军元帅，曾任东南亚盟军总司令。1947 年任印度总督，提出"蒙巴顿方案"，使印度和巴基斯坦分治。他同时是英国爱丁堡公爵菲利普亲王的舅舅。1979 年在马勒莫乘坐游艇时被爱尔兰共和军刺杀。

2　2016 年 1 月 29 日开始，墨西哥城不再是联邦区，而被直接称作墨西哥城（Ciudad de México），自治权进一步提升。

牛排有整个盘子那么大，还配着奶酪酱。一番波折后，我觉得自己像一个成功的淘金者，看着自己的车就停在外面，锯木厂赚的钱感觉在我口袋里烧得慌。于是我点了他们最好的酒。

墙上有几张潘乔·比利亚的照片。这是他在1923年被枪杀的地方，就死在他的遗孀鲁斯女士给我看的那部车里；她没有告诉我的是，潘乔当时正在和一个情妇幽会。埋伏在郊区的杀手向他开了九枪，其中多为达姆弹。他死的时候脸上一定还带着性交后的愉悦笑容。

没有人知道比利亚的埋骨之处。就像他的婚姻一样，他也有很多个坟墓：一个在帕拉尔，另一个在奇瓦瓦，还有一个在墨西哥城。

从某种意义上来说，他的遇刺可以视作一种致意。表面上看，到1923年，革命早已结束，比利亚退休了，和他的士兵、三个"妻子"、一个情妇及八个孩子一起回到了奇瓦瓦的农场。但当选举迫近时，比利亚暗示自己可能会去竞选总统——这让现任总统、他的老对手奥夫雷贡感到非常害怕。奥夫雷贡知道比利亚身上体现着一种革命的大众精神，所以他纵容了对比利亚的刺杀行动。

比利亚生命的最后几年是悲惨的，被长达十年的革命踩躏后，又被墨西哥城的政治圈子边缘化。然而，对他的许多同胞和更广阔的世界来说，他仍然是不可一世的墨西哥大将军。他可能会在某一刻哭泣，但旋即又会率领骑兵迎着机枪发起冲锋。正如玛琳·黛德丽在《历劫佳人》中扮演墨西哥妓院老鸨时说的那句赞赏之语："他是个真正的男人。"

我漫步在帕拉尔的主街上，从我刚来这儿时经过的那家商店买了一双靴子。靴子是驯鹿皮的，售价四十美元，是店里最贵的一双。我选择了一双五码的高跟靴，高度是我刚好能掌握的尺度。尽管我觉得如果穿着它回到英格兰，人们可能会怀疑我是老鹰乐队的粉丝，或者比那还糟。

靴子不太好穿。我驾着车子朝南开去。通向杜兰戈的群山像墓碑一样矗立在我面前。我尽可能用力踩着油门。一个个镇子从身边滚滚而过。

我一边行走，一边认真地在日记后面做记录。"奥逊·威尔斯"说得没错——墨西哥的汽油很便宜。满满一箱（奥兹莫比尔的油箱很大）只需要十美元。为此，我要感谢拉萨罗·卡德纳斯——来自革命制度党（PRI）的一位真正的革命总统，自潘乔·比利亚和墨西哥革命的时代至今，该党一直有效地统治着这个国家。

卡德纳斯于1938年将该国的大量石油储备收归国有。英国的皮尔森公司和荷兰的壳牌公司等外国公司联合起来抵制墨西哥石油。第二次世界大战的爆发才让他们取消了抵制，从而让这个国家得以获救，因为盟国急需物资，而且不想把墨西哥推入轴心国的怀抱。尽管墨西哥石油公司是出了名的腐败，但是它已经成了革命制度党保持低价汽油的信条。

卡德纳斯还推动了我在锯木厂看到的那种村社制度，即让合作社的工人接管私有土地，这一成果的理念来自墨西哥革命。不幸的是，这种情况在全国范围内的分布比较零散，国内仍有一些地区像苏格兰一样封建，由大地主统治。

根据我对一个典型旅行日的记录，买汽油花了十美元，为了让驾驶不那么无聊，花了两美元买了六瓶啤酒，擦鞋花了五十美分，好让我的新牛仔靴保持整洁，给了乞丐一美元，花了三美元在一家便宜的汽车旅馆过夜，还买了五十美分的口香糖。

我开车时，那本《南美手册》通常就放在旁边的座椅上。里面都是各种无聊的建议，比如"101条安全注意"等，从抗生素到备用浴缸塞子，后者我还作为笑话跟艾德提过。书中列出了其他旅行者已经"测试"过的所有被认可的餐馆和旅店。这绝对不是我想要的旅行方式。因为它包含了整个大陆所有的信息，而且似乎有千斤之重。我已经带着它走了不少路了。有一次，我想干脆撕下来关于墨西哥的部分，将剩下的扔掉。但现在我竟然来到了它没有列出的地方。

我一冲动，把整本书扔出了窗外。通过后视镜，我看着它在公路上剥散开来，薄薄的书页被风吹到沙漠灌木丛里。我想靠自己，现在真的只有我自己了。

第三章　对虾海岸

"恶魔的脊梁"（Espinazo del Diablo）听上去很带劲，恩里克曾劝我不要走那里。这条曲折迂回的路从杜兰戈开始，穿越群山，直达海边。它让我想起了《飞奔鸟和大郊狼》（*Road Runner Show*）这部动画片，那只鸟不费吹灰之力地跑上 U 形道，郊狼只能绝望地看着。悬崖拐角处甚至还有类似的小道。

当我在旅途中第一次看到墨西哥的危险警示牌时，行路时便开始格外小心了。在最初的一个多小时里，我会加速驶入弯道，在直道上踩刹车，我记得一位叔叔就是这样教我的。然后我开始放松下来，也许是因为喝了瓶啤酒。如果不是因为这个，那就是跟着收音机唱得太起劲儿了。在出弯道时，我的速度有点太快了，因为没踩刹车，而是踩了油门。

事情发生得太快了。奥兹莫比尔从路上冲了出去，撞到了道牙上的两根护柱，然后从路的另一边弹了回来，掉进了沟里。我把它弄了出来，干呕不止。

一辆卡车此前颇有耐心地跟了我一会儿，谨慎地保持着距离。我偶尔会从后视镜里看到它。司机和他的伙伴一定目睹了整个事情的经过。当卡车经过时，他们对着我瞪大了眼睛，眼神里充满了疑惑。我很害怕，没敢叫他们停下来。

我走到了撞倒的护柱旁。下面就是一个陡峭的坡，不禁让我心有余悸。这时突然下起了雨。

之前就没有多少车从旁经过，现在更是一辆都没有了。等了半天，一辆美国产沃伦贝格露营车出现在了我的视线中。美国人很少在假期来墨西哥，因为墨西哥就在他们家门口，而那些来的人往往都是去像阿卡普尔科或坎昆这样有名声的度假胜地。

我运气不错。开车的人叫乔，三十多岁，留着胡子，感觉之前是个反传统文化的老家伙，而现在则是一副要好好赚钱了的样子。我和他评估了一下损失情况。车子自身受损不太严重，但它对柱子造成了严重的破坏。我们更换掉一个被石头划破的轮胎。购车时奥逊慷慨相送的千斤顶看上去需要在渗透性松锈油中浸上一个月才能用，我们于是用了乔的油压式千斤顶。

朋克运动有条原则，就是"永远不要相信一个嬉皮士"，但乔似乎人不错，即使他给我冲咖啡的时候还在放着水银信使乐队（Quicksilver Messenger Service）的歌。我一下子就喜欢上了他，尤其是当他担心我太年轻了难以完成这趟旅程时。在那场事故之后，连我自己也开始担心了。对我的大多数同龄人来说，美国只是一个由蓝精灵、迪士尼和调频音乐这些元素组成的达斯·维达帝国，但我几乎喜欢这个国家的一切：那里的空间，乐观主义，最重要的是美国汽车；我只是希望美国人能重新开始去听更好的音乐。

"你可能会需要这个。"乔给了我一本卡尔·弗兰茨（Carl Franz）写的《墨西哥行走指南》（*The People's Guide to Mexico*），书几乎被翻烂了。上面有海特—阿希伯利（Haight-Ashbury）[1]的标志和一句经典的嬉皮士标语："心随身至！"这是作者在墨西哥居住多年后的建议汇编。书的内容无所不包，从碾过仙人掌后怎么办到如何理解猥琐的墨西哥手势，但却没有提到带个备用的浴缸塞。我很感动，乔就这么把它送给我了。

"我给你卷个大麻吧，伙计，但这可能对你开车没啥好处。"乔如此说道。他肯定是看到我的表情有些萎靡不振，于是打开了露营车的侧板。在草药茶和西洋参的包装袋旁边，有五袋包装整齐的玻璃纸袋，他称那是"纯正的锡那罗亚货"[2]，这是他从埃尔弗艾莱特（El Fuerte）附近的一个农民那里收来的。

"你是毒贩吗？"我突然冒出这么一句话，然后感觉自己很幼稚。

乔笑了起来："伙计，等我回到波特兰，我和朋友们一个月就能抽完。如果我们做大麻饼的话，也许都不用那么久。"

我太喜欢他了，想给他放点冲撞乐队（The Clash）的歌，看看能不能让他从死之华乐队（The Grateful Dead）那些迷幻摇滚中走出来。但当礼貌地听完《伦敦在燃烧》（"London's Burning"）后，乔只说了句："也许你得去过才行。"我想的确如此。

我的那部奥兹莫尔比一瘸一拐地走在路上。虽然一切似乎都还算正常，但车轮在车轴上刮得很厉害，发出的声音就像粉笔划过黑板一样。到了马萨特兰才算松了一口气，这是墨西哥太平洋海岸的第一个大港口，也是我第一

1　旧金山两条街的交叉口，原为工人住宅区，后为嬉皮士集中出没的地方。

2　锡那罗亚州（Sinaloa）西临加利福尼亚湾和太平洋，是墨西哥主要的大麻生产地之一，也是墨西哥贩毒集团的发源地。美国情报体系将锡那罗亚贩毒集团认定为"全世界势力最为庞大的贩毒集团"。2014 年 2 月 22 日，该集团领导人华金·古兹曼（Joaquin Guzman）被捕，后来历经越狱与重新被捕，2017 年被引渡至美国，目前关押在纽约的联邦监狱。

次在这边看到大海。夕阳如诗如画，维多利亚时代的旅行者一定会为之陶醉。我想那应该是黄色、红色和赭色，虽然我不太清楚赭色到底是什么。对我来说，它看起来有点恶心，就像一杯日落龙舌兰（tequila sunset），石榴汁与橙汁混合，凝结成一团黏糊糊的东西，似乎是对上佳龙舌兰的浪费。

滨海林荫大道后面是一条未经开发的沙石带，名叫"大浪"（Olas Altas），滔天巨浪正是由此涌入。我停好车，甩掉脏兮兮的衣服和靴子，穿着玛莎百货买的三角裤冲向海边。一家衣冠楚楚的墨西哥人正在林荫道上散步，看到我后愣了好一会儿。我看上去一定很奇怪，脖子和胳膊上的皮肤被晒得宛如山野农夫那般，其他地方则像百合花一样白。

在山里待了几个月后，我急切地想往下去到太平洋。因为岩礁太多，我不敢尽情地游，就站在大浪的冲击区，任由海浪拍打在身上。

之后，我去吃了一道菜，里面有五种对虾。我只对一种东西比较熟悉——鸡尾酒，于是问服务员这些是什么虾。这简直让他来了精神。由于当时是淡季，餐厅里上座率不高，所以他可以滔滔不绝地讲起大虾，他说了一大堆对虾的习性和历史。他是个忧郁的人，是职业服务员那种刻意的忧郁，但显然这是一个让他感到兴奋的话题。

"您知道吗，"他说，"在所有动物中，实际上，是在所有生物中，"他停顿了一下，好让我品味一下囊括范围的深广，"对虾是唯一一种有两个国家以它命名的生物。"我不知道这个，也根本想不出答案。

"喀麦隆和冈比亚。"他自豪地宣称（西班牙语中 camarón 和 gamba 都是虾的意思，而喀麦隆和冈比亚的西班牙语分别是 Camerún 和 Gambia）。我带着新的敬意吃了那些虾。他又端来了一盘热气腾腾的蒜蓉酱红鲷鱼，而我没点过这道菜。"这道我请，"他说，"我喜欢喜欢吃大虾的人。"

马萨特兰对我来说太大了。虽然它有一些美丽的海滩向北延伸开去，但这里是一个工业港口。我看着码头上的船夫们把棉花、糖胶树胶和著名的大虾装上中国的货船。1565 年，一位有魄力的修士安德烈斯·德·乌尔达内塔[1]从菲律宾向东航行，最终到达墨西哥，从而证明了太平洋航道的可能性，自此之后，往西去往中国的贸易航线就对墨西哥产生了重要的意义。这位修士的航行正是哥伦布最初从西班牙出发之航行的镜像版。虽然后来没什么人记得乌尔达内塔，但他的航行对西班牙的重要性不亚于哥伦布的航行，因为他的航行使丝绸和香料等奢侈品得以乘坐"中国船"穿越太平洋；这些奢侈品在马萨特兰和阿卡普尔科等港口被拿来换取当地的产品，这些产品通过骡子，越过高原，被运到墨西哥湾的韦拉克鲁斯港，然后再被运往西班牙。

只要在运输途中没有被英国私掠者截获，这就是个颇有利润的贸易。在阿兹特克人的国库被掠夺殆尽后，墨西哥的富足一直仰赖于此。因此，墨西哥到处可以看到一些中国风的元素，许多人认为服饰比玉米饼更能代表墨西哥特色，但如果没有中国人的影响，多种多样的墨西哥服饰是不会产生的。[2]

*

我想去一个比马萨特兰更放克一点的地方，更像理查德·伯顿在《巫山风雨夜》（*The Night of the Iguana*）中去的那个古老的度假村。我沿着海岸

1　安德烈斯·德·乌尔达内塔（Andrés de Urdaneta，1498—1568），奥古斯丁修会的修士，航海探险家。1565 年，他从菲律宾向东航行到了墨西哥的太平洋港口阿卡普尔科。此后的"马尼拉大帆船"（Manila galleon）所走的路线被称为"乌尔达内塔航线"。

2　1565—1815 间，马尼拉大帆船航行于菲律宾与墨西哥之间，将大量中国商品输入美洲和西欧，也将大量白银带回中国。

线搜寻，终于找到了这么一个地方：圣布拉斯（San Blas）。

圣布拉斯曾经是个像马萨特兰一样的繁华港口，大约有三万居民。现在海关大楼和西班牙堡垒的废墟已经被遗弃在海岸线后方，海沙涌入，填平了原来的海湾。沙子还在不断地涌来。在唯一可以待人的地方，布卡内罗酒店，沉默寡言的老板大部分时间都在从杂草丛生的院子里清理沙子。

当我说要住一阵子时，他把唯一一间高层客房给了我，里面有一个可以俯瞰小镇的阳台。房间里还有一把破旧的摇椅，我可以坐在上面，喝着太平洋牌啤酒，看着向海面飞去的鹈鹕。一座未完工教堂的白色塔楼和墙壁从下面的棕榈树丛中伸出来，就像搁浅鲸鱼那变白的脊柱和肋骨一样。

第一天晚上，我去了海边。那里只有当地男孩们烤鱼后的余烬，周围一个人都没有。我下车后才明白了原因。

多年以后，我在电影行业的时候，遇到了我的偶像之一伊基·波普[1]。他那张脸会让人以为他曾到过很多不同星球，见过几个恒星的消亡，还能活着告诉我这些故事。出乎我的意料，伊基非常健谈，喋喋不休。聊天过程中，我发现他也在墨西哥四处旅行过。

他曾到过圣布拉斯，也许他那首《布拉！布拉！布拉！》（"Blah! Blah! Blah!"）就是这么来的。他的表情一下子就亮了起来："没错！圣布拉斯！那些个可恶的小虫子！"

这些虫子简直要把我生吞掉。没一会儿，它们就钻进了我的衣服、耳朵和身体的每一个缝隙里。我回到酒店，用龙舌兰酒和漱口水冲洗了一下身子，这是我手头唯一的液体（淋浴不能用）。从那以后，我就开始只在房内的阳台上看日落了。

1　伊基·波普（Iggy Pop, 1947—　），美国歌手、音乐家和演员，被誉为"朋克教父"。

酒店里没有多少人住，但我认识了一对年轻的巴西夫妇。男的留着大胡子，他老婆却是个安静忧郁的美人。他们在南美大陆旅行，当作是一场加长版的蜜月，已经有一年了。"我们已经厌倦了。"克拉拉用带着葡萄牙语口音的西班牙语说道。克拉拉对大多数事情都感到厌倦。在他们的旅行中，她唯一真正喜欢的地方是加拉帕戈斯群岛，"因为你可以在那里直接摸到动物"。

巴西的军政府[1]强迫出国旅行者缴纳一大笔保证金，作为表明其会回国的担保。我觉得这很奇怪。难道正常人不都是肯定想回到巴西吗？它总是被描绘成一个赏金天堂，充满了世俗的财富。罗尼·比格斯不是把那里作为他的终极目的地吗？

我曾看到克拉拉和胡安一起在海滩上堆沙堡，享受着孩童般的快乐。他们都很苗条，一身古铜色皮肤，堪称金童玉女。但他们身上似乎总有一种令人好奇的悲哀阴郁感。在克拉拉的眼睛里，我尤其发现了这一点。

我的房间就在他们的正上方，在午休时分和夜间，我会隔着薄薄的地板听到他们做爱的声音。我会尽量让自己不要想太多。这很困难，因为胡安会在中间不断地用葡萄牙语喊出数字。这是干什么？那些数字是他想用的特定性爱姿势的代号？就像橄榄球教练喊出数字时是代表动作那般？或者是代表他的性唤起到了什么阶段，就像戴娜·华盛顿（Dinah Washington）在那首美妙的《今年电视是潮物》（"TV Is the Thing This Year"）里唱的，电视维修工把她的拨号一直转到了 11 的位置。我试着不去猜测，但这足以让我保持清醒，并且大汗淋漓。

镇上最好的，也是唯一能吃饭的小店叫"驿站马车"（Diligencias），是

1　1964—1985 年之间，巴西为军政府统治时期。

一个胖胖的印第安女人开的。她一边接着顾客的单，一边随意而有力地驱赶着苍蝇。苍蝇对她来说飞得太慢了，墙上挂满了苍蝇的尸体。这家的特色菜是龟排，尽管它们是保护动物。早餐时，她端上来一盘所谓的"农场鸡蛋"，配上西红柿和辣椒酱，跟我在沙漠和山区牧场里见过的做法完全不一样；她是把生鸡蛋拌入橙汁里，声称是为了"血糖问题"，虽然沙门氏菌的数量可能也会很高。

这里是冲浪者们出没的地方。圣布拉斯因为有长长的开花浪而闻名于世，它的浪花会漫卷整个海湾。如果说以前不知道，我很快就会熟悉它的每一个特征；美国的冲浪爱好者们会在嚼着龟排时长篇大论地谈论着这种波浪的非凡特性。

我每天早上开车送他们去海滩，还经常给他们放沙滩男孩乐队（Beach Boys）的歌。我跟他们更熟悉了之后，他们告诉我他们都不喜欢沙滩男孩，更喜欢我的朋克音乐，因为它更富侵略性，而冲浪是一项充满侵略性的运动。

他们大体教了我一下如何冲浪。我借了一个老式冲浪板，几乎有三米半长，和一般的短板不一样，短板是为了模仿滑板的快速机动性而设计的。这块板子很大，你甚至可以邀请一个朋友一起过来在上面吃午饭，或者说，可以给它装上一个舷外马达。如果说我一度可以逐浪而行，那也无法做出任何花哨的动作，但至少我不太可能掉下来。

让我印象深刻的是海浪会带着你以令人难以置信的速度前进：当我在冲浪板上一动不动的时候，沙滩似乎在向我追来，就像被摄影机追着拍一样。

我不是说自己能经常在冲浪板上站稳。我们和很多冲浪者大部分时间的状态一样——躲在浪头后面，躺在冲浪板上侃大山。偶尔，但也只是偶尔，半信半疑地尝试着去冲一下浪。我们的理由是，很快就会有更好的波浪来袭，或者说来的浪花中途断掉了。滑雪的话，你没有任何理由在山顶上等待，而冲浪则不同，你总能找到一个特定的理由，说眼前的波浪不合你意。就这样，你依然还能抱着冲浪板走到沙滩上，感觉自己像个英雄。

沙滩上有个棕榈树交错搭成的棚子，是当地的男孩们费力拼凑起来的。我称他们为"男孩"不是摆老资格，而是因为他们的平均年龄大约在十五岁。凭着地道墨西哥人的聪明才智，他们扩展了原来的酒吧，在沙滩上建起了一个模仿豪华酒店的附属建筑，他们可以在那里烤鱼。例如，有一个小区域，我们可以在那里安上吊床睡午觉。几周后，当我抱怨每天结束时车子太烫了时（我们会在傍晚时分返回，在小虫子出没之前），我们就在这里又额外搭了一个，称之为"车棚"。

冲浪之后，我们会吃着男孩们生火烤的鱼，睡个午觉，然后会在身上淋上纯椰子油，在太阳的煎炸下去踢足球。

这地方有很多流浪者。就像沙子一样，圣布拉斯似乎也成了他们的聚居地：有的人来待几天，有的待几个月，可能是因为这里物价低，生活比较随意，警察也不怎么管事儿。有的旅行者就留在了镇上，有的住在沙丘边上的老旧拖车公园里。

我聊得最多的冲浪者叫亚历克斯。他只有一条腿，另一条撂在了越南，所以他很了不起。他会用膝盖行走，就这样挪到冲浪板上。

与其说是我和亚历克斯说话，不如说是他对我说话。他跟我费力地讲述了自己的整个越南战役。我觉得很无聊……毕竟，那是一场嬉皮士的战争。都是些关于"外国佬"的东西。我越是跟他说不感兴趣，亚历克斯说得就越起劲，好像他认为我是在贬抑他。

但亚历克斯还有一些其他的更有趣的故事。他到墨西哥来是因为可以不用处方就能得到一些"正儿八经的可待因产品"——不是为了缓解疼痛，纯粹是因为他喜欢嗑药。因为一些莫名其妙的原因，他没有资格领取军队的养老金，所以他的福利支票被寄到了墨西哥。我想象着把这种模式推销给英国的卫生和社会保障部。

他脑袋里装满了肮脏绝伦的念头。午饭后躺在沙滩上，亚历克斯会看着其中一个美丽的美国冲浪女郎走向水里，然后脑补一出跟她的情色仪式。椰子油总是会在这个过程中的某个时刻登场，通常是作为压轴角色。"然后我会拿起椰子油，我就……"说着他会做出一些猥琐的手势，然后浑身发抖，在胸前使劲擦油。

我和他一起开车去了一个他知道的荒凉海滩，沿海岸线走上几公里就到了。亚历克斯说他不喜欢游泳，所以我就自己下去了。我喜欢游泳，所以就随水流上下漂动了一会儿。当我再上来的时候，看到他倚着手掌趴着，假肢也摘了下来，露出一个奇怪的笑容。

"亚历克斯，这里怎么没有人游泳？"

"你知道他们把这个海滩叫什么吗？鲨鱼海滩！"

"很有意思。"

亚历克斯举起了他小心盖住的警示牌："危险！鲨鱼！"

"你这该死的混蛋！"

"嘿，你活下来了。总之，如果失去了一条腿或一只手，你就会像我一样。"很难说这是玩笑话还是测试。

那天晚上我们一起去了巷子里的小酒馆，喝得酩酊大醉。在墨西哥，小酒馆和酒吧带给人的体验有质的不同。在酒吧，可以社交性地小酌，或者是来一场比较严肃的社交小酌，但此外也没什么了。酒馆是一个最后需要他们把你抬出去的地方。这家小酒馆很典型，地板上铺着木屑，一层薄薄的窗帘将其与街道风景隔开，里面摆着几张光秃秃的桌子，一个颇为凶悍的女人在打理着。

收音机里播放的是《我的小心肝》（"Mi Guajirita"），这是关于一位墨西哥男性的伟大哀歌，他的"小心肝"全心全意爱着他，而如果他自己的爱动摇了，"小心肝"就会杀了他，但即便如此，他仍然要求她更爱他。副歌中涌现出反复而绝望的"爱我，多爱我一点；爱我，多爱我一点"。

亚历克斯已经不怎么说话了。我们都专注在醉酒上了，但喝龙舌兰并不像你想象的那样容易。亚历克斯之前给我讲过他的理论，说这就像冲浪一样，你可以喝上一阵子，不会有什么感觉，但突然间，你就会被打个措手不及，然后被猛烈地卷向岸边。眼下我们还在慢悠悠地喝着纯龙舌兰，还有作为追饮酒的太平洋牌啤酒，感觉还好。

收音机里继续放送着哀怨：离开了她男人的"小黑妞"需要去东方，这里不是指中国，而是古巴的东部，那里是很多萨尔萨[1]原始歌曲的来源。

龙舌兰的效力首先发生在了亚历克斯身上。随着音乐的节奏，他打开了话匣子。"伙计，我在越南时其实没有打过仗。我是作为医院的辅助人员去的。我的意思是，我告诉你啊，那也是在战斗。我的腿是在几年前的一次车祸中失去的。"

我其实不太关心。当我放下杯子的时候，感觉经历了这辈子最大的一个浪花，而我就像个布娃娃一样被裹挟着，以极快的速度被推向礁石。

我回到了酒店，虽然不知道自己是怎么做到的。大约在半夜某个时候，

1　萨尔萨（salsa），该词的原本含义是一种食物调味酱。它起源于古巴，在纽约和佛罗里达两地的拉丁社区得到发展，后来逐渐发展出多种风格。现在是当今欧美非常流行的社交舞蹈之一。

我走进浴室呕吐了一番，通过水管的噪声摸索着方向，打开灯，然后看到一只世界上最大的蟑螂正趴在我的牙刷上。我发誓以后再也不喝酒了。

第二天一早，"驿站马车"餐馆的胖老板娘很同情我。她给我的橙汁里多加了一个鸡蛋，以帮助我解决严重的低血糖问题，反正她是这么认为的。我终于明白了冲浪者们用来形容被一个特别可怕的浪头弄得筋疲力尽的那个词："冰激凌脑袋"（ice-cream head）[1]。

这时，冲浪者们已经回到沙滩上了。我想把车停在棕榈棚下的老地方。但一切都不顺手。我严重失误，撞坏了支撑"车棚"的其中一个棕榈支架。在一连串模糊的慢动作下，我看着旁边男孩们的棕榈棚在可怕的多米诺骨牌效应中都倒塌了。

男孩们看着我。他们什么也没说，但感觉是时候离开圣布拉斯了。

*

继续开车南下的时候，我发现自己第一次开始讨厌这部车了。每当我找到一个真正喜欢的地方——牧牛场、山林、圣布拉斯——它就会迫使我继续前进。它远远不是我所希望的带来解放的助推剂——"年轻人有车就会去旅行"——它带来的是警察的关注和麻烦，最重要的是责任，我不断担心自己能否把车完好地开到中美洲去。这也许是我片面的看法，但在一段关系中就是会这样。是的，我俩之间已经形成了一种关系。

我这次旅行特意决定不带伙伴，因为我觉得两个人的话迟早会争吵起

---

1 英文中有 ice-cream headache 一说，这种冰激凌头痛又称大脑冻结（brain freeze）、冷刺激头痛（cold-stimulus headache），其学名为翼腭神经节疼痛，是一种通常因食用冰冷食物（例如冰激凌）造成的急促的头痛。冷的食物触及人的上腭时，人的神经反射会使血管急速收缩扩张，导致疼痛牵涉到上腭，并传导到大脑。

来，而且我猜想一路上总能遇到伴侣吧。事实相反，我现在发现自己和一堆零件牢牢地绑在了一起。这不再只是一件好玩的事情了，我们已经结婚了，还有几千公里路要一起走。

这部奥兹莫比尔看着也没有以前那么漂亮了。就像我不断撞到的东西一样，山地和烂路也对它造成了很大的伤害。一个轮毂盖脱落了。沙粒卡在电动车窗上，发出折磨人的刺耳声音。

我沿着查帕拉湖[1]畔的一条小道行驶时，压垮我的最后一根稻草出现了。查帕拉湖是一个位于山里的大型内陆湖。由于现在越来越接近人口较密集的墨西哥中部地区和高原地带，我一直在尽量走小路，以避开警察设置的路障关卡。

因为在欣赏车窗外的美景，所以我的车速比平时慢了许多。路上有美丽的粉红色蕨类植物，它们在夕阳的映照下发出柔和的光芒。突然间，车子在路上抛锚了。

确切地说，是陷进去了。路上有个圆洞，其中一个车轮像高尔夫球一样完美地滚了进去。路边躺了个井盖，像是有人恶作剧。

我下了车。"他妈的，他妈的，见鬼了。"我简直不敢相信。我都快哭了，完全不知道自己要做什么。车轮完全陷了进去，车身斜着压在了车轴上，就像一个人把手伸进了洞里。

天色渐渐黑了下来。我想过走到最近的镇子上，看看能不能寻到人帮忙找辆叉车。不然真的没有别的办法能把它弄出来。

1　查帕拉湖（Lago de Chapala）是墨西哥最大的淡水湖。大部分位于哈利斯科州，小部分属于米却肯州。湖面海拔 1524 米，面积 1100 平方公里，平均水深 4.5 米。附近有墨西哥第三大城市瓜达拉哈拉。

这时，一个印第安人骑着自行车经过，他停了下来看看发生了什么。他的样子有点像诺曼·威斯登[1]。

他说："你需要一根杆子。"

我可没心情去做傻事。"没有杆子。"我平静地说道。

他拿出砍刀，走到水边的一棵小树旁，用力地砍了几下。

"好了，现在有了。"

有两个人骑着摩托车经过。他们帮着把一块大石头滚到了车轮旁边，我们试图把车轮撬起来。我们四个人把住杆子的画面就像那张在硫黄岛上拼命想升起美国国旗的海军陆战队队员的照片一样。行动徒劳无望。轮子抬升了大约两厘米，然后又跌回了洞里。

一辆载着高爆炸药的卡车驶过。这时，我已经不想再解释这里发生了什么。我只想问司机要些炸药，给那辆车一个痛快。

卡车车斗里有一台起重机。我们用杠杆撬着一侧，然后他用起重机把车慢慢抬起。成功了，轮子像软木塞一样一下子弹了出来。

令人惊喜的是，车上没有任何划痕。我从后备厢里拿了一些啤酒分给大家。然后我们把井盖滚了过来，明白了它为何会被搁在一边：井盖的尺寸不对。我把杆子插到洞里，露出一截，借以警告后面的司机。

那天晚上，我拿出一个冲浪者给我的破油布，睡在了湖畔。那是一个晴朗的夜晚，我可以看到群星闪耀。我对车子的好感又回来了，仿佛我俩的争吵化解了矛盾。我也意识到自己开始爱上墨西哥这个国家了。这种感觉慢慢积聚，有点出乎我的意料。在这个国家不断向我展示的面相中，有一些东西是如此吸引人：当你需要帮助的时候它是那么道德，当你想要野

1　诺曼·威斯登爵士（Sir Norman Joseph Wisdom，1915—2010），英国著名喜剧演员，歌唱家。

性的时候它又是那么不道德。我也开始意识到，自己根本就不懂这个国家。

湖边有马儿在吃草，我在夜里几次醒来，发现它们在我身边走动。当我半睡半醒地躺在那里，听到马儿的动静时，产生了一个奇怪的幻觉，以为我头顶的星星是穿过帐篷顶部的小孔散发出去的光。

黎明时分，我看着一个孤独的渔夫沿着湖边行走，用墨西哥人那种随意而有把握的技艺，把一张有点分量的小圆网投进浅水区。大鱼他都留下了，但小鱼却被他以相同的随意扔到了岩石上。他在前面走着，我在后面跟着，把小鱼又扔回了水里。

我在湖边的阿西西克（Ajijic）吃了香蕉和葡萄组成的早餐，看着洗衣女郎们穿着湿漉漉的尼龙上衣和厚重的裙子，她们笑得很开心。后来，我还停下来观看了一个婚礼队伍，他们从哈科托佩克（Jocotopec）美丽的教堂走出来，玛利亚奇乐队[1]为新娘和新郎演奏时，五彩纸片飘落在了他们身上。

这里是 D. H. 劳伦斯的国家。在其"荒蛮朝圣之旅"即将结束之际，他来到了这里，寻找基本元素和非西方的东西。在他看来，湖周围的哈利斯科州和米却肯州是墨西哥的心脏地带。这里能强烈地感受到印第安人的存在和前哥伦布时代的历史，没有墨西哥城所带来的现代复杂问题。《羽蛇[2]》（The Plumed Serpent）这部作品的大部分内容都是他在湖边逗留期间写的。

1　玛利亚奇（Mariachi）是墨西哥的一种地方音乐形式，起源于 18 世纪。一个典型的玛利亚奇乐队可能有几个人到十几个人不等，最少有 3 名小提琴手、2 名小号手和 1 名吉他手，其中比维拉琴（vihuela，形似吉他，五根弦）和墨西哥大吉他（guitarrón，形体大而厚，六根弦）是特色乐器。演奏时成员依次领唱，其他人同时伴唱。

2　羽蛇是在中美洲文明中普遍信奉的神祇，形象通常被描绘为一条长满羽毛的蛇。最早见于奥尔梅克（Olmec）文明，后来被阿兹特克人称为克察尔科亚特尔（Quetzalcoatl），玛雅人称作库库尔坎（Kukulkan）。按照传说，羽蛇主宰着星辰，发明书籍、历法，而且给人类带来玉米。羽蛇还代表着死亡和重生，是祭司的守护神。奇琴伊察和特奥蒂瓦坎金字塔上都有其形象。

接下来的几天里我读了这本书，发现它漏洞百出。劳伦斯把自己脑海中的妖魔鬼怪嫁接到了他想象的墨西哥。两位墨西哥男主角不仅成了革命领袖，而且成了阿兹特克神灵羽蛇神和战神[1]的复活化身，他们还恢复了古老的人祭传统（而且他还暗示这是高贵的行为）。

来自西方的观察者凯特见证了这一切。作为故事的媒介，她不定时地出现在书中，对于男主角的意志力，她时而感到被吸引，时而产生拒斥。接下来是劳伦斯关于性的大量废话：“她俯卧在……古老的阳具崇拜之谜，兼具神魔二性的潘神”；当劳伦斯仅聚焦于对湖边生活的简单观察时，写出了一些出色的描述性段落。但令我恼火的是，复兴前哥伦布时代的生活方式成了小说的核心执念。那些描述人祭仪式的片段，以及他们的吟唱和戏剧言行，就像一部糟糕的肯·罗素[2]电影。劳伦斯似乎在说，这才是真正的墨西哥，墨西哥现在需要重新找回这种文化。自西班牙征服以来的一切都是一种虚假意识，应该被清除掉。

我以前也曾接触过这种想法。我见过革命画家奥罗斯科[3]的伟大壁画。在他的作品里，科尔特斯将蒙特祖玛[4]置于死地，高贵的野蛮人在征服者的贪婪面前束手无策。墨西哥革命的一个主要原则就是要把土地

1　即维齐洛波奇特利（Huitzilopochtli），阿兹特克宗教中的太阳神、战神和人祭之神，特奥蒂瓦坎城的庇护者。

2　亨利·肯尼·阿尔弗雷德·罗素（Henry Kenneth Alfred Russell, 1927—2011），小名肯·罗素（Ken Russell），英国著名电视与电影导演，以前卫且富争议性的风格著称。

3　何塞·克莱蒙特·奥罗斯科（José Clemente Orozco, 1883—1949），墨西哥著名壁画家，擅长政治题材，与迭戈·里维拉（画家弗里达之夫）等人一起开启了墨西哥壁画复兴运动。

4　这里指蒙特祖玛二世，古代墨西哥阿兹特克帝国的特诺奇蒂特兰君主。他曾一度称霸中美洲，最后被科尔特斯所征服，导致阿兹特克帝国灭亡。

"还给印第安人"。墨西哥一半的城镇都有阿兹特克末代皇帝夸乌特莫克（Cuauhtémoc）的雕像，而据说整个国家只有一个科尔特斯的雕像。

我对此很是怀疑。这一切似乎太容易了。阿兹特克人坐镇特诺奇蒂特兰这一基地，也就是现在的墨西哥城，他们对其他臣属国家，比如生活在湖边的塔拉斯坎人，维持着一套邪恶的进贡制度。贡品不仅包括奴隶和货物，还包括大活人，以满足他们日益庞大的人祭活动。

阿兹特克人的统治时间实际上比较短。在科尔特斯到来之前，他们只在墨西哥中心地带统治了大约两百年。他们的贪婪丝毫不逊于后来的西班牙人的任何表现。在这种贪婪的驱使下，他们的皇帝与祭司们密切合作，然后领导其人民无情地征服了邻近部落（事实上，一些皇帝，如蒙特祖玛，以前就是祭司）。

随着祭司们对阿兹特克战争机器的掌控越来越强，人祭活动也发展到了一个惊人的程度。当西班牙人到达时，阿兹特克人每年要杀死两万名俘虏。他们会在金字塔顶部举行集体仪式，挖出俘虏的心脏，让血液顺着在石阶上开凿出的通道流下去。[1]

原本这是一种祭祀神灵的方式，后来却变成了提醒周遭朝贡部落谁才是主宰的实用方式。阿兹特克人以一种令人不寒而栗的方式，人为地制造了战争，即所谓的"鲜花战争"。阿兹特克人会逼迫已经被征服的部落再次与自己战斗，以便在新的战斗中为他们的战神提供牺牲品。我们很难以

---

1 一般的形式是将献祭者置于金字塔顶的祭坛上，祭司们压住其四肢，一名祭司剖开其胸膛，掏出尚在跳动的心脏。心脏被献给太阳神，尸身则被抛下金字塔，由提供祭品的团体带回肢解、分食。此举造成邻邦极大的反感，以致后来西班牙征服者得以迅速和墨西哥地区的各城邦结盟，共同对抗阿兹特克人，造成阿兹特克帝国的崩解。

"不同的价值体系"为由为这种残暴行为开脱。人祭只是阿兹特克文化最极端的表现，这种文化是由宗教责任和嗜血所驱使的，对比之下，其程度足以让西班牙宗教裁判所的天主教主义显得温和。

我对墨西哥的感觉是，西班牙人的入侵带来了两种迥异之文化的意外融合。两个种族在经历了最初的对抗之后，发现他们之间有很多共同之处。其中就包括性吸引力。西班牙人和当地人以相当快的速度进行了杂交，即使在现在的墨西哥，虽然可能存在对印第安人经济层面的歧视，但几乎没有种族偏见（如果说有的话，对像我这样白皮肤的欧洲人的侮辱更常见）。

征服者有他们的缺点，当然也造成了相当大的破坏，更不用说带来天花和旧世界的其他疾病了，但他们的影响并不像劳伦斯和其他人所暗示的那样恶毒。阿兹特克人——或者更恰当地说是纳瓦特人（Nahuatl）或考古学家对他们的称呼墨西加人（Mexica）——的优势，比如他们的灵巧、惊人的雕塑和工艺技术，甚至是国家的名称，都被保存了下来。西班牙的殖民风格元素，比如教堂和每个城镇的中心大广场[1]等，都是很有分量的增益。人祭可以用"文化差异"这个自由主义的借口来宽恕？我不接受任何人的这种说辞。

最后，开着奥兹莫比尔四处巡游时，我反思了一下，如果没有科尔特斯，墨西哥人就不会有轮子。

在圣布拉斯时，一个冲浪者给我放了一首尼尔·杨的《杀手科尔特斯》（"Cortez the Killer"），这表明同样的劳伦斯式浪漫迷思仍然存在：在杨的歌词中，当科尔特斯"乘着大帆船，带着枪炮，涉水而来"时，他遇到了一个新时代的蒙特祖玛，他用古柯叶和珍珠把臣属聚集在身边；女人都很

1　这种城市的主广场西班牙语为"索卡洛"（Zócalo），比如墨西哥城的宪法广场，也叫索卡洛广场。

漂亮，男人威武挺拔，"仇恨只是一个传说，他们不知战争为何物"。这就是残暴的"杀手科尔特斯"要摧毁的天堂。

这些只会让我更加觉得那是一个嬉皮士的骗局。"仇恨只是一个传说"，确实如此。尼尔·杨不是穿着长款麂皮夹克、扎着流苏辫子吗？他是朋克诞生的原因之一。和潘乔·比利亚一样，科尔特斯也是我心目中的墨西哥英雄之一。

"真正的"墨西哥并不是什么有待揭开和重生的考古学秘密，它现在就展现在我的面前。

在 1930 年代涌向墨西哥的众多英国作家中，与这种观点最相契合的是伊夫林·沃，一位坚定的反传统者。他完全不同意劳伦斯式的观点："他的孤独和缺乏幽默感，以及他不安分的神经质般的想象力，使得《羽蛇》成为近代文学作品中最愚蠢的故事之一。"

相反，沃提出："西班牙的传统仍然深藏在墨西哥人的性格中，我相信，只有继续发展这些传统，这个国家才能永远幸福地走下去。"他还精辟地指出："墨西哥人感觉自己像阿兹特克人，但思维却像西班牙人。"

他的《法律下的抢劫：墨西哥实景教学》（*Robbery Under Law: The Mexican Object-Lesson*）一书被众多读者所忽视，主要是沃自己选择了忽视它，将其从后来的一本游记自选集中剔除掉了。冗长的书名和内容所涉及的国家足以拒人于千里之外，简直就像一份拖沓的 1880 年代的《时代导报》[1]。沃之所以写这本书，只是因为受皮尔森家族[2]的委托，而皮尔森家族的油田被

1 《时代导报》（*Times Leader*），1879 年创建于美国宾夕法尼亚州。

2 **魏特曼·皮尔森**（Weetman Pearson, 1856—1927），英国企业家，政治家，第一代考德雷子爵。1899 年受时任总统波菲里奥·迪亚斯的邀请来到墨西哥，打出了墨西哥第一口商业化油井，创建了墨西哥雄鹰石油公司。1933 年，第三代考德雷子爵皮尔森接管了家族企业。

墨西哥人没收了。

但这本书中包含了他的一些最好的旅行写作。与格雷厄姆·格林[1]一样，他于 1939 年抵达墨西哥，当时墨西哥正处于动荡之中，欧洲面临的一些政治分歧也在此得到了呈现。沃是一个异常出众的作家，不可能完全拘泥于皮尔森的指示，而在墨西哥随意看到的一些残酷和直白的东西既让他觉得很有吸引力，又让他震惊不已：

> 墨西哥的魅力在于它给人的想象力带来的刺激。那里什么事情都可能发生；几乎所有的事情都在那里发生过；它见识过人性的每一种极端，好的、坏的和可笑的。从某种程度上说，它对于欧洲的地位就像非洲对于罗马人的地位一样：是新奇的源泉。

*

这一带的主要城镇是查帕拉，它给人一种周日早晨的平静感觉：孩子们在人行道上打弹珠，玛利亚奇乐手向路人求取打赏，一家子在林荫道上散步。宁静的小城感觉很安逸。看着人们在主广场的树下闲聊、看报纸或者睡觉，感觉很舒服。作为一个旅行者，我开始渴望这样具有家庭生活气息的平凡状态。

我坐在公园里，面对湖面。有一些搭着糖果条纹遮阳棚的码头，还有一些小船，负责运送一日游的游客。

看着年轻的情侣们手牵着手，我试着回忆上一次在国内看到少年们做同样的事情是什么时候。在我离开英国之前，发生了一件奇怪的事情：一

1　格雷厄姆·格林旅居墨西哥期间完成了《权力与荣耀》（*The Power and the Glory*）一书的构思。

夜之间，所有女孩都开始穿黑色衣服，仿佛是一种宗教宣言。她们在周六下午游荡在乡间的大街上，穿着皮夹克，画着眼线，留着尖尖的头发，其中胆子更大一点的，会戴着装饰性的拉链或锁链。有时也会有苍白瘦弱的男孩出现，如果他们不在某个酒吧里瞒报年龄喝酒的话。男女双方接近时会友好地互相击拳，以此公开对彼此的吸引。

看到这些年轻的情侣，相比之下，我觉得自己有点厌世。他们端庄地一起坐在长椅上时，看起来像是还在听戴维·卡西迪[1]的唱片。男子从小贩那里买来红玫瑰，或者花钱请一个疯狂的老摄影师用老式相机拍下他们的合影，这种相机的后面还会伸出一个罩子（我猜多半是为了制造戏剧性效果？）。

一个擦鞋的男孩过来自我推销，要给我擦一下脚上那双驯鹿皮牛仔靴。我打量着他，不确定他是否有力气胜任这份工作。他的眼睛很宽，眼神充满好奇。我告诉他，我来自英国，如果你在我们坐的地方直接钻个洞，就能到达那里，地球的另一边。这让他大吃一惊："我的妈呀！"他大约十二岁的年纪。当我告诉他英国经常下雨时，他说服我在靴子上加了一层特殊的防水涂层，借以实现全天候保护。

孩子们是一群很有创业精神的人。在碰到擦鞋男孩之后，我又被推销塑料船和小吊床的小家伙们围住了。我告诉他们，"你们真正应该去卖的是单支的香烟"。这是我一直以来的想法——对于那些过于吝啬、贫穷或者像我一样带着一整包烟就会接连吸个不停的人来说，需要的是随时随地的单支烟供应。他们马上就明白了这个道理："所以如果我们花十比索买一包二十支装的香烟，就可以以每支一比索的价格卖出去。"

他们问我是否抹了口红。他们没有嘲讽的意思，我之前就注意到，那

1　戴维·卡西迪（David Cassidy, 1950—2017），美国演员，歌手，吉他手。

些很少碰到欧洲人或美国人的墨西哥人很惊讶我们的嘴唇比起他们偏棕的嘴唇来说竟然那么红。

玛利亚奇乐手们在阳光下做着轻快的生意。他们的外衣闪闪发光，穗子和银饰比海军元帅身上还多，红色的束腰带套在令人瞩目的大肚腩上。我很佩服其中一位小号手，他总是随身带着一支烟，在铜管乐器休息的时候，会把尚在燃烧着的香烟藏在键的后面。

看腻了 D. H. 劳伦斯的书，我拿起了长椅上的几本破旧的墨西哥漫画。故事的女主角有点出人意料，叫埃梅琳达（Hermelinda），是个满身溃疡的怪异女巫，她有敏锐的幽默感，同时还是个恋尸癖。她带领手下的一帮孩子进行着快乐的探索，这些探索的结局往往是盗墓和与尸体快速拥抱。劳伦斯不说我也知道，这个国家似乎对死亡的态度不同寻常。

一个消瘦的青年走了过来，口齿不清地问我是否喜欢读书，还问我看的这本《羽蛇》是讲什么的。当我告诉他这本书以墨西哥为背景时，他要求我翻译一两页讲讲看，我有点难为情地照做了。一小群小贩驻足倾听。翻译"她已经不再是自己，她迷失了自我，她的欲望也消失在巨大的欲望之海里。当用手指触摸她的男人消失于这片雄性的海洋中时，她俯身趴在了水面上"这种话时，需要语言上的精巧技艺以及相当的勇气。

听众们很喜欢我的翻译。劳伦斯的文字越是有声有色、优雅动听，转换成西班牙语后的修辞就越显得平实，让人觉得我好像是在派送货物。大部分内容都毫无意义，而这似乎让我的听众更加享受。

当这位消瘦的青年宣布他想读自己创作的诗歌时，我才缓过神来。听众们都四散走开了。我很快意识到了原因。诗歌的贺卡式多愁善感令人厌恶，即使是情感丰沛的墨西哥人也难以接受。每一段都会提到玫瑰花融化成欲望这种话。每当我告诉他已经听够了时，他都会求我再听一首，直到我尖锐的侮辱脱口而出："这些诗太糟糕了。让我静一静。我想读《埃梅琳达》。"他感觉到自己面对的是一个迷失的灵魂，于是继续去骚扰其他受害者了。

我在锯木厂赚的钱快用完了。那天晚上，我还在公园里，准备在一张长椅上睡觉，然后在附近的小摊上吃点便宜的东西：上面抹着红辣椒酱的玉米棒子，还有塞了椰肉的柠檬。一个小贩在卖黑市弄来的虾，在禁捕季节，那些离不开虾的人会支付高昂的额外费用。我想起了那个服务员的"全球对虾权力理论"。甲壳类动物显然是个值得进入的市场。

天黑了下来，公园里的人流也少了。散步的家人们离开了，游荡的小伙子们开始四处乱窜。他们中的一些人给了我朗姆酒和可乐[1]，在英国，这是给女孩喝的；但现在不是和这群处于好客和施虐之间的边缘地带的人较真的时候。其中一个人是屠夫，他告诉我："我们是瓜达卢佩圣母和山姆大叔生出来的操蛋儿子。"我礼貌地点了点头。他用摇摆不定的手指指着塑料瓶装可乐，他们正以一种危险的不精确将其混入朗姆酒中。"朗姆和可乐，这就像我们，朗姆和可乐。"

我们玩到很晚，仿佛全世界都在公园的长椅上。他们能背出所有英格兰足球队的名字，比我还厉害。当他们离开时，我想在公园的长椅上睡一觉，但一想到可能有游手好闲的、不那么和蔼可亲的年轻人在我身上练习他们的《发条橙》[2]式技艺，或者在我身上施展他们从《埃梅琳达》中学来的什么小把戏，我就不寒而栗。我睡在了车里。我觉得里面很安全。

1　朗姆酒和可乐搭配成的饮料被称为"自由古巴"（Cuba libre），还可以加入青柠汁。

2　《发条橙》是英国作家安东尼·伯吉斯的长篇小说，首次出版于 1962 年。故事前半段讲述了在英国未来社会，一个处于躁动青春期的问题少年亚历克斯及其同伙破坏社会、施行暴力、抢劫强奸、无恶不作的故事。库布里克的同名电影 1971 年上映。

第四章　去墨西哥城

他是一个大约十二岁的男孩，穿着单薄的衣服，光着脚，站在路边瑟瑟发抖。我停下来让他搭车，并把奥兹莫比尔的强力空调开到了最大。

我已经到达查帕拉南部的山区，沿着小路迂回地向墨西哥城前进。薄雾已经落下，柔和地点缀着山坡，雨下了起来。

我总是遇到搭便车的人。这部奥兹莫比尔已经载过抱着火鸡的老妇人（我担心它们会拉在我的内饰上）；两个漂亮的美国女孩，分别叫辛迪和南希，名字与她们的相貌真是绝配；一个被困的卡车司机，他看起来像是墨西哥的马龙·白兰度，一言不发，甚至当我给他放性手枪乐队（Sex Pistols）的磁带时也是如此。

那个印第安小孩名叫埃洛伊（Eloi）。他来自前面一个叫安加旺（Angahuan）的村庄。我对附近的帕里库廷火山很好奇，问他了不了解。

男孩深深地吸了一口气，说道："有一天，一个人来到我们村里，说他那边的土地开始变热，开始冒出烟雾，他把帽子盖在烟雾上，但是没有任何效果，地面像一个个喇叭一样张开了。喇叭在不断变大，巨大的震动席卷了整个乡村，火山灰覆盖了绿色的土地，熔岩流过了一个叫圣胡安的村庄，只有教堂的尖顶还在视线之中。村民们，我们这些普通的塔拉斯坎人，一直很害怕，直到一个外国教授来到此地，告诉了我们那是什么，那是一座火山。现在人们一无所有了，因为火山灰覆盖了我们的田地。"

我开车带着埃洛伊沿着一条布满坑洼的砾石路去了他们村子。他母亲给我做了咖啡，她展现出了所有墨西哥人，尤其是墨西哥穷人的那种热情好客，又给我端上了塞着红薯的玉米卷，还有玉米糊样的东西，像又甜又稀的粥一样的饮料。"我家就是你家。"她说出了这句尽人皆知的名言。

她跟女儿和埃洛伊交谈时用的是塔拉斯坎方言。她告诉我，这里是最后几个仍在使用这种语言的村庄之一，在乡村学校，孩子们被迫说西班牙语，而不是墨西哥人自己的方言。

安加旺是一个极度贫困的村庄，那里有我在旅途中见过的唯一一群赤脚的墨西哥人；猪躺在潮湿的茅草屋之间的小巷里。这里的女人穿着蓝黑条纹的披风。我在商店里摸过这种服饰，它们很薄很廉价，是机器制造的。商店里的女人告诉我，她们自己织的那些披风都是拿去卖掉然后买食物的，因为它们的价格要高得多。

对帕里库廷火山爆发的描述一定是埃洛伊死记硬背下来的。爆发发生在1947年，离他出生还有很久。他带我去了附近圣胡安村的遗迹，当年那里完全被熔岩所覆盖。我们穿过细雨和薄雾，走了1.6公里左右才到达那里。

当我们靠近时，熔岩给人以强烈的荒凉感。这个村庄存在过的唯一标志是一个探出来的教堂尖顶。那座拔地而起高达2400米的真正火山离我们还有一段距离，并且被云层遮住了。覆盖圣胡安的其实只是岩浆流的边缘。

坐落在一堆火山岩中的教堂塔尖有些不协调，就像布努埃尔的某些作品；他很喜欢把整个天主教堂淹没在炽热的岩浆中。当我驾车穿过蜿蜒的群山时，那番景象着实令人难以忘怀。

我开始产生一种怪异的感觉，感到有点恶心和神志不清。我停下来喝了点水，休息了一下，然后继续前进。上车后那些感觉又来了，情况就变得更糟了。我又停了下来，看了看车底。排气管脱落了（要么是因为先前车子陷进井洞，让其松脱了，要么是因为我不断碰到一个个没完没了的小坑洞后给颠的），一氧化碳一直在涌进汽车里。我很惊讶自己竟然没有听到排气管的掉落，但我的确通常会把音乐开得很响。

前面镇子上的机师没有合适的排气管。他建议我到墨西哥城之前先这样将就着。作为临时措施，我们将几个汽油罐弄在一起，绑在了排气管上面的位置。我就这样上路了，不知道是否行得通；我觉得自己好像被注射了硝酸戊酯和苹果酒的混合物。

所以当我终于在黄昏时分来到墨西哥城时，感觉就像进入了地狱。这里的交通拥挤不堪，虽然我是从一条小路上进来的，但小路很快就变成了一条大路，然后又变成了一条有六七个"车道"（lane）的大路："车道"之所以说得有点勉强，是因为分界标志被当地的热血司机们视为挑衅，他们会肆意轧过标志，尽情穿越，但就是不会遵从它们。当我们停下来等红灯时，一大群小贩和死乞白赖、气势汹汹的擦窗人会涌上来，直到绿灯来临时他们如潮水一般散去。

那感觉就像《死亡飞车2000》：霓虹闪烁，我的脑袋好像要裂开了，街道似乎没有方向，也无法知道我在哪里——我没有城市路线图。我最终来到了环路上，像但丁《神曲·地狱篇》中的被诅咒者一样一圈又一圈地转着；最后，我看到了一个熟悉的名字，似乎找到了我想去的地方。

我记得《在路上》中凯鲁亚克说自己和尼尔·卡萨迪到过这里，"整个墨西哥城都延伸到了下面的火山口上，城市烟雾和暮光散播开来"。墨西哥曾是他们的应许之地，是"垮掉的一代"在 1950 年代行走千里穿越更加秩序化的美国领土后旅途终点的彩虹。在那里，凯鲁亚克的意识流长卷终于完结了（根据一些记载，因为用于写《在路上》初稿的那张长长的卷纸的末端被狗啃掉了）："我们终于在路的尽头找到了神奇的土地，我们从未想到它是如此神奇。"

当然，我在墨西哥城待过。我刚来这个国家的时候，就是在这里赚出了买车的钱。这是一座神话般的城市，一座充满寓言和秘密的城市，从主广场下现在才开始挖掘的阿兹特克金字塔，到郊区和贫民窟的丰富生活，莫不印证着这一点。这也是一个比全国其他地方发展更快的城市。科尔特斯于 1519 年来到此地时，它就是世界上最大的城市，现在仍然是最大的城市[1]。

在我离开的这段时间里，开车走过了数千公里空旷的墨西哥土地，整个人早已放松了下来，我已经忘记了像改革大道和起义者大道这种通衢的喧嚣，它们都是由马西米连诺皇帝以 19 世纪巴黎建筑师奥斯曼[2] 的理念规划的。每个十字路口都立有一座雕像，包括最后一个阿兹特克皇帝夸乌特莫克的雕像，还有一个讨厌的环形交叉路口系统，在这个系统中，车辆可以顺时针行驶，也可以逆时针行驶。

出租车司机们开着大众甲壳虫，在我的奥兹莫比尔周围疯狂鸣笛，嗡嗡作响。我还没有完全掌握指示灯的用法，但是其他人显然也没有。至少

1　根据联合国的标准（2019），世界上现在有 33 个超级都市（megacity），其中墨西哥城以 2170 万的人口规模排名第五。

2　乔治-欧仁·奥斯曼男爵（Baron Georges-Eugène Haussmann，1809—1891），法国城市规划师，受拿破仑三世重用，主持了 1853 年至 1870 年的巴黎城市规划。

我的车块头更大；我的 1972 款是奥兹莫比尔 98 有史以来最大最重的车型，重达一吨。根据我的用户手册，两吨可能更精确。

我经常去夸乌特莫克雕像附近一家叫"歌手之家"的俱乐部，在那里度过了许多快乐的时光。这是我在墨西哥感受过的最接近家的地方。这家模仿的是安第斯地区的俱乐部，演奏阿根廷和智利的民间抗议音乐[1]。我曾在那里听过刚猛异常的管乐，足以让米尤扎克[2]式演奏风格的欧洲模仿者感到羞愧，还有愤怒的年轻人表演维克多·哈拉和其他拉丁美洲英雄的歌曲。

维克多·哈拉是我特别喜欢的歌手，他的大部分专辑我都有。听着他的甜美嗓音哀叹爱情或深入矿井，让人想起他在 1973 年被皮诺切特手下的刽子手残忍杀害的情景。他曾是阿连德的"新智利"的象征，皮诺切特的手下砍掉了他的手，然后强迫他在用作集中营的足球场上和其他囚犯竞技。后来他被草草杀害了。

正如我所希望的，赫苏斯（Jesús）还在那里。同样正如我所希望的，他邀请我过去和他们一家人待一段时间。

我非常高兴能再次见到他。赫苏斯和我一般年纪，有着玛雅人那种典型的大鹰钩鼻，脸上永远挂着温和的笑容。他曾是我在墨西哥城时最亲密的朋友。我把从得克萨斯一路而来的旅程告诉了他，他对我的靴子嘲笑了一番，叫我"午夜牛仔"。我们前仰后翻地大笑了十分钟，我愣是没说出一

1　指的是 1960 年代兴起于智利、阿根廷与古巴等国的"新歌运动"（Nueva canción）。智利的比奥莱塔·帕拉（Violeta Parra）、维克多·哈拉（Victor Jara），阿根廷的梅塞德斯·索萨（Mercedes Sosa）、阿塔瓦瓦帕·尤潘基（Atahualpa Yupanqui）等都是代表性人物。艺术家们借音乐表达人民的苦难和对暴政的控诉。其中维克多·哈拉在皮诺切特军政府时期遭到监禁折磨，最后被处决。当时拉美左翼政治运动中曾有一句关于音乐的名言："吉他是枪，歌声是子弹。"

2　米尤扎克（Muzak）指在商店、饭店、机场等场所连续播放的音乐。

个字来。

一些吵吵嚷嚷的阿根廷歌手和赫苏斯坐在一起。他们刚去得克萨斯州为拉丁裔观众进行了演奏："我们唱了一首歌，一首献给月光的歌〔说到这儿，为了制造效果，他们停顿了很长时间〕，有人站起来说：'去他妈的月光，我们明天就上去！'"

阿根廷人是俱乐部的核心观众，他们中的许多人是从军政府的恐怖独裁中流亡出来的。他们讲述了一些故事，比如军警会把飞机开到布宜诺斯艾利斯附近海面，然后把人扔出窗外[1]。这些故事在当时看起来太过荒诞，显得很不真实。阿根廷人有个危险的特质，你永远不知道他们喝了一两杯酒后会做出什么。

当时的最大议题是尼加拉瓜的持续内战。以前在墨西哥城的时候，我读了一份名为《一加一》（*Uno Más Uno*）的报纸，持续关注战争的最新情况。这份报纸持有坚定的左派立场（例如在越南难民问题上的立场，它更同情越南人民政府，而不是那些乘船出逃的难民），毫不奇怪，它支持桑地诺起义军[2]。但整体而言，墨西哥人同情的是受压迫的尼加拉瓜人民。他们认为索摩查总统的贪婪和残暴是不言而喻的。他是个会用凝固汽油弹轰炸自己人民的人，就像他在 1972 年马那瓜地震后把大部分国际救援物资塞进自

1　阿根廷军政府统治期间（1976—1983）发动了针对左派进步人士的"肮脏战争"，据估计有两万阿根廷人被秘密拘留、折磨和杀害，其中就包括从飞机上扔到拉普拉塔河口或近海区域，借以掩盖谋杀行迹。在 2017 年的一次审判中，几名曾执行该任务的前军政府军官被判处终身监禁。

2　即桑地诺民族解放阵线，简称桑解阵，尼加拉瓜的一个左翼政党，得名于尼加拉瓜民族英雄奥古斯托·塞萨尔·桑地诺。桑解阵在 1961 年成立，经过长期武装抗争后，1979 年桑解阵的武装部队逼近首都马那瓜，7 月 17 日索摩查下台，桑解阵进入马那瓜。其后，桑解阵领导人丹尼尔·奥尔特加赢得 1984 年的首次民主总统选举。

己的口袋一样。

对年轻人来说，你甚至不需要知道这些；只要看看肥胖而自满的索摩查，他那些关于祖国的空洞言辞，再看看桑地诺起义军——风度翩翩特立独行的"零号"司令[1]，或者他们的诗人埃内斯托·卡德纳尔[2]——就够了。起义军拥有摇滚所需的一切魅力，后来冲撞乐队推出了一张名为《桑地诺主义者》(*Sandinista!*) 的专辑。

在"歌手俱乐部"里，常客们偶尔会低声说着要去加入国际旅的事。虽然没人真的这么干，但是当你喝下几杯龙舌兰后，这么过过嘴瘾也不错。他们幻想南下和"小子们"并肩战斗，留下战争的疤痕，然后回来享受荣耀。当我们读到桑地诺起义军（包括国际志愿者）遭受严重伤亡的报道时，这种言论就少了。

但其性质仍然是一场西班牙内战——你要么支持共和派（索摩查家族就像世袭的皇室），要么反对。如果反对，你多半是脑子有问题吧？那天晚上，当我到达俱乐部时，他们谈论的新闻是一个叫比尔·斯图尔特的美国记者在世界媒体面前被索摩查分子枪杀了：人们认为由此引起的骚动可能会使美国人从冷漠中清醒过来。像潘乔·比利亚和潘兴远征一样，美国人对"边界以南"的任何事情都可以容忍，只要不涉及美国国民。成千上万尼加拉瓜人的死亡跟一个美国人的生命相比不算什么。

很明显，比尔·斯图尔特因勇敢地面对虐待平民的士兵而死。我们在墨西哥城的酒吧里向这位已逝的勇士敬了几杯龙舌兰。

我和赫苏斯一起回到了他在南郊的家。这是墨西哥城一个比较僻静的地

1　指的是绰号"零号"司令的埃登·帕斯托拉（Edén Pastora, 1937—　），桑解阵南部战线指挥官。

2　卡德纳尔（Ernesto Cardenal, 1925—2020），尼加拉瓜诗人、政治家、解放神学家。

区，我料想不会有警察检查。结果我们离开俱乐部不到十分钟就被拦住了。

"天哪（Jesus）！"我对赫苏斯喊道（这么喊让他有点困惑，但他似乎并不介意[1]），"他妈的怕什么来什么！"此外，我还一直在大量饮酒，试图以此消解一氧化碳的毒性。

过来两个警察，看上去都很不好对付。

警察1："有证件吗？"

警察2：（引用法条）"不在规定车道上转弯是违法的，罚款五百比索。"他拿起一份脏兮兮的影印清单。

警察1："你的车牌呢？"

我从座位后面拿出那张得州的临时纸板号牌，心怀希望地朝他挥了挥手。

警察1："这他妈是什么？你的问题更严重了。"

俩警察开始交流起来，这让我感到不安。"不要商量啊！"我心里呼唤着。我记起了恩里克在山里教过我的那句官方咒语："先生们，难道我们没有其他办法来解决这件事吗？"

赫苏斯在我旁边做了个勒脖子的手势，呻吟了一声。警察1（块头较大的那个）笑了，同情地看了我一眼："不，先生，我们没办法'解决这件事'，先生。"

我已经忘记了，在墨西哥城不夹进一点脏字连最简单的短语都没法表达出来；跟这里一比，布朗克斯的街道文雅得简直像小朋友的主日学校。

我挥了挥一些墨西哥比索。另一个警察向我做了个手势，让我把它放在挡风玻璃下面。他走到近前，靠了进来。"如果你手里有美元……"我在杂物箱里藏了一点美元，以防备时不时就贬值的比索。我只得从我的储备

---

1 西班牙语名字赫苏斯（Jesús）与英文的"耶稣"（Jesus）拼法相同。

里掏出了几张美元。

"把它们放在你的驾照里，然后把驾照交出来。"

"我驾照没带在身上。"

"你他妈的为什么不带？混蛋！好吧，他妈的把钱给我，然后快滚吧！"

我们满怀忐忑，一路颠簸，终于回到了赫苏斯的家。他不太高兴，说道："乌戈，如果你想留在墨西哥城，必须要有驾照。"

*

现在，我比以往任何时候都更需要留在墨西哥城，如果我想赚到够让我去这个国家其他地方旅行的钱的话。第二天，我们去了交通管理局的办公室，交管局在墨西哥城中心，是一座宏伟的建筑。

用担心来形容我的心情有点轻描淡写了。交管局外的道路上，交通像往常一样拥挤。我有一本官方小册子，上面有数百个复杂的墨西哥路标。我唯一一次驾考的经历是在英国，那次经历并不愉快。我事先喝了几杯酒来帮助自己度过这场煎熬，这让我的驾驶操作用力过猛了，也许这很不明智。那些交通标志我忘了一多半儿。测试员在我的成绩单上打了叉。

这一次，开头情况也不好。"我不喜欢你眼睛的颜色。"当我递交表格时，那位办事员说。我以为自己听错了，感到很困惑，但墨西哥人确实经常说起我的眼睛，跟他们"咖啡色的眼睛"相比，我的眼睛是那么蓝。

赫苏斯知道该如何行事。"他应该为眼睛颜色不对交多少罚款？"他倦倦地说道。我们就金额达成了共识，我交了现金。那位办事员立刻高兴了起来，复印了三份表格，最后盖了个绿色的章。

在外面，那个负责执考的人看起来和他的英国同行很像，身材高大，浑身彰显着能力和权威，但有一个明显的区别：他的腰带上挂着一支大象睾丸大小的枪。路边停着一辆大众"兔子"。我一坐进去就开始恐慌。他喊停了我:"不,不。让我们先聊一会儿。有香烟吗?"

我给了他一支。我们聊了聊天气和即将到来的选举。我一直保持警惕,以防他会无意中问一个关于停车步骤或紧急停车时该怎么做的问题,但我担心的情况始终没有出现。

抽完烟,他向我祝贺,说我已经通过了考试。"如果有人问起,请记住你考试用的是一辆大众'兔子',车里有双控踏板,考试时间用了15分钟。"他看到我愣了一会儿才恍然大悟的样子,挥舞着办事员盖过章的文件,微笑了一下。"这是因为你有优先权。"这真是一个一站式贿赂体系。

我很高兴自己现在是一名合法的司机了,有了自己的塑料涂层覆盖的驾照。唯一令人担心的是,墨西哥城的其他人会不会也是以同样的方式拿到驾照的。

一天,我在一个十字路口看到两辆车相向而行,马上就要交会。他们俩都放慢了速度,但谁也不想让路。其中一辆前进了,另一辆也开动了起来,不断鸣着喇叭,给了另一个家伙一个邪眼。最后,他们同时做了个急转弯,撞到了一起。我没憋住笑。他们下车大声吵了起来。

据说墨西哥城是世界上唯一一个司机看到前面有行人时会加速的城市。大部分时间,我都把车停在赫苏斯家附近。他们一大家子住在塔斯盖尼亚(Tasqueña)的郊区,和他们待在一起非常快乐。赫苏斯的五个兄弟姐妹似乎都和他一样,有着温暖、微笑的人生观,同时他们都有个大鼻子——这可能会导致一些问题,因为其中两个姐妹正在做鼻窦炎手术。赫苏斯的父亲经营着某种小型家族企业(我永远也不会知道是什么生意),赫苏斯偶尔会帮忙,而他的母亲则平静地操持家务,向家人分发着塔马莱(一种玉米面包卷的辣味肉饼）和温情。

有个叫巴勃罗的叔叔住在他们家里。他只有一米五二，留着一丝不苟的小胡子，目光感觉有点邪恶；他穿着皮夹克，好让自己看上去壮一点。赫苏斯有时告诉我，他会因酗酒而消失，但几天后又会出现。

我第一次见到他是在一个傍晚，他刚喝完酒回来。让我震惊的是，竟然有人可以这么早喝完——这表明他从前一天晚上就开始喝上了。

赫苏斯和我正在看一部关于尼加拉瓜的电视纪录片，巴勃罗瘫在了椅子上。他睡了一会儿。中间他突然醒了，然后哭了起来："不，我不能再往前走了。"赫苏斯没理他。当他终于醒来并意识到我是谁时，站出来抗议道："该死的英国人，"他说，"该死的英国人，你们不过是群强盗！德拉戈！"他啐了一口。我过了一会儿才反应过来他说的是弗朗西斯·德雷克爵士[1]。

赫苏斯的弟弟德米特里奥笑了起来。这激怒了巴勃罗。他站起来，对着我晃了晃身子。"给我证明你是个男人！"他说，"我们来比赛吃辣椒吧！"

"别！不要！"赫苏斯喊道，他显然经历过类似的事。"我的巴勃罗叔叔，你没必要这样做。"

但是巴勃罗已下定决心。他跑去厨房，带回一堆辣椒。赫苏斯的母亲和所有墨西哥厨师一样，一直备着很多随时能用的辣椒：其中有已经传播到英国的传统温和型辣椒，还有越小越辣的小茉辣椒，还有一些哈瓦那辣椒，即所谓的"尤卡坦半岛哭泣之椒"，它们能辣得一个成年人喘不过气来。

---

1 弗朗西斯·德雷克爵士（Sir Francis Drake，1540—1596），英国著名的私掠船长、探险家和航海家，据知他是第二位在麦哲伦之后完成环球航海的探险家。三次远航先后到达加勒比海、中美洲和南美洲东海岸。1588 年成为海军中将，协助击退西班牙无敌舰队。1596 年因痢疾病逝于巴拿马。

赫苏斯拿出一些啤酒，把辣椒列成一排，然后我们就开赛了。我试图通过聊一聊英国芥末来缓解紧张的气氛。我说芥末也很厉害，对于这种赛事一定是一种很好的训练材料，但是巴勃罗不吃这一套。"少废话，外国佬，好好吃你的辣椒吧！"他吼道。

家里的其他人被吵闹声吸引了过来，这里变得有点像马戏团了。我在小心翼翼地啃着几块较温和的红辣椒，试图只吃中间部分，因为两端更辣，观众们撺掇我大胆一点。危险在于从咬下去到味蕾上产生爆炸性冲击之间这一致命时刻的延迟，这种延迟愚弄了我，让我直接就开始了第二次啃咬。那感觉就像把弹性绷带从你的上腭剥下来一样。

好消息是巴勃罗比我还要糟糕。我不愿意去想那些被他吞下的生辣椒在他肚子里会怎么翻腾；从他的呼吸中，我猜想他肚子里一定有不少酒精在晃动，使他的内脏的温度像石蜡炉一样不断上升。就在我们准备开始吃哈瓦那辣椒前，他认输了。事实上，他去了洗手间，往马桶里大吐不止。

那个星期天，我们都去了城市南边一个叫阿梅卡梅卡（Amecameca）的集镇，在一家西班牙餐馆吃了一顿悠长的午餐。赫苏斯的父亲最初来自韦拉克鲁斯，他给我讲了一连串难以理解的墨西哥湾那边的笑话，我礼貌地笑了笑。

然后我们开车到了波波卡特佩特尔火山[1]的底部，它和另一座大型火山，扮演"女性"角色、轮廓更加柔和的伊斯塔西瓦特尔火山[2]共同主导着墨西哥山谷。1519 年，征服者沿着一条小路通过两座火山之间的科尔特斯山口（Paso de Cortés），进入了特诺奇蒂特兰，也就是当时的墨西哥城。我兴奋地

1　波波卡特佩特尔（Popocatépetl）火山海拔 5426 米，是墨西哥第二高峰。

2　伊斯塔西瓦特尔（Ixtaccihuatl）火山海拔 5230 米，是墨西哥第三高峰。

看到科尔特斯的雕像在山口顶端，俯瞰着他即将要征服的山谷；我听说这是整个墨西哥唯一一座他的雕像（尽管正如伊夫林·沃指出的，这也许并不奇怪——英国也没有尤里乌斯·恺撒的雕像，不管罗马的统治给英国带来了什么好处）。

对科尔特斯来说，这一定是个非同寻常的时刻。在印第安向导的带领下，他从海岸出发，沿着迂回的路线，终于到达了这个他久闻其名的城市。他选择越过山口也是一个大胆而出人意料的举动：这里海拔高达三千米，不算是一条通往阿兹特克首都的捷径。

但那时的科尔特斯是个狠角色。他写给查理五世皇帝的信，以及同时代人物伯纳尔·迪亚兹[1]的记述，都显示出他是一个深思熟虑、积极投入的指挥官，有能力做出取道科尔特斯山口这样的大胆行动；此前，他在韦拉克鲁斯将所乘船只尽皆摧毁，自断退路，是彰显其勇武的另一个例子。

他不喜赌博，不嗜饮酒，也不会进行不必要的杀戮，但女色似乎是他的一个弱点。在西班牙，年轻的他在一次越轨行为中摔断了一条腿，当时他正要爬上屋顶去找情人。到达墨西哥后，他见到女人就肆意追逐，不管是西班牙女人还是墨西哥女人。

西班牙人在这里让阿兹特克人震惊不已，他们派了几个人去火山采集熔岩——据说是为了制火药，但更有可能的是，考虑到科尔特斯狡猾的心理，他们想借此展示自己并不像土著那样惧怕那些"冒烟的山"。

波波卡特佩特尔火山看起来确实就是一座火山该有的样子，就像翻转

---

1 伯纳尔·迪亚兹（Bernal Díaz del Castillo, 1496—1584），西班牙殖民者，科尔特斯征服时是其麾下的一名士兵，后来于1568年写就了《征服新西班牙信史》（*Historia verdadera de la conquista de la Nueva España*）一书。

过来的日本古典木刻漏斗。也许是被那顿加料版的周日午餐刺激了，我决定爬上去。

"你觉得怎么样？"我问赫苏斯。

他笑道："为什么不呢？"

所以第二个周末，我们就睡在了山上的避难屋里。小屋位于海拔三千九百米左右的地方，还有一千五百米才能到达山顶。从在大湖区[1]或雪墩山[2]有限的爬山经历中，我学到了关于山的两件事：天气会变得非常冷；应该早点出发。与小屋中的其他登山者相比，说我们是毫无准备一点也不为过。他们大多是欧洲人，身材高大，金发碧眼，英俊潇洒；他们在谈论一些很有男子气概的话题，比如去适应海拔高度，以及冰爪和冰镐多么实用等。相比之下，赫苏斯和我穿着廉价的靴子，套着好几层的毛衣（有些是赫苏斯的姐妹们提供的，所以是粉色的），看起来就像朋克流浪者。

当我在七点钟这个似乎不可思议的时刻起床时，惊讶地发现其他登山者都已经出发了。赫苏斯还在打鼾，那动静只有他那只回旋镖大小的鼻子才能打得出来。我踢醒了他，热了一些他妈妈在出发前塞给我们的新鲜豆子。

云层已经处在避难屋下面了，所以山峰显得异常清晰。除了在飞机上，我以前还从未见过云层飘在我下面。我们可以看到前面穿着霓虹黄或橙色登山服的其他登山者，但他们走得很慢。当我们到达攀登的起点时，意识到了他们步履艰难的原因：每向前两步，你就会在厚厚的火山尘埃中向后滑三十厘米。

我曾天真地认为会有某种轨迹可循，但很快发现，每个人都得走出一

---

1 位于英格兰西北部的坎布里亚郡。

2 位于威尔士西北部，是雪墩国家公园（Snowdonia National Park）的一部分。

条自己的路。我们开始了一场漫长而缓慢的进攻，越过碎石和尘土，到达一个叫作克雷塔诺（Querétano）的山脊，那里有一个黄色的三角形小屋。当我们到达那里时，云层已经开始升起了。天气冷得刺骨。在小屋里，我们发现了一个昨晚见过的欧洲"专业"团队，两个荷兰男人和一个女孩，还有一些墨西哥人，其中一个是斗牛士。我在赫苏斯的父亲借给我的酒壶里倒了一些白兰地，墨西哥人很喜欢，但荷兰人不喜欢，他们害怕脱水。

酒精给了我们开启下一段路程的勇气，一块叫作"臼齿"的大岩石突了出来，我们要在它的阴影下贴着一道冰川和一条小瀑布行进。我们登上了一系列山脊，形势变得艰难起来：我更多的时间似乎是在手脚并用。与此同时，赫苏斯已经进入了一个坚定的探索阶段，显示出了无论如何都要到达顶峰的气势；我跟在他后面，就像一头跟在主人后面的骡子，希望他的步子能帮到我。

我们翻过一个高地，看到前面有两座巨大的山脊，看起来像是从一座阿兹特克神庙上砍削下来的，比如羽蛇神庙；因为缺氧和昏头，有那么一瞬间，我以为它们真的是被砍下来的。它们后面就是雪线，还有一堆看起来像是另一个避难屋遗迹的东西。

我随身带了一瓶红酒。我们一边大口喝着冰冻单宁，吃着面包卷，一边评估了一下眼前的情况。我们花了五六个小时才走到这里。云层在我们下面越升越高。我们也没有地图或指南针。"让我们继续爬吧。"赫苏斯满怀信心地说。虽然从来没有爬过山，但这一点不会阻止他的脚步。

我们开始翻开积雪前进，但雪已经开始结成冰层了。几乎没有希望了。我想不出科尔特斯的人是如何穿着盔甲行军的。也许他们撒了谎。我们也无法从眼下所在的地方看到山顶，太令人沮丧了。"谨慎是勇气的最佳组成部分。"我将这句英语翻译给了赫苏斯。他被这句话逗乐了。我们决定接受失败。毕竟连切·格瓦拉的第一次尝试都没能成功，我们是一个水平的。切留下了一段很好的记录[1]：

> 我攀登了波波卡特佩特尔火山，但是尽管怀着满腔的英雄主义，我还是没能到达山顶。我都准备把命搁在这儿了，但一起攀登的古巴同伴吓了我一跳，因为他的两个脚趾冻僵了……我们花了六个小时与埋到腰部的大雪搏斗，由于缺少合适的装备，我们的脚完全湿透了。在绕过一道裂缝时，向导迷失在了雾中，我们被绵软无尽的雪弄得筋疲力尽。那些古巴人不愿再爬了，但对我而言，一旦有了资金，我会再次前来挑战……
>
> （给他母亲的信，1955 年 7 月 20 日）

我们走了一条不同的路，本来似乎是一条捷径，但很快就变成了一片尘土和污秽的泥沼。我们来到一个很不错的碎石坡，可以顺着石头滑下去，但之后又要继续跋涉，穿过更多的火山尘埃。现在我们已经感到非常寒冷了，大口大口地喝着白兰地来取暖。穿越了一条似乎要把我们带离原来路线的漫长山脊后，我们又经过了一道干涸的河床，那里的尘埃已经被水冲刷殆尽，露出了一幅美丽的红蓝两色火山岩拼就的马赛克画面。然后云层

1　1954 年，在美国中情局的支持下，危地马拉发生军事政变，阿本斯政权被推翻，切·格瓦拉离开该国去了墨西哥，并在墨西哥城结识了卡斯特罗兄弟。之后与一群古巴人在墨西哥进行游击战训练。1956 年 11 月 25 日，包括格瓦拉在内的八十二名"七·二六运动"战士挤在"格拉玛"号小艇上，从墨西哥韦拉克鲁斯州的图克斯潘出发，驶向古巴，开启了古巴革命的征程。

出现了，将我们完全覆盖住了。

赫苏斯非常善于应对危机。"我觉得，如果我们一直往下走，就肯定不会出错，不是吗？"这种逻辑似乎无懈可击，即使这意味着我本已破旧的裤子要被下面的岩石继续撕成碎片。

令人欣慰的是，我们看到一些身穿霓虹夹克的专业人士从我们下面穿过；我们竟然出现在了荷兰团队上面，这让他们万分震惊。他们的领队研究了一下手中的地图。"你们不可能是从这条路线下来的！"他斩钉截铁地说道。

安全回到墨西哥城后，我们吃了大量的五香对虾汤，让自己尽情享受赫苏斯家那些女人们的款待。过去几天，因为身处高海拔，我的脸被烈风和阳光弄伤了。

*

我需要弄一些钱。我认识一个经常去"歌手俱乐部"的毒贩，他总是乐呵呵的。他给我提供了一份兼职，向那些居住在墨西哥城的美国语言生出售毒品。他制定了一套精心设计的佣金制度，我会像雅芳公司的推销员女士一样，按销售额算佣金；我觉得拥有一辆非法的车已经够复杂的了，现在还要把它装满毒品。

我没有做，我在一家银行找到了一份翻译和跑腿小弟的工作。这是一家开发银行，由一个国际财团资助，旨在向墨西哥企业提供贷款，他们称这是"善意"的风险资本主义。这听起来有些矛盾，但是因为待遇不错，所以我就做了。真正问题是发放贷款给墨西哥企业时总是以美元为单位；墨西哥企业的营收是比索，他们经常被频繁的汇率崩溃所挟持。

我老板的名字是胡里奥。第一天，胡里奥带我出去吃午饭，解释了在墨西哥取得商业成功的原则。大家从十点工作到两点。一顿加长版的午餐会持续几个小时，有时会持续到下午五点，然后每个人都回到办公室，工作到晚上八点。

午餐才是正事儿。"我们的业务很大程度上依赖于信任。"胡里奥说，"事情是这样的，墨西哥人只有在喝得酩酊大醉、近乎两眼一抹黑的时候才能互相信任。因此，在我们银行，任何谈判开始之前，总是要先喝点龙舌兰油（Tequila Oil）。"

我喝过大部分形式的龙舌兰酒，对此感到颇为自豪——从经典的玛格丽塔到看起来更像威士忌的深色"共同记忆"（Commemorativo）。我甚至还喝过"日落龙舌兰"及其各种加糖的变种。但我从未听说过龙舌兰油。

胡里奥跟服务员下了单。他端着混合了番茄汁的双份龙舌兰回来了。我不喜欢它的样子（西红柿应该和伏特加搭配），但似乎值得喝喝看。然后胡里奥舀了一大汤匙桌子上的哈瓦那辣椒酱，夸耀地拌进了酒里。其他用餐者开始盯着他看。他从公文包里拿出一瓶黑色的美极（Maggi）。我在欧洲的餐馆里见过这种东西，强烈、芳香版的HP棕酱（HP sauce）。他搅拌的力道很足，那杯龙舌兰变得又黑又黏。看起来跟汽油一样。

"试试这个，小乌戈。酒精入胃那一刻，辣椒的刺激也会随之而至，然后这股劲儿会蹿回到大脑。简直能把你的脑袋轰下来！"

我也如法炮制了一番，他没有骗我！

一系列难忘的正式午餐就这样开始了。胡里奥和我会去一家工厂，和老板们聊一些不太相关的问题，然后挑一家城里不错的餐馆。我们会点巧克力干蚂蚁或墨西哥巧克力辣酱（一道由干辣椒、火鸡和巧克力组成的著名国菜），或者胡桃酱熏制辣椒（"绝佳美味！"）我们下单时，服务员赞赏地低语道）。胡里奥这时会拿出他的调酒用具，在每个人面前摆放三到四杯他的龙舌兰油。不到半小时，我们就会成为终生好友，并搞定一笔重新商议过的"合理"贷款。

每当我们结束谈判时，胡里奥都喜欢说这句话："嘿，"他张开双臂笑着说，"毕竟这不是我的钱。"这是在提示要给所有人的酒水买单。

我们参观了一家家具厂。除了别的产品以外，他们还生产电影院的座椅。一台机器在模拟一对旋转的臀部，用来测试坐垫的磨损情况。任何一种面料都必须能够承受成千上万次模拟臀部的起伏，然后才能适合影院使用。这部机器甚至可以双向旋转，以涵盖不同个体臀部运动的变化。

这是一家家族企业。我们后来拐过街角去了一家餐馆，他们向我们保证，顾客在那里会享受一种特殊的款待。"乌戈，你听说过梅斯卡尔瓶底的虫子[1]吧。"我确实经常看到它，尽管从来没能鼓起勇气去尝尝看。"嗯，这道菜就是生虫子，烹饪前已经在梅斯卡尔里面浸泡过了。"我轻轻地咽了下口水。他们都看着我。就像在墨西哥常见的那样，我意识到这是一次测试。我喝了一杯龙舌兰油来帮助我度过即将到来的考验。

这些虫子用玉米饼（tortilla）裹着，就像一个玉米卷（taco），所以至少你看不到它们。我向瓜达卢佩圣母祈求保佑，尽可能热情地咬了一口玉米卷。虫子块头不小，经过油炸后有一种还不错的松脆质地。牛油果色拉酱也有助于掩盖味道。

"再给我拿些来吧。"我喊道。

---

1 一些品牌的梅斯卡尔酒瓶中会装有虫子。一般有两种虫子，一种叫 gusano rojo，即"红虫"，一种叫 chinicui，也就是"龙舌兰虫"。除了放入一两条完整的幼虫之做法外，有的品牌在销售时酒与虫子分开，随酒奉赠一小包盐和虫子磨碎混制成的粉末。

"好吧，"东道主热情地说，"你可真够劲儿！"

为了补偿这种折磨，他们点了一个玫瑰花瓣馅饼来当甜点，这是我所体验过的最接近玉盘珍馐的甜点。

我读到一首诗，感到十分震惊。这首诗的作者是在西班牙人对特诺奇蒂特兰（墨西哥城）的残酷围攻后生存下来的一个阿兹特克人写的：

虫子在街道和集合地扭动，
墙壁上沾满了脑浆。
水是红色的，就像被染过一样，
如果我们去喝，就会尝到恶臭。
我们悲痛地敲打着房屋的墙壁：
我们继承了很多，
留下的却只是一个个破洞。

我们拿盾牌去御敌，
但盾牌无法阻止我们的毁灭。
我们吃了腐烂的食物。
我们吃了咸谷物。
我们吃了泥巴、蜥蜴、老鼠。
大地尘埃漫起。
我们甚至吃了虫子。

我发现忘记征服是不可能的，尤其是因为墨西哥人从来不允许你忘记。

这是一部不断重演的戏剧，一部国家总是被侵略者摧残的戏剧；更糟糕的是，科尔特斯在征服过程中得到了一个叛国之女的帮助，她叫玛琳切[1]。她做了科尔特斯的翻译和情妇。除却这种背叛，阿兹特克末代皇帝、懦弱皇帝蒙特祖玛的继承者夸乌特莫克领导的英勇抵抗被认为是墨西哥坚忍的象征。

关于夸乌特莫克是否代表真正的英雄主义，有许多可以质疑的地方。蒙特祖玛死后，他登上王位，他让人民陷入了无望的最终围困，承受了不必要的痛苦，因为当时失败已经不可避免。但至少他也有幽默感。当他和亲信塔库巴（Tacuba）勋爵一起被西班牙人折磨时，塔库巴向他的皇帝抱怨自己经受的痛苦。"嗯，我自己也没有躺在花床上呀。"夸乌特莫克如是给出了这个著名的回答。

然而，我也不能忘记伯纳尔·迪亚兹的描述，他看到自己的西班牙同袍被拖走，迈向死亡。他们的肉被阿兹特克人就着"胡椒和番茄酱"吃掉了。五百年来，关于墨西哥，没有人写出比伯纳尔·迪亚斯的《征服新西班牙信史》更好的书——然而他的写作是在征服事件四十年后写的。他对细节的关注非同寻常。他写到他们的一个同伴——占星家博特约（Botello）去世后，他们打开了他的遗物，发现他有一个十厘米长的塞满了短绒的皮制假阳具。有多少其他叙述者会记得这种事情？

阿兹特克祭司，迪亚兹称其为"主父"（papa），会给自己注射魔法蘑菇，以此来接近他们的神。这似乎是一种比玛雅人将致幻刺插入阴茎的把戏更令人愉快的方式。蒙特祖玛自己也曾是一名祭司，他服用了大剂量的

1　玛琳切（La Malinche, 1500—1529），一位来自墨西哥湾沿岸的纳瓦特人女性，在西班牙征服阿兹特克帝国过程中扮演重要角色，担任西班牙征服者埃尔南·科尔特斯的翻译、顾问和中间人。1519 年，她作为二十名女奴中的一员，被塔巴斯科土著送给西班牙人。她后来给科尔特斯生下了长子马丁，马丁被认为是第一位梅斯蒂索人（欧洲人和美洲土著的混血儿）。

魔法蘑菇，这可能是在面对敌人到来时犹豫不决的部分原因。尽管敌人下定了决心，但考虑到墨西哥人的数量，只要稍有决心，还是可以打败西班牙人的。就像一个嬉皮士界的老笑话说的那样，一个人在考虑下一步该做什么之前必须先抽一卷大麻，蘑菇让他无法理性地对付入侵者，这些入侵者被认为是渡海而来的活神仙。

一个阿兹特克人描述了科尔特斯等一众征服者到达时，他的人民的反应："好像每个人都吃了令人昏沉的蘑菇，好像他们看到了一些令人吃惊的事情。恐怖笼罩着每一个人，仿佛整个世界都被抽离了。人们在惊恐中睡去。"

我自己也喜欢一些神奇的蘑菇。赫苏斯和我去看了一部关于玛丽亚·萨比娜[1]的电影，她是住在瓦哈卡附近山上的一位老智者。年轻的卡洛斯·卡斯塔涅达在加州大学洛杉矶分校的图书馆阅读了一篇关于她的人类学论文后，决定为了寻找佩奥特掌[2]南下墨西哥，最终让他遇到了唐望；他的书到底是基于灵感的虚构，还是欺骗性的新闻写作，公众仍然没有定论，这一点或许也没有那么重要吧。

不管唐望显得多么像虚构，玛丽亚·萨比娜却无比真实。她称那些致幻蘑菇为"神圣的孩子"，当她描述到吃掉这些蘑菇后看到的景象时，这部电影显得格外正经。多个镜头展示了她站在瓦哈卡云谷瀑布旁的情景。她的大部分仪式似乎将前哥伦布时代的宗教与基督教进行了结合，其方式虽然比较老套乏味，但会给人一种奇怪的触动。她会用到一个塑料的圣母玛

1　玛丽亚·萨比娜（María Sabina, 1894—1985），一位智者，住在马萨特克山脉附近的瓦乌特拉。她会用致幻蘑菇举行具有疗愈作用的"神圣蘑菇仪式"（Sacred Mushroom Ceremonies, 西班牙语称 Veladas）。在瓦乌特拉，她的形象被广泛用于各种商业宣传中，比如餐厅、超市、出租车公司等。墨西哥的反文化运动中也经常可以见到她的形象。

2　一种蓝绿色小仙人掌，具有致幻作用。

利亚像，旁边还有一个阿兹特克的雨神特拉洛克（Tlaloc）的木像。

她以一种实事求是的方式对着镜头讲述了在一次拖长时间的蘑菇仪式中发生的事情。在与老鹰和美洲豹经历了各种痛苦的对抗后，她终于来到了一个死亡之地，在这万事万物的尽头，用她的话说，人们"只能见到上帝……和贝尼托·华雷斯"。我们看到这里笑了。贝尼托·华雷斯，墨西哥独立后第一位纯印第安血统的总统，几乎享受着全体民众的普遍尊敬。

我缠着那位毒贩拉蒙（Ramon），要他给我买些蘑菇。他很不情愿，就像奇瓦瓦的那位费尔南多一样，他认为蘑菇完全是印第安人的东西。"蠢货！"他告诉我，"你为什么不能搞点实在的东西？为什么不能像其他人一样买大麻？"

最后，在去韦拉克鲁斯的路上，他从小镇萨乌特拉（Zautla）弄到了一些。拉蒙定期到港口收货时，会经过这个小镇。它们在那里自然生长，蒙特祖玛和他的祭司们很可能就是从这里获取蘑菇的，而不是更有名的瓦哈卡。原则上，拉蒙拒绝拿这些东西换钱。"我只卖我保证能让对方满意的东西，小乌戈，比如可口可乐。但就我所知，这鬼东西可能就是狗屎。"

蘑菇被装在了一个小纸袋里。我把它们放进了夹克里，然后乘公共汽车准备回赫苏斯家。在路边等待换乘时，我仔细研究了一下这些蘑菇。它们看上去毫不起眼，全无吸引力。

我曾经读过佩勒姆·格伦维尔·伍德霍斯（P. G. Wodehouse）写的一个故事。在这个故事中，女人在冬天里让男人去找草莓，以测试他是否真的爱自己。在经历了一系列常见的伍德霍斯式冒险（偷警察的头盔，被带到地方法官面前，和难相处的妇人待在一起等）之后，他终于弄到了一些珍贵的草莓，并带着它们冲到了女友家，女友此时正在楼上梳妆打扮。等她下来时，他觉得最好检验一下草莓的质量。第一个尝起来很不错，最后一个也是如此。

同样的事情发生在了我身上。我本想和赫苏斯分享，但好奇心越来越强烈。此外，吃下去的前两三个蘑菇似乎没起什么作用，所以我想如果我把它们都吃掉，等于帮赫苏斯一个忙了。蘑菇差不多有一打。

十分钟后，我还在等那辆公共汽车。什么都没发生。又过了十分钟，公共汽车来了。我放下《埃梅琳达》漫画（我已经对她病态的滑稽动作产生了兴趣），试图穿过人行道。呼呼，感觉人行道正在穿过我。是时候享受刺激了。

路上有一个游乐场，我摇摇晃晃地走进去，以为自己不会那么显眼。蘑菇的效力似乎正在沉淀下来。没有幻觉，只有对颜色、光线和声音的强烈调整，就好像有人拨弄了我的控制旋钮。我玩得很开心。有几个女孩在玉米卷饼摊附近闲逛。后来回想，她们可能一直在寻找随机的交易对象。她们注意到我穿着牛仔靴东倒西歪。"嘿，牛仔，"她们咯咯地笑着，"你会开枪吗？"附近有一个步枪靶场。

我在想，当一个大块头的墨西哥人把枪递给我时，这真的是个好主意吗？我没必要担心。即使在最好的时候，我的眼睛也是近视的，但现在它们似乎获得了超高的精确度。我弹无虚发，赢得了一大堆粉红色的可爱玩具，玩具的耳朵里还有一些棉花糖，我很有风度地把它们送给了女孩们。"你们都很漂亮。"我告诉她们。

我挥别了她们，去了下一个景点。这是一种我从未见过的大轮子：没有座位，你被贴墙绑在上面。我觉得我能应付。蘑菇的力量如波浪般层层涌现，所以当复归平静的间歇，心理上会迎来一阵令人安心的平静，就像身处按摩浴缸里，然后浴缸不断被打开和关闭。我没有意识到的是，一旦轮子开启，它就会同时做垂直和水平的转动。唯一能阻止你从绑带上掉下来的是向心力，因为它的旋转速度越来越快。

即使在一个不错的日子里，这也算是一次难忘的经历。随着十几个魔法蘑菇在体内尽情翻腾，我的头开始像列奥纳多画的一些草图一样裂开了。我开始大喊大叫，他们不得不停车让我下去。我没有去见上帝或者贝尼托·华雷斯，但是感觉也差不多了，这种经历让我感到很不舒服。

当我最后回到家里时，因为疲惫，看上去明显更糟了，赫苏斯嘲笑了我。"我没法再坚持了！"他模仿着巴勃罗，如此喊道。我决定以后还是老老实实喝酒就好。

*

在工作中，胡里奥坚持要我用自己的第一份工资买一套西装；至少我还可以继续用脚上驯鹿皮的牛仔靴来挑战办公室惯例。我的角色很奇怪：似乎从来没有太多的翻译工作要做（从技术上讲，我应该用英语写一份我们对每个客户的拜访报告），但是在办公室里有个人可以用英语给那些像浓重的墨西哥风格一样琢磨不透的海外赞助人写一份报告是很有用的。

我现在每天都从赫苏斯的家里出发去乘地铁，就像一个普通的通勤者。车厢上有个很不错的标语，它可以分出乘客中的聪明人："禁止吸烟或手持点燃的香烟。"聪明人真不少。他们不得不强行将从大车站出来的男女分开，因为有太多人揩油：男性在左边，女性在右边。

一天，一位老人和我聊了起来。没有任何前奏，他就靠了过来，贴着我说道："女人喜欢被控制。她们喜欢男人占上风这种感觉。她们当然比我们更聪明，但她们很被动。你不这样觉得吗？"

我告诉他，我对这个问题没有多想。正统朋克，以及当时我的大多数英国朋友，不管男性还是女性，认为性别在情感层面本质上是相同的；他们只是碰巧有不同的身体构造。如果一种文化仍然认为两个不同的物种是出于需要而同居的，那么生活在这样一种文化里就会感觉有点奇怪。

办公室里有一个漂亮的秘书米娜，栗色的头发，剪了个奥黛丽·赫本式的男孩子气的刘海。我们开始以一种斯文体面的方式约会。她对办公室以及其中的琐碎小事很感兴趣。我们会去看电影，或者在桑伯恩（Sanborns）或维普斯（Vips）餐厅吃饭。这些都是美国风格的餐厅，有令人放心的汉堡包和炸土豆条，还有玉米卷饼。我毫无愧疚地选择了汉堡包；我已经吃了足够吃一辈子的玉米卷饼和炒豆泥了。

我们去看了赛马。跑马场有一条美丽的林荫道和一个观赏性的人工湖。当我们开着那部奥兹莫比尔上路时，我感觉很好，为了给米娜留下好印象，我已经把它清理干净了。简单单纯的快乐是最好的，我想：一个漂亮女孩，一个阳光明媚的日子，再加上赛道。还有比这更美好的吗？

我们看上去很体面，我穿着西装，米娜穿着社交短裙；看门人主动提出让我们进入预订会员的专门包间，他只会收取一点点费用（descuento，字面意思是"折扣"，但实际恰恰相反——他索要了一笔巨额贿赂）。我发现自己现在很乐意去行贿，或者说，当钱财离手时，我实在是太快乐了。这其中有某种共谋的意味，比如共饮同一瓶饮料。

包间俯瞰着一个圆形场地，阳光充足，视野明亮，远处是群山；跑道的中央精心布置了装饰性的花坛。我对英国赛马场的记忆是脏乱的地面，满是尘土和被丢弃的热狗包装纸。这里的环境要好得多。在阳光的作用下，骑师们的华服映照在了富豪会员包间的亮色装饰上。

每人的最低饮料消费额不便宜，所以大家都点了双倍的东西，力求花得值一点。米娜没喝多少，所以我把她的也喝了。

一个戴着亮黄色羊绒围巾的老男孩向我们解释了连赢投注[1]的玩法。他给了我们一个关于如何看出谁是优胜者的老掉牙的建议，我在切普斯托或切尔滕纳姆都听过了。我有自己更简单的方法：就像你总是会根据颜色来买车（比如我这辆电光蓝的奥兹莫比尔）一样，所以选马时就要看它们的名字。我选择了叫"超级忙"（Manos Llenas）的那匹，赔率9比2。这个赔率似乎比较谨慎，所以我把最近这个月的工资支票全押上了。

通过最后一圈时，它奇迹般地处于领先地位。米娜和我开始尖叫，互相拥抱。隔壁的观众向我们确认那是我们买的马后，也开始为我们尖叫。然后它落到了第二名。我把米娜抱得更紧了。就在冲线的瞬间，它被挤到了第三名。我准备给米娜最后一个拥抱，但这次她躲开了。

这就是她的问题所在，也是我们关系的问题所在。我们经历了墨西哥情侣那种漫长而慵懒的求爱方式，比如在查普尔特佩克公园划船或者去看电影，但是更进一步的活动，更加肉体性的接触，都没有发生。

这不是出于无知或胆怯——米娜和我见过的大多数墨西哥女孩一样，脑袋里也装满了各种情色念头。她喜欢拿辣椒开玩笑；墨西哥人总是把它们等同于外观上与其类似的那个男性器官。关于辣椒的笑话很多，比如"吸辣椒"，或者某人的辣椒有多辣等。

她也没有一个脾气火爆的父亲，或者更糟糕的母亲，在夜晚拿着猎枪等待那些潜在的追求者；这只是对米娜的"一种尊重"，尊重她对自己的

1　连赢（Quinella），赛马术语，是赛马博彩的一个重要投注项目，流行于多个国家。投注者需选中一场赛事中的第一名及第二名，不需考虑顺序。

感觉。然而，有一天晚上她确实跟我说过她有多讨厌童贞文化的僵硬死板，而且她觉得，她肯定是最后一代如此恪守贞节的人。

整件事有点尴尬。她都二十八岁了，比我大十岁；如果这是在英国，我会被人嘲笑。她的朋友说我是"明天的面包"。但是她很漂亮，而我，一个口袋里有点钱的十八岁少年该有的性欲我都有，所以我俩之间的关系仅限于拉拉手和怪怪的贞洁之吻，真是太令人沮丧了。

我仍然很喜欢她的陪伴；我们会玩一种叫作"游客"（Turista）的游戏，这是墨西哥版的"大富翁"，或者去现存最后一个古阿兹特克水上花园——霍奇米尔科[1]，我们坐在独木舟上四处漂流，看着漂浮在水上的百合花。

*

这辆车开始给我带来麻烦了。在赫苏斯家的房子周围，警察有个恶习，他们会在交通信号灯上做手脚，设陷阱坑司机。由于他们可以接触到控制箱（如果发生事故，可以将其关掉），他们可以缩短黄灯的时间。你穿过一个十字路口开始可能是绿灯，但是当你到达另一边的时候，等着你的可能是红灯和一辆警车。你将会看到一份"违规行为"的照片列表，这时你就要付出一点贿赂了。我既是外国佬，又没有车牌，如此可疑的身份让我额外多支付了一些费用。郊区的警察不像市中心的警察那样贪得无厌，但这还是让我很失落。

一天晚上，我去接米娜一起看电影。我开着收音机，看着烟雾造就的墨西哥城完美日落，群山被不同色度的氮气红包裹着。我拐进了宽阔的丘鲁布斯科大街，继续跟着收音机唱着歌。播到了一首巴里·怀特（Barry

---

1　霍奇米尔科（Xochimilco），位于墨西哥城以南，被很多人誉为"墨西哥的威尼斯"，以前殖民时期的运河和水上花园而闻名。

White）的歌，我是他的秘密粉丝，虽然从来没能向我的朋友们承认这一点。

在一个交叉路口的正中央，随着一声巨响，迎面而来的汽车撞上了我。我的奥兹莫比尔像一匹受惊的马一样可怕地摇晃了一下，然后弹了回来。要么是我看错了信号灯，直接开进了汇入的车流，要么是警察又在频繁地摆弄信号灯的控制装置。当我将车滑到路边时，侧面的嵌条从汽车侧板上脱落，发出了可怕的呜呜声。

我试图转过身去看看另一辆车。它在我后面，司机在打着手势。一家人围着他，看上去万分震惊。

我浑身直冒汗。我没买保险，我知道墨西哥对此类案件的政策——把当事人关进监狱，直到搞定相关的文书工作。

那个司机跟我要护照。我拒绝给他。但我确实立即交出了身上所有的现金：一百美元。当时的环境半明半暗，加上我又处于震惊之中，无法很清楚地看到对方车子的损坏程度，但似乎相当严重。

"这还不够。跟我去警察局，"他说，"他们会处理一切。"

我紧跟在他的车后面，直到我们来到墨西哥城外环路双向车道的出口。我的肾上腺素在猛烈上升。我一直跟着他，但最后当他走到匝道上时，我转向离开，留在了车道上。我知道如果没有长时间的特技操练，他不可能回到车道上。我猛地踩下了油门。我从没有开过这样的快车。刚才的碰撞可能损坏了车身，但并没有影响发动机。沿着车道行驶了数公里后，我在一条侧道上停了下来。当我下了车，在前灯的灯光下靠着墙撒尿时，身体还在发抖。

这不算是一次英勇的行动。我觉得只有一件事可以挽回我的自尊：继续去看电影。

当我开着被撕成碎片的奥兹莫比尔到达时，米娜吃了一惊，但让我吃惊的是，她几乎没问什么问题；这是我喜欢她的众多优点之一。此外，电影快开始了。具有讽刺意味的是，这部电影叫《蓝领工人》(*Blue Collar*)，讲的是一家美国汽车工厂的故事。

是时候离开墨西哥城了。即使是基于一个刻意安排的时间表，我也被这座充满小偷和巨子的城市诱惑了太久。我去见了索尔(Saúl)，他是住在赫苏斯家对面的机师，患有唇裂。当我到达墨西哥城时，他就对汽车做了一些必要的修理。

"他妈的，"他说，"兰查(lancha)出什么事情了？"索尔、赫苏斯和街区里的其他人总是称我的车为"兰查"，即"陆地游艇"。令人头疼的事不少。我身上没有多少钱，因为我在墨西哥城的生活方式算不得节俭。

索尔提议说，如果修理车身时我帮忙出工出力，尤其是喷漆工作，他会接受我将相机充抵部分维修费，并且还会降低总体费用。这是一笔不错的交易，因为我的相机是俄罗斯产的"顶峰"(Zenith)牌，是英国市场上最便宜的相机，而且做工像苏式坦克一样，没有任何精巧可言。更妙的是，索尔可以接受延期付款，直到我在中美洲卖掉汽车后带着相机回来。"我信任你。"索尔说。这让我很感动。我都永远不会相信自己。

我和银行的胡里奥谈了一下。他有个好主意。

"乌戈，你会打高尔夫球吗？"

"不会，我讨厌高尔夫。穿运动夹克的人才玩那个。"

"没关系，不碍事。我需要个人帮忙管理高尔夫球场。这份工作能让你离开墨西哥城。"

该银行的一个客户被最近的美元兑换崩溃所拖累，陷入严重违约。作为抵押，该银行得到了位于库埃纳瓦卡的一家著名高尔夫俱乐部。他们需要有人照看这个地方，直到找到合适的买主。我兴奋了起来。反正我本来也想去库埃纳瓦卡。它也是（大约）在南方，所以我仍是在朝着正确的方向前进。

赫苏斯的母亲给我做了一篮子食物，他父亲借给我一些钱，我准备一下就要走了。他们的善意让我受宠若惊。我知道，任何一个在英国漂泊的墨西哥穷人能找到方向就算幸运了，更不用说能得到如此热情和慷慨的支持了。

我和米娜在"瓦屋"（Casa de los Azulejos）餐厅吃了最后一餐，这是一家装饰华丽的老式殖民风格餐厅。这顿晚餐很奇怪，是对一段从未实际发生过的关系的告别，所以我们俩可能比平时更诚实。米娜再次告诉我，她对自己身为"伤痕累累的一代"天主教女性感到绝望，尽管她们周围到处都上演着随意性行为，但她们英勇地坚守着自己的阵地。

然后，我们穿过了附近索卡洛广场的无尽空间，这里是墨西哥城的主广场，也是这个国家的中心。独立日那天，总统们会在这里用华美的修辞抑扬顿挫地发表长篇演说；西班牙语非常适合修辞，它那些枯燥但有雕塑感的词语都隐含着某些假定的含义。与邻近的街道相比，索卡洛广场是如此不成比例，因为它曾经是阿兹特克城市的主广场。西班牙人拆除了周围所有的建筑，但保留了这个中央广场。

就在前一年，他们在广场的一个角落发现了一些阿兹特克金字塔的遗迹。他们为此感到非常兴奋，现在正在挖掘这些遗迹。我不喜欢人人参与的金字塔崇拜，从游客到主宰墨西哥政府的整个"军事遗产综合体"莫不如是。执政的革命制度党将前哥伦布时代的历史作为现成的文物，永远可以拿来宣扬

"真正的"墨西哥人民对入侵者的英勇抵抗。一条可疑的历史线索是，墨西哥革命最终将阿兹特克人失去的权力归还给了墨西哥人民。来自革命制度党的现任总统洛佩斯·波蒂略甚至写过一本关于羽蛇神的书。

古代阿兹特克世界的著名反派是一个名为特拉卡埃莱尔[1]的"首席大臣"，在阿兹特克人短暂的百年统治的关键时期，他名义上连续为四个阿兹特克皇帝服务，实际上却是真正的掌权者。他的第一个，也是最重要的一个行动是重写阿兹特克人的过去：讲述他们真实历史的"旧书"被焚毁了，因为书中说他们部落只不过是众多流浪部落中的一个。相反，特拉卡埃莱尔制造了一个恰当的政治神话，说他们是托尔特克人（Toltecs）的直系后裔。托尔特克人是以前的一个种族，在墨西哥谷附近仍然可以看到他们留下的大量遗迹。这从谱系层面给了他们继承其领土之野心的权利。

在特拉卡埃莱尔的操弄下，战神维齐洛波奇特利在众神殿中从次要角色被提升为主要角色，不得不与越来越多的受害者和解。人祭以前是宗教节日中一种罕见的伴随物，偶尔才会发生。但随着祭司的权势变得越来越强大，这也成了一个迅速增长的产业。

当眼下正在挖掘中的金字塔在 1484 年首次建成时，囚犯们从四面八方列队等待被献祭，目力所及，一望无尽。一天之内就有两万多人丧生。

根据墨西哥人的记录，在这样的集体仪式上，血液的气味和恶臭一定会令人作呕。虽然心脏会被焚烧，但每个头骨都会被收集到一个头骨架上；身体的其余部分被扔下金字塔，沿着台阶滚落下去，稍后被贵族或受青睐

1　特拉卡埃莱尔（Tlacaelel, 1397—1487），阿兹特克三国同盟（实际上是三个城邦国家：特诺奇蒂特兰、特斯科科和特拉科潘）的设计师，也就是帝国的实际缔造者。他是蒙特祖玛一世的兄弟，维齐里维特利（Huitzilihuitl）皇帝之子。

的战士就着辣椒酱吃掉。

特拉卡埃莱尔设计了杀害囚犯的多种方式。通常，他们会用一块祭祀用的石头压着受害者，然后生生摘下其心脏。此外，他们还会将囚犯活活烧死。

他们持续不断地发动战争以获得更多祭祀品，然后又用这些祭祀品换取更多的战争胜利，这意味着阿兹特克人已经从默默无闻爆发为与第三帝国一样引人注目的军事统治——对于被他们征服的许多地区来说，这种经历肯定与纳粹占领相似：他们的人民和孩子被带到死亡之城特诺奇蒂特兰献祭，而特拉卡埃莱尔则力劝他的人民进行更大规模的征服。"我们有能力征服整个世界。"他用戈培尔式的语言对一个邻国的国王如此说道。

西班牙征服者到来时，特拉卡埃莱尔早已去世，但他那被恐惧和流血所驱使的邪恶神权政治遗产依然存在。从这个意义上说，科尔特斯的到来是墨西哥有史以来发生的最好的事情之一，即使西班牙人也经常残暴地对待他们，还带来了疾病。

墨西哥政府斥巨资修建了人类学博物馆[1]，将其作为国家的"文化遗产"。我曾在里面看到"月亮女神像"[2]。这块美丽而复杂的石头是一尊月亮女神像。然而，我不禁想到了当这块女神像躺在金字塔底下时，那些从塔上滚落到它上面的尸体。在博物馆的聚光灯下，它现在显得干净而原始，有一丝色

1　即墨西哥国立人类学博物馆（National Museum of Anthropology），位于墨西哥城，1964 年建成对外开放。它是墨西哥参观人数最多的博物馆。博物馆包含从哥伦布发现美洲大陆前重要的考古和人类学的文物遗产，内有大量珍贵历史文物。

2　月亮女神（Coyolxauhqui）像是收藏于墨西哥国立人类学博物馆的一块石像。Coyolxauhqui 是阿兹特克神话中的月亮女神，她的名字含义是"金色铃铛"。她是大地女神之女，太阳神和战神维齐洛波奇特利之妹。

情的意味；它的纯粹之美反而令人反感。

墨西哥作家奥克塔维奥·帕斯在他的书《孤独的迷宫》中以一己之力帮助定义了墨西哥的民族性格；他提出了大多数墨西哥和西方知识分子此后一直遵循的路线——阿兹特克人的活人祭祀应该被视为更大整体的一部分，无论如何，难道不是所有的"历史都有噩梦般的残酷现实"吗？这是一个诗意的短语，也是对应该如何记住这段历史时所担负的道德责任的免责声明。

米娜和我从金字塔这边走到了几个街区外的加里波第广场（Plaza Garibaldi）。这是一个有趣而喧闹的广场，情侣们在这里可以听到那些典型的墨西哥人，即玛利亚奇音乐家们唱小夜曲：你可以现场雇他们为你演奏，也可以请他们到你心上人的窗外唱小夜曲。那天晚上，他们身着华服，挺着大肚子，成群结队地到处奔忙：他们传统的牛仔服是齐腰的夹克搭配紧身的窄脚裤，和他们肥硕的身材并不相称。其中有个乐手留着漂亮的大卷曲八字胡，穿着橙红色的外套，裤腿上镶有银色细丝，光彩夺目，让其他人相形见绌。

小号声声可闻，空气中有玉米卷饼和墨西哥辣椒混酱的味道，年轻夫妇在广场中央缓缓起舞；当我和米娜跳舞时，我感受到了一股情感涌来。没有什么比分别更能让你意识到自己有多喜欢一个人的了。

然后，我们去附近古老的特南帕酒吧喝了几杯用水果和胡桃搭配的龙舌兰。这里是玛利亚奇乐手们的大奥立普里剧院（Grand Ole Opry House），对他们而言，这是一个有八十年历史的传统圣地，墙上挂着像奥古斯丁·拉拉[1]

1　奥古斯丁·拉拉（Agustín Lara, 1897 — 1970），墨西哥著名音乐家。其作品不仅在墨西哥家喻户晓，在中南美洲和西班牙也广受赞誉。美国、意大利和日本等地在他死后也逐渐认可了他的成就和地位。

这般已故大师的照片，几乎每张桌子上都坐着一个玛利亚奇乐队。我们不需要自己付钱，因为隔壁桌子上一个挥金如土的人让大家排队去玩一个货真价实的自动点唱机：人群在嘲笑一个试图（带着值得称赞的雄心）随着《关塔那摩姑娘》（"Guantanamera"）[1] 跳踢踏舞的醉汉。当我们开车返回时，已经是清晨了：街上空无一人，位于改革大道上夸乌特莫克雕像远处的独立天使纪念碑[2] 诡异地亮起了灯。

到达米娜的公寓时，我不情愿地把她放下。我当时觉得所有关于童贞的言说都需要实际测试一下，我应该试着和她一起过夜；但是，考虑到我第二天就要永远离开墨西哥城，此时选择陷入一段更严肃的关系似乎是一个错误，这是一个如此美好的夜晚，我不想用一些浮躁愚蠢的举动来破坏它。所以我只是说了句再见。当我最后一次绕过外环路回到自己的床上时，感到有些头晕目眩。

1　古巴最著名的歌曲之一。歌词有多个版本，其中古巴爱国诗人何塞·马蒂作词的版本让其成为古巴最著名的爱国歌曲。

2　独立天使纪念碑（The Angel of Independence 或 Monument to Independence）是墨西哥城改革大道上的一个胜利柱，高 45 米，顶端是古希腊的胜利女神像。1910 年由时任总统波菲里奥·迪亚斯下令修建，目的是纪念墨西哥独立战争一百周年。

第五章　库埃纳瓦卡与南方

当天早上，太阳升起的时候，我踏上了去库埃纳瓦卡的路。一旦摆脱墨西哥城的烟雾和交通，道路就变得空旷了，我可以尽情踩下油门，给这部奥兹莫比尔来一些急需的"锻炼"。

一辆红色跑车在我旁边的内车道上行驶，加速行驶时，它的灯闪了一下。里面有四个穿着皮夹克的人。和我一样，他们的车也没有牌照。他们似乎想要一场竞速比赛，而我也正有此意。

我踩下油门，车子猛地蹿了出去，他们一直紧追不舍。他们花了一段时间才追上我。马力全开的奥兹莫比尔简直就是一只巨兽。

他们的司机是个疯子。他开始对我大喊大叫，还不停地向我亮灯。我笑而不语。后来他试图从内车道追上我，把我截住。事情变得有点严重了。我停了下来表示他们赢了。

下一分钟，他们四个人围了上来，一起用枪指着我的脑袋。

"下来！"

那真是一个糟糕的时刻。当他们告诉我他们是警察时，我不确定事情是更好了还是更糟了。

"为什么不直接靠边停车？你这个蠢货！"

我用最糟糕的西班牙语辩称自己是出于无知。他们搜查了我的车子。幸运的是，我拒绝了拉蒙的告别礼物———一包毒品。我自豪地给他们看了我的墨西哥驾照和英国护照。

"该死的斯特林·莫斯[1]。"那个司机说。

他们大摇大摆地回到车上，扣好枪，穿上皮夹克，一溜烟消失了。

这是奇怪一天的开始。

当我到达高尔夫俱乐部时，我发现大约四十名长期工作人员组成的接待委员会正在外面等着。餐厅的经理作为他们的发言人发表了简短的欢迎词。他们的关心点是"他们的工作都能保得住吗？"。

我感觉自己像是一个出人意料地继承了头衔和乡间别墅的人，附带着绵延数十亩的土地——或者更确切地说，是墨西哥最昂贵城市库埃纳瓦卡黄金地段的一个 18 洞高尔夫球场。

那里有一条郁郁葱葱的球道，到处都是热带花卉和观赏性湖泊，孔雀在地上自由自在地游荡。高尔夫球场是由普卢塔尔科·埃利亚斯·卡列斯[2]将军在 1920 年代建造的。卡列斯接管了墨西哥革命，并将其"制度化"，形成了革命制度党，一个听起来很奥威尔式的党，从那以后该党一直统治着这个国家。

在腐败程度方面，墨西哥总统们竞争激烈，而卡列斯在一众"强力竞争者"中依然成为最腐败的墨西哥总统之一。他会来到这里，招待他的密

---

1 斯特林·克劳福德·莫斯爵士（Sir Stirling Craufurd Moss，1929—2020），英格兰 F1 车手，是国际赛车名人堂成员。

2 普卢塔尔科·埃利亚斯·卡列斯（Plutarco Elías Calles，1877—1945），革命制度党创始人，1924—1928 年任墨西哥总统，实际掌权时间为 1920—1935 年。

友，度过酒精陪伴的漫长周末。卡列斯也是从北方以强盗身份开始其职业生涯的，这一点和潘乔·比利亚很像，尽管他没有后者的魅力，但在嗜酒方面两人如出一辙。他建了个特别委员会专用房，这样他们无法及时返回墨西哥城时就可以继续举行内阁会议了。无论是对于来玩的高尔夫球手，还是对俱乐部最新的也是唯一的常驻客人，也就是我自己来说，这里仍然是一个相当舒适的地方。

在财务交接期间，所有其他客人都被禁止入内。我搬进了俱乐部最好的房间，那是卡列斯自己用过的房间。那里有一个图书馆、一个私人游泳池和一个非常好的地窖。早上我可以在私人湖泊里钓鱼当早餐。我每天不得不做出的最重大决策是我的牛排该做成几分熟。

我在这里本应度过生命中最美好的时光。但所有最美好的天堂也都有蛇的存在——对眼下的我而言，它们在我肠胃里。自从到了墨西哥，一直潜伏着伺机而动的阿米巴痢疾终于找上了我。这种奇怪的病症以前也困扰过我，但不太严重，可以忽略。现在它来真格的了。我怀疑原因是在墨西哥城最后一个晚上和米娜吃的生菜和玉米卷饼。

吃下去的牛排几乎都没能在我的身体里停留很久。我庆幸自己有一个大到足以让卡列斯在里面举行内阁会议的浴室，它用大理石和瓷器装饰，是 20 年代的风格。我在里面度过了许多"亲密时光"。

真正的阿米巴痢疾会让人暴饮暴食：每次排泄都会进一步刺激食欲。尽管我在尽可能地克制，坚持只吃利兹饼干和汤，但面对菜单上那些丰富的免费佳肴的诱惑，我实在难以抵抗。格雷戈里奥（Gregorio）会提供令人上瘾又令人恶心的牛排、鲑鱼和香槟的大杂烩，就像蒙特祖玛用火鸡、狗肉、巧克力和辣椒招待科尔特斯一样。

格雷戈里奥，或者叫戈约（Gollo），是那天接待委员会的负责人。他现在开始做酒保了，坚持每天晚上给我调制饮料。后来他隆重地把菜单交给了我。因为我在第二周还没过完的时候就已经把菜单背熟了，而且我是唯一的客人，所以这种形式着实没有必要，但他似乎从中获得了极大的乐趣。

他对各种龙舌兰油的做法了如指掌。他的看法是，我应该继续喝更烈的酒来"帮助杀死那些阿米巴虫"。戈约的形象简直就是公式化的定制：秃顶，表情忧郁，说话带着金属和丁香般的气息。在俱乐部，他白天的主要顾客是那些高尔夫玩家的妻子，如果她们要求，他会泰然自若地奉上一份加了番茄汁的薄荷甜酒。

一位美国医生（库埃纳瓦卡到处都是在本国混不下去的美国医生）开了一些抗生素，但毫无效果。直到后来，我才从一位瑞士游客那里了解到，战胜痢疾的唯一方法是找个实验室分析粪便样本，根据具体的痢疾菌株找到与之相匹配的抗生素："否则阿米巴原虫会把青霉素当早餐吃。"

我喝完加了抗生素的鸡尾酒，在库埃纳瓦卡闲逛，痢疾让我有点头晕，还差点把在俱乐部喝的香槟吐了出来。不管怎么说，这是一座奇怪的城市，一座为避难而建的城市。自从阿兹特克时代以来，它一直是从墨西哥城的中心事务中南下的一个自然撤退地。衰败的博尔达花园[1]中以九重葛、一品红和金合欢树长得最欢，悲惨的马西米连诺一世和卡洛塔皇后曾去过那里；对我来说，更令人难忘的是主广场旁科尔特斯的宫殿。

科尔特斯在征服这个国家后建造了这座城堡，与他的新妻，一位西班

---

1 博尔达花园（Jardín Borda）是库埃纳瓦卡最著名的景点之一，位于该市的大教堂和主干道莫雷洛斯街旁边。自殖民时代起，这里就是豪富之家的住所。堂·何塞·博尔达（Don José Borda）是其设计建造者。

牙贵族伯爵的女儿居住于此。这座建筑有摩尔人的风格，对此我无甚惊讶。科尔特斯和他那一代的西班牙人一样，被摩尔人迷住了，不仅仅因为双方是仇敌，还因为他们是无尽的浪漫传奇的来源。

科尔特斯和他率领的征服者已经带着《高卢的阿玛迪斯》(*Amadis de Gaul*)到达了新大陆。《高卢的阿玛迪斯》就是塞万提斯在《堂吉诃德》中极尽讽刺的那种浪漫故事。在这个传奇故事中，一个骑士打败了成千上万背信弃义的敌人，最后还得到了心爱的女孩。科尔特斯，或者用他现在的自称，堂·科尔特斯，倾向于认为他的骑士们延续了那个骑士时代的精神。

科尔特斯和他的那些追随者一样浪漫。事实上，有人可能会说，如果没有像《高卢的阿玛迪斯》这种文学先例，他绝不会想到用几百人去入侵庞大的阿兹特克帝国，并且还事先摧毁自己的船只，发起向世界上最大的城市进军的自杀性军事计划。这生动地说明了想象性文学的力量，就像如果没有科幻小说，人类可能永远也不会想登上月球一样。

正如 19 世纪历史学家普雷斯科特在《墨西哥征服史》(*The Conquest of Mexico*)中所说：

> 从文字记录上看，他是一个侠客。在 16 世纪西班牙派出的所有探险骑士队伍中，没有一个人比埃尔南·科尔特斯更具浪漫进取的精神。危险和困难在他眼里似乎有一种魅力，而不是能吓阻他的东西。这些危险和困难是必要的，可以唤醒他的意识，让他充分意识到自己的力量。

人们可以在科尔特斯精心写给西班牙皇帝查理五世的信中看到这一点，这些信中充满了旧大陆式的浪漫语言，甚至在描述残暴行为和权宜之计时也是如此：

> 我们惊讶地看到他们突然暴跳如雷。我和六名骑兵比其他人更靠近他们，于是我们一起向他们发起冲锋。他们害怕战马，开始四散奔逃，所以我们一路追赶着他们冲出了城市，杀死了许多人，尽管我们自己也处于严重的危险之中。（"围攻霍奇米尔科"，《给查理五世陛下的第三封信》）

真正的征服活动甫一结束，科尔特斯的地位便遭受了可悲的衰落。娶了一个西班牙贵族的女儿，人们可能会认为新侯爵可以戴着桂冠荣休，在库埃纳瓦卡种他的葡萄园，享受私人宫殿了。当然，查理五世也鼓励他这样做，奖励给他大量的土地和金钱，但同时却将王室的政治权力分授给一些所谓更沉着冷静的临时总督。

科尔特斯没有安定下来，而是一直在折腾。他开始了一系列愈发有勇无谋的计划：数次徒劳无功地航行到加利福尼亚湾寻找神秘的黄金城，以船只失事和损失大部分财产而告终；墨西哥人仍然称墨西哥湾为"科尔特斯海"，他们认为科尔特斯以他读过的一部浪漫小说中的女主角加利菲亚皇后（Queen Califia）命名了加利福尼亚；此外，还有几次惩罚性的南下经略之旅，扫荡了后来被称为"香蕉共和国"的危地马拉和洪都拉斯，在此期间，他曾被困于一片丛林中，面对背叛、蚊子和疾病时，他几乎失去一切。他突袭了不幸的夸乌特莫克，把他作为人质带了回来，以确保阿兹特克人不会在背后起事。科尔特斯指控这位被废黜的皇帝怀有阴谋，然后处决了他。这最后一个不必要的行为后来对他良心的影响超过了整个民族对他的服从，也许是因为这显然是有违骑士精神的。

面对越来越多的债务，科尔特斯回到西班牙向皇帝恳求赏赐更多的金钱。这是个错误。他陷入了在哈布斯堡帝国前厅的永久等待中。他所有的早期幻想都以一种奇异的方式实现了，但他最终却在与摩尔人作战时受困于阿尔及尔。当其他西班牙人放弃进攻时，他感到异常愤怒。更糟糕的是，他和儿子遭遇了海难，失去了当时存世的最珍贵的阿兹特克王冠珠宝。

他在各种诉讼中筋疲力尽，最终在西班牙去世。[1] 他的名声也被比他更加残暴、在秘鲁攫取了更多财富的皮萨罗盖过。所以其实他从来没有太多时间来享受库埃纳瓦卡的宫殿。

几个世纪以来，这座宫殿一直任凭风吹雨打。1843 年，当普雷斯科特书写历史时，它只不过是"一座半毁的兵营，尽管它依然是一个最美丽的建筑，矗立在一座小山上，后面是白色的大火山"。现在它已经被重新修复，成为政府大楼，但是里面似乎没有什么歌颂科尔特斯的元素。相反，迭戈·里维拉，这位多产的革命艺术家，画家弗里达·卡罗的丈夫，在被征服者打上烙印的印第安宫殿墙壁上画就了生动的壁画。

广场周围有几个不错的咖啡馆。我可以在那里怀着暴食症般的勇气，大口吃着德国蛋糕和法式糕点，然后沉思科尔特斯的宫殿，反思我的英雄悲惨地跌入历史边缘。令我惊讶的是，这些糕点在库埃纳瓦卡竟是如此常见。后来我发现，有许多退休的德国人和美国人穿着格子衬衫和蹩脚的短

1　因为在探险上的大量支出，他后来的生活相当贫困。他在西班牙时，曾于 1544 年 2 月向皇室申请索赔，但等了三年都未被受理。带着失望的心情，科尔特斯决定要在 1547 年回到墨西哥。但当他到达西班牙的塞维利亚时，罹患痢疾，最后死于该地，时年六十二岁。

裤在此四处游荡。事实上，整个城市就是一个巨大的养老院。宜人的海拔和气候，加上"永恒春城"的名号，这意味着 12 月比 5 月会有更多的人漫步在宁静的街道上。

许多美国作家被这里的低租金和想去"华盛顿以南，波士顿以南／任何地方以南"的愿望所吸引，正如罗伯特·洛威尔（Robert Lowell）在 1960 年代末来到这里时所说的那样——对于他这样一个通常不会走动的作家，这趟旅行当真罕见。他追随诗人哈特·克莱恩（Hart Crane）的脚步来到此地，后者曾在墨西哥宣称："在这里，我觉得生活很真实；人们真切地在这里生活和死亡。在巴黎，人们不过是在玩剪纸。"

洛威尔在隆冬时节到达库埃纳瓦卡，当时他已经五十岁了，但很快就爱上了一个"无法确定其甜美的年纪，大概二十七岁"的女孩，他"不断地亲吻她，你会以为自己在继续往前走"；他们一起试图攀登"那座火山［洛威尔不需要解释是哪一座——读者应该会明白就是波波卡特佩特尔］，我们尽情冲锋，远远超出了我们的勇气能接受的高度……"。

这一段情事也在对墨西哥的"高烧"中逐渐冷淡了下去。但在此之前，洛威尔提出了一个男人对这段感情最坦诚的看法："有没有这种人，曾经和某个人睡过觉／却没有想到过他就是上帝？"

洛威尔的读者之所以会注意到"火山"的具体所指，一个原因是马尔科姆·劳里（Malcolm Lowry）已经在他的杰作《在火山下》（*Under the Volcano*）（按国际标准书号的分类，它被准确描述为"酗酒—墨西哥—心理学—小说"）中把它变成了特定的文学性火山。

劳里的存在仍然笼罩着这座城市。故事发生在 1938 年，当时格雷厄姆·格林和伊夫林·沃都在书写他们自己的墨西哥故事，《在火山下》讲述了杰弗里·费明（Geoffrey Firmin）担任驻库埃纳瓦卡的英国名誉领事最后一天的时光，这一天碰巧也是亡灵节（Day of the Dead）[1]——墨西哥的万圣节。

虽然该书主题是杰弗里·费明婚姻和身体的崩溃，这主要是由酗酒导致的，但它也包含了对库埃纳瓦卡（小说第一页就提到了高尔夫俱乐部）和墨西哥精神的详细描述，也许比格林或沃更加仔细和直观。首先，劳里会说西班牙语——并曾在此长期停留，而不仅仅是一次象征性的访问（格林只在这个国家待了五个星期）。他描述的饮酒仪式我也很熟悉：一个人向朋友祝酒，祝他拥有健康和金钱；对方则回答说："是时候享受它们了。"

实际的饮酒场景很吓人。领事有一个用毛巾做成的简易滑轮系统，这样，如果他的手颤抖得太厉害，滑轮就可以帮他把第一杯酒举起来。作者劳里自己也在使用同一系统。如果有人试图用《我与长指甲》（Withnail and I）这部电影中学生们玩的那种把戏，即把酒杯里的饮料一杯杯匹配的话，那么他绝不可能读得完《在火山下》这本书。

劳里和即将成为他前妻的简·加布里阿尔（Jan Gabrial）一起住在一条叫作洪堡街的小街上；当我拿着他的书去寻找这个地方时，没有人能很确定地指出哪座是他们居住过的房子。或者说，它可能已经不在了，因为这条街道在被不断重建，街上的建筑也不断被重新编号——这也是对他那种解体式小说的恰当纪念。

然而，劳里在库埃纳瓦卡的时候似乎有足够的时间来解决他的家庭问题，尽管我觉得我是《在火山下》的读者中唯一一个去寻找与高尔夫相关的资料

1　在墨西哥，亡灵节是一个十分重要的节日。庆祝活动时间为 10 月底至 11 月初。传统的纪念方式为搭建私人祭坛、摆放糖骷髅、万寿菊与逝者生前喜爱的食物，并携带这些物品前往墓地祭奠逝者。11 月 2 日，墨西哥城主干道改革大道上会举行亡灵节大游行。

的人；领事在藏起一瓶威士忌时偶然发现了一些旧高尔夫球，这让他觉得自己现在"仍然可以 3 杆进洞"。劳里十五岁时曾在英国赢得过青少年高尔夫冠军，并怀有成为职业球员的雄心。我可以想象他在俱乐部技压群雄的画面。

以前的评论家从未探究过这样一种有趣的可能性：劳里和领事都在酗酒，有没有可能是由于他们婚姻的失败，或者被墨西哥诱发的宿命论思想；劳里喝酒是因为他从未达到过职业高尔夫球手的水准。这真的很像一个美国体育故事：一个大学运动健将后来逐渐泯然众人。

与此同时，我在俱乐部的职责至少可以说是非常轻松的。我有自己的电动球童，我会带着它去场地上巡视，尽管它的动力不足以带来很多乐趣。俱乐部教练安东尼奥给我安排了一个奇怪的训练课，但是试着把一个白色小球打进一个很远的洞里，其吸引力超出了我的想象；大多数晚上，我都跟戈约在俱乐部喝着酒，下着十五子棋，直到深夜。

有一次，我问戈约，是否记得一个英国作家，同时他也是个高尔夫球手，身体有些残疾，战前曾住在库埃纳瓦卡，很喜欢酗酒。戈约那时已经有足够的年纪在那里工作了。他耸了耸肩膀说："谁知道呢？所有来这里的英国人都酗酒。"我没在意他这话。

与此同时，我注意到我和戈约喝的所有东西都不在银行要求我结算的清单上。为了帮助自己整理这个俱乐部的财产清单，我找了一个叫利奥波德的热情男孩来帮忙。他和我年龄相仿，是个运动型男孩。我们把俱乐部从头到尾检查了一遍，清点了所有的皮面书籍、高尔夫球杆架和银勺子。我来喊出具体的物品，利奥波德会用所有墨西哥人都有的那种强于记忆和官僚主义的本能把它们记在账本上。

这份清单开始引起了我的兴趣：

物品：两个性感女郎造型的烟灰缸，银色，可能是镀银的，放在子弹壳做成的盒子上，"超巴洛克"风格；

物品：戴着头饰的年轻印第安仆人肖像，看上去很像约翰尼·劳顿。

利奥波德困惑起来。"你是说约瑟夫·科顿（Joseph Cotten）吗？"相比于音乐，他对电影更在行。

在顶楼的房间里，我们发现了几箱文件，上面有埃利亚斯·卡列斯的姓名首字母。我们打开其中一个的盖子，发现里面有成堆的彩券。当我打开下一个箱子时，一只蝎子猛地蹿出来从我手上爬过，这让我没了进一步展开历史调查的心思。

我对利奥波德说："只要写上'物品：各种各样的古董箱子'即可。"

我把地窖的存货清单留到了最后一天，这样我们就可以继续喝了。除了正宗的法国香槟（戈约一直向我保证香槟绝对纯正）之外，这里的藏品主要是来自墨西哥各个私人庄园的红酒，其中很多都没有标签。在俱乐部的品酒经验告诉我，这里面既有一些层次丰富而深厚的酒，也有一些单宁感很强的，简直可以在里面腌制辣椒了。利奥波德和我检查完最后一瓶落满灰尘的红酒后，把地窖门锁了起来，因为它们现在已经禁止触摸了，然后为了庆祝一下，我邀请他出去吃了顿饭。

我们在利奥波德的小屋停下来让他换了衣服。我瞥见了一位极其美丽的妻子，她大约十六岁的年纪，一副害羞的样子。利奥波德对他们的婚姻生活直言不讳，这让我颇觉新奇——他们的孩子已经在孕育之中，但他同时也在和其他几个女人约会。

后来，在库埃纳瓦卡的众多酒吧（劳里数过，一共有五十七家）中的一家，利奥波德多喝了几杯酒后，更加口无遮拦了：他告诉我，当地警方素有杀死他们不喜欢的人后掩盖真相之名。他自己的姐夫因为没有支付足够的赡养费而被警察杀害；这最后一个故事似乎很复杂，不太可能是真的。

利奥波德如此能说不足为奇。因为我们喝的不是普通的龙舌兰。当我要点一杯酒的时候，酒吧招待一口吐在锯末地板上，差点就吐到了我的脚面上："龙舌兰？那是基佬和玛利亚奇乐手喝的！龙舌兰只适合那些娘娘腔和卖艺的。在这里，我们只喝梅斯卡尔。纯正的瓦哈卡梅斯卡尔！"

他拿出一瓶酒，看起来并不那么"纯正"，但也不至于浑浊到让我看不到漂浮在底部的大虫子。不是那种放在一个新奇瓶子里面向游客的虫子，而是一只肉乎乎的、已经腐烂的、正儿八经吃仙人掌长大的虫子。我没办法，只得点了一杯。"我们不是按杯卖的。"那位招待厌恶地说道，"整瓶卖！"他把一瓶梅斯卡尔重重地摔在了桌子上。

我很清楚劳里对梅斯卡尔的看法，他喜欢梅斯卡尔，因为它的拼法与麦斯卡林[1]相近，而且价格便宜。在他的小说中，领事基于一个饮酒者的逻辑，得出这样一个公式："900 比索 = 100 瓶威士忌 =900 瓶龙舌兰。因此：不应该喝龙舌兰或威士忌，而应该喝梅斯卡尔。"难怪他总是出现幻觉。劳里有一首诗，名叫《库奥特拉的三十五瓶梅斯卡尔》。我的酒量没法与之匹敌，也不想与之匹敌。

即便如此，当我回到俱乐部的时候，体内还在沸腾。梅斯卡尔是那种会抓住你的喉咙并牢牢占据那里的酒——酒劲持久，汹涌澎湃，令人陶醉，与许多其他酒类截然不同。我似乎有个很棒的主意：带着电子球童，在月

1　麦斯卡林（mescaline）即仙人球毒碱，一种从某种仙人掌中提取的致幻剂。

光下绕着球场兜风。令我失望的是，即使在全速状态时，球童也没有撞到任何沙坑或其他高尔夫设施。我把它丢在了泳池边，突然撞见了一只孔雀，它在月光下散开了羽冠。

第二天醒来时，我把驯鹿皮牛仔靴放在卡列斯的桌子上，给自己拍了最后一张照片，好像我是入侵了他的宫殿的潘乔·比利亚或萨帕塔。然后我吃了最后一顿"农场蛋"早餐，跟戈约、利奥波德和其他人道了别。我感觉很糟糕，因为我知道银行计划把俱乐部变成一个美式休闲中心，会配有弹珠台和健身课。我只是希望他们的计划不会有什么结果（银行的大部分计划都没有结果）。

胡里奥在电话中告诉我，我们的老板去危地马拉分行考察时目睹了一场悲剧。分行经理和老板一起在外面走着，结果一个自称拥有他的牧场的人当着老板的面枪杀了他。胡里奥震惊了："我简直无法相信他们在危地马拉做生意的方式。"

俱乐部的机师亲切地将我的奥兹莫比尔清洗一新。就连烟灰缸都被清理得干干净净。我带着良好的感觉上路了，口袋里有一些胡里奥寄来的现金。我在前一天的夜饮中确实最终杀死了最后一只阿米巴原虫，正如戈约预言的那样，我现在终于不再拉肚子了。

是时候最后一次向南行驶了。

*

在库埃纳瓦卡，我一直可以远远地看到自己的老对手波波卡特佩特尔火山。现在，当我绕过南边去往韦拉克鲁斯时，甚至感觉更加靠近火山下面了：它就巍然屹立在乔鲁拉（Cholula）小镇后面。

乔鲁拉的金字塔太大了，我竟然没有看到。城镇的主干道看起来仿佛是从一座小破山的底下穿过。直到第二天早上，我才意识到这是墨西哥最古老、最神圣的遗址之一。

科尔特斯在打败阿兹特克人之前即在此战胜了这个国家的灵魂。普雷斯科特有一段写了他是如何站在金字塔顶端的，内容十分精彩。在整个古墨西哥，金字塔是中心宗教场所。科尔特斯在此发誓该年的每一天他都要建一座教堂。结果，教堂遍布了整个城市。在长满草的金字塔顶端甚至还有一座难看的教堂。

乔鲁拉曾是羽蛇神崇拜的中心，羽蛇神是前哥伦布时代当地众神中最能代表和平的一位。传说他因为神界的一场骚动而离开了托尔特克人（以及他们的后代阿兹特克人），然后在后来的某一天又"渡海而归"。科尔特斯很幸运，他无意中因这个传说而获益。他到达墨西哥时，按照阿兹特克人的历法，正是羽蛇神渡海归来之日。这种认同带有一定的讽刺意味（同时也是事实），因为羽蛇神是唯一被认为不赞成施行人祭的神。特拉卡埃莱尔把羽蛇神从特诺奇蒂特兰众神中驱逐了出去，因为他不够好战。然而，在乔鲁拉，羽蛇神的神庙和崇拜一直延续至科尔特斯的到来，其间一直是嗜血的阿兹特克神祇信仰的对立面。

我在一座小教堂外面享受到了一个美妙的时刻，那里的每一个罅隙都装饰着明亮的墨西哥瓷砖和雕刻。当时正值傍晚时分，"波波"（墨西哥人对这座火山的爱称）比以往任何时候都更加展露出了日本火山的样子，山上冒出一缕轻烟。洪亮的钟声响起，附近某个地方传来孩子们兴奋的笑声，却看不见他们的身影。路边一个小摊散发出烤巧克力和花生的味道。一个乐队正在前面路旁的教堂里演奏——所有的教堂都靠得很近——声音在夜晚的空气中清晰得像电影配乐一样。我进入了一个只能称之为顿悟的时刻，一个完全屈服的时刻，整个墨西哥似乎浮现在了我的内心，我觉得这一时刻永远不会结束，而且以后无论我去哪里，心都不会离开这个地方。

就像比莉·哈乐黛（Billie Holiday）唱的："你已乐不思蜀啊，事情似乎不妙呀。"

*

我从群山中驶出去往墨西哥湾时，第一次看到了东南部的海岸线。路边有墨西哥妇女在卖大束的白百合；我买了一些，车里一时馨香馥郁起来。

韦拉克鲁斯就在前方，科尔特斯最初在这里登陆时给小镇取了这个名字，意为"真正的十字架"。据说这是墨西哥最臭气熏天的城市，事实的确如此。即使保罗·索鲁[1]这个最愤世嫉俗的旅行者，最终似乎也有点喜欢上了韦拉克鲁斯。而他行经墨西哥时，往往都是一路掩着口鼻的。

广场上总是有不停演奏的玛利亚奇乐队，拌着西红柿、胡椒和辣椒酱的韦拉克鲁斯特色海鲜菜，永不停歇的还有城市的喧嚣。这个城市既是一个活跃的港口，也是那些来自山区的一日游旅行者的娱乐目的地。他们甚至在卖海螺（或者一种看上去很像海螺的东西）。

广场上的酒吧对游客来说往往是个陷阱，因为价格奇高。所以我沿着后街走向港口，那里有很多普通的酒吧。酒吧的天花板中央挂着一个六十瓦的灯泡，所以透过窗户，或者透过挂在门上的廉价彩色塑料条，你可以远远地看到墨西哥人饮酒的画面：普通的桌子，角落里堆着装有啤酒瓶和软饮料的旧纸箱，通常会有一个人在扮演说话者的角色，而观众们或是冷漠麻木，或是昏昏沉沉。

---

1 保罗·索鲁（Paul Theroux, 1941— ），美国旅行作家和小说家，其最著名的作品《火车大巴扎》和《老巴塔哥尼亚快车》等均已有中译本。

我已经有一段时间没有大喝一顿了，这是放松一下的好地方。凌晨两点，我发现自己和一些哥伦比亚水手待在一个小破酒吧里。这家酒吧有个甚至对韦拉克鲁斯来说也不同寻常的特点：吧台跟小便之处在一起，这样你小便时就不必离开酒杯了。傍晚时分，哥伦比亚人让我和他们一起坐船去卡塔赫纳，但我还没醉到那个份儿上。

奇迹发生了，第二天我甚至没有宿醉的感觉。韦拉克鲁斯就是那种地方。我沿着粉色栏杆旁的长廊兜了一圈。当我停下来等待别人从车位上开出来的时候，一辆大众甲壳虫径直撞上了奥兹莫比尔的车尾，发出的声音如同一个正在慢慢漏气的气球。我下了车，感觉很平静（毕竟我已经习惯了），检查了一下损坏情况：没啥问题。奥兹莫比尔太厚重了，那辆甲壳虫的前盖像罐头盒一样坍缩了下去，但我却毫发无伤地离开了。我甚至对那家伙笑了笑。没有什么能毁掉我美好的一天。

与我去过的太平洋一侧的那些美丽海滩相比，莫康博海滩（Mocambo Beach）只是一个苍蝇乱飞的乡下之地：沙滩上都是沙砾，水面上漂浮着油渍（墨西哥的大部分石油产自墨西哥湾）。我吃着罗望子果冰激凌，看着一家人穿着笨重的老式泳衣在毛巾后面更衣。其中一个女孩有着漂亮的乳房。突然，我觉得自己又非常英国化了。

我现在不再四处瞎逛了。当我沿着墨西哥湾前往塔巴斯科（Tabasco）和比亚埃尔莫萨（Villahermosa）时，收音机里播放了一则关于前方发生雷电风暴的消息。地平线像马桶的边缘一样平坦宁静。

我放的磁带是格雷厄姆·帕克（Graham Parker）："'激情'不是一个普通的词……一切都那么令人激动，每个女孩都万分迷人。然后一切变得不再真实，然后你什么也感觉不到……"

我想起了所有那些来到墨西哥寻找不同并最终对这个地方生出讨厌之情的作家：先是暴躁易怒的保罗·索鲁，他的《老巴塔哥尼亚快车》刚刚出版（即使坐的是火车头等舱，他还在抱怨墨西哥的旅行"既难受又肮脏"），然后是 1930 年代一拨英国作家，D. H. 劳伦斯、伊夫林·沃、阿尔道斯·赫胥黎和格雷厄姆·格林（"我是多么讨厌墨西哥……"）。他们这些人都最多只能说几句西班牙语，这显然是毫无帮助的。

　　一个引人注目却鲜有人提及的现象是，两次世界大战期间，许多最优秀的英国作家都被吸引到了墨西哥，无论是在地理上还是文化上，这都不是一个合乎自然的选择。此外，格林、赫胥黎和劳伦斯都因为造访墨西哥而写出了一本游记或一本小说。这只是为了补偿部分费用——"嘿，我已经在这个国家了，让我们趁此机会写两本书吧"；也许他们在旅行中没有发现他们所期待中的真正的墨西哥，所以不得不将它虚构出来。

　　格雷厄姆·格林就是这样一个例子。《法外之路》(The Lawless Roads) 是一本悲惨的旅行书，书中充满了对墨西哥和作者自己的憎恶。他一度谈到自己对这个国家的"病态仇恨"。然而，《权力与荣耀》被认为是他最优秀的小说之一：神职人员和国家政权之间的冲突集中在一个无名的"威士忌神父"角色身上，他因政府的反教权法案而在塔巴斯科和比亚埃尔莫萨受到迫害，而颁布这些法案的正是我的高尔夫球友卡列斯总统。

　　格林希望自己能看到更多这一类的戏剧性的冲突。在 1939 年去墨西哥之前，他一直在脑海中幻想着墨西哥。但是他从来没有去付诸行动，也没有花足够的时间去尝试。格林在墨西哥进行了五周的短途旅行后，陪伴他的只剩屁股上的蝉虫了；他骑着一匹被感染的骡子走过了我现在开着奥兹莫比尔穿过的地区。

也许 30 年代那些作家对墨西哥感到失望是因为他们都怀着这样一种古老的浪漫主义思想：旅行是一种自由文化教育，伊夫林·沃除外。沃的态度更加现代——他认为旅行最重要的是"为了逃避无聊"。他去墨西哥是为了"验证和重新思虑身在域外时形成的印象"，他还诚实地承认了这种先入之见和他所发现的现实之间的差距：

> 真正的旅行类书籍很少会写到一个高潮；高潮有时是踏上那片土地的时刻，除此之外的一切都是试图通过有规律的日常观察，复现第一次与该地相识时的那种启示。

在那些企图在墨西哥寻找到一些什么的作家中，尤其是那些像他一样已经是经验丰富的旅行者的人中，沃是最具洞察力的一位：

> ……一个人要去月球，或者其他类似的地方，才能重新体验他第一次在加来[1]登陆时的兴奋。对许多人来说，过去的墨西哥就如同月球那般。月球仍在，但诗意已无。这里一片荒芜，是一个死亡星球，或者至少是一个垂死星球的一部分。

奥兹莫比尔车内的隔热空调在我身下呜呜作响，我开始觉得旅行就像一个延伸版的街机游戏：我放着音乐，五光十色的景观穿过挡风玻璃。我

---

1 加来（Calais），位于法国北部大西洋海滨，所相邻的英吉利海峡又被称为"加来海峡"。加来是法国本土距离英国最近的城市之一，隔海直线距离大约三十八公里，历史上曾多次被英国人占领，也曾被西班牙人和德国人占领。

偶尔会在修车铺或汽车旅馆停下来。旅行远不是一种对思想的刺激，而是一种镇静剂，一种欣赏周遭环境的视频式娱乐，风景和其他人的生活都不停地从你身边流过，这会分散你对自身的注意力。

不幸的是，和所有有效的镇静药一样，比如安定，它会带来抑郁这个副作用，对我而言，越来越靠近边境和伯利兹时，我也越能感到自己的焦虑。卖掉这部车不再是旅程理论上的终点，而是成了一种迫在眉睫的现实需求，对这件事，我知道的并不比飞机上的那个人告诉我的多。在我穿越墨西哥的所有旅程中，从未有人认为这是一个明智或实际的行动。

我越来越接近帕伦克（Palenque）的遗迹。我非常想去一些玛雅遗址看看——这又是当初买下这辆车的一个理由，因为有些遗址只能通过公路到达——帕伦克就在离我行进的路线不远之处。当我走近时，开始下起了雨，我透过挡风玻璃向外看着帕伦克周边的丛林灌木，即使我这部奥兹莫比尔的雨刷如此强力，也难以保持前窗的清洁。我从当地人口中得知这里总是下雨；事实上，附近每个村庄都声称自己是这个国家的雨极，就像威尔士和坎布里亚一些地方的人那样。

离遗迹不远的帕伦克村有一家廉价旅馆，我睡在廉价的尼龙床单上，此地潮湿得厉害，床单老是滑来滑去。我扭动身体以避开各种昆虫的叮咬。旅馆里的一位德国游客给我引用了一句歌德的话，据说是他在吃早餐时说的：那些所有认为生活中的小麻烦是可以忍受的人，肯定从来没有和蚊子在一个房间里过夜。

迷人的遗迹大大弥补了这个鬼地方的讨人厌。主要建筑坐落在已经清理干净的小土堆上；附近有一些建筑只清理了一部分，可能更远处还有一些建筑完全没有清理。

帕伦克的玛雅建筑虽然通常和我以前见过的阿兹特克建筑一样庞大，但更容易令人亲近，看上去更加平和，也更具有装饰性。人们经常将玛雅人比作古希腊人，前者的文明也很长寿，至少从公元前 500 年起就在中美洲的不同地方存活了下来。而且就像古希腊人一样，玛雅人也有他们的城邦国家、丰富的学识和据信更加理性、和平的行为方式；阿兹特克人则更像罗马人，他们的辉煌伟大、侵略扩张和衰落倾颓一起被压缩到了西班牙征服前的几个世纪里。

玛雅人的体貌特征也有助于合理化这种比较：在帕伦克，随处可见那种长着鹰钩鼻的古典面孔，无论是画在寺庙墙壁上的肖像，还是他们那些向我兜售面包的后代，都显得很和善，一副沉思的面孔。然而，如果非要从旧世界[1]中找出一个与之相似的文化，那可能是阿拉伯文化，而不是希腊文化——两者的建筑顶部的冠墙（roof comb）上都有无尽交织在一起的装饰图案，纪念碑的间距也比较短。

我爬上了作为主庙的碑铭神殿（Temple of the Inscriptions），约翰·劳埃德·史蒂芬斯[2]称其为"宫殿"。他于 1839 年首次来到这里，并对它做了生动的描述。他给自己的作品起了个平淡无奇的名字《中美洲、恰帕斯和尤卡坦旅行记录》（*Incidents of Travel in Central America, Chiapas and Yucatan*）。史蒂芬斯和他的美国同胞，即《墨西哥征服史》的作者普雷斯科特以及探险家洪堡一样，是 19 世纪上半叶兴起的拉丁美洲探索浪潮的一部分，这一

1　旧世界（Old World）是指在哥伦布发现新大陆之前，欧洲所认识的世界，包括欧洲、亚洲和非洲。这个词与新大陆（包括北美洲、南美洲和大洋洲）相对应。

2　约翰·劳埃德·史蒂芬斯（John Lloyd Stephens, 1805—1852），美国外交家、探险家、作家。他是中美洲地区再现玛雅文明的重要人物，也是参与设计巴拿马铁路的重要人物。

浪潮在西班牙对这片大陆几个世纪的漫长统治结束后揭开了序幕。

史蒂芬斯以一种实事求是的精确和热情来进行写作，在厌倦了 20 世纪旅行者更为无趣的语调之后，这种精确和热情令人耳目一新。史蒂芬斯和他的朋友、英国雕塑家弗雷德里克·凯瑟伍德[1]，在经历了一场充满雨水和政治的中美洲恐怖穿越之旅后，到达了帕伦克。他们进行了"一场四回合的鸣枪礼，这是我们最后一次使用火器"。正如史蒂芬斯特意指出的那样，这既是出于欢悦，也是为了警告当地人他们具有相当的自卫能力。但这是他对他们在遗迹第一个晚上的描述。当晚他们睡在了"宫殿"里，这太吸引人了：

> 大雨持续了整个下午，其间还伴着电闪雷鸣。身处遗迹中，找一处住所是绝对必要的，我们几乎没有想过会暴露在自然环境中过夜，但现实让我们无从选择。晚上我们没法点蜡烛，但是大群的萤火虫照亮了黑暗，它们在走廊中飞行穿梭，或者停在墙上，形成了一幅美丽而迷人的景象。

在萤火虫的映照之下，他们第一眼看到的东西，也是凯瑟伍德立刻用手绘捕捉下来的，是"失落文明之浪漫"的缩影——一些幸存下来的最美丽的玛雅铭文和寺庙。

爬上"宫殿"，我准备好试一下玛雅人在前面搭建好的好莱坞把戏：一个从金字塔顶端往下通向统治者墓室的秘密阶梯。秘密阶梯——很难用任何其他不这么戏剧化的术语——直到 1949 年才被发现，比史蒂芬斯和凯瑟

1　弗雷德里克·凯瑟伍德（Frederick Catherwood, 1799 —1854），英国探险家、建筑家，曾和史蒂芬斯一同在中美洲探险，找寻玛雅文明，并凭借画笔对玛雅遗迹做了细致的描绘。

伍德的到来要晚很久。当时一位考古学家注意到一个石板上有一些塞着石栓的洞；寺庙的墙壁也延伸到了地面以下，这表明有地下室。当他们抬起石板时，发现阶梯上堆满了碎石，相关人员花了三年时间才到达底部。

我一个人走下阶梯，感觉就像行走在约翰·巴肯[1]书写的世界里。管理者要求游客自带火炬，因为这里只有一组由间歇发电机支持的低压灯。

对那些第一次看到底部墓穴的考古学家来说，一定是其一生的启示时刻：房间仍然像最初发现时那样保存着，一个国王的大型葬墓主导着这个房间。墓穴的大小令人印象深刻——至少有六米高。从狭窄的阶梯上走下来后，就像在洞穴探险中找到了一个洞窟。

墓穴的墙壁上装饰着神祇浮雕。在石板下，他们发现了那位统治者的骨架，上面覆盖着玉饰，戴着一个玉质的死亡面具。在我看来，它看起来像劳伦斯·奥利维尔[2]，这让人感到非常不安。这里连同帕伦克其他地方的象形文字揭示了这位统治者的一些历史：他被称为"帕卡尔"（Pacal），意思是"盾牌"，生活在公元603—683年，正值这个城邦国家最繁荣的时期。作为国王，帕卡尔会参加宗教节日的庆典仪式，包括使用灌肠剂和进行放血疗法，这似乎超出了他的职责范围。

当他的臣民埋葬他时，将六名年轻男子留在了外面的阶梯底部作为陪葬，然后用碎石回填了阶梯；为了确保帕卡尔的灵魂仍能看护他们，他们造了一条石蛇，从坟墓攀上阶梯，直抵上面的入口。

下到墓地的时候让我有点困惑，尤其是此时周围没有其他旅行者。已

---

1 约翰·巴肯（John Buchan, 1875—1940），苏格兰小说家、历史学家、政治家。以写冒险小说闻名，代表作《三十九级台阶》。

2 劳伦斯·奥利维尔（Laurence Olivier, 1907—1989），英国著名演员、导演。和拉尔夫·理查德森等同代人几乎主导了20世纪中叶的英国银幕。

经过了中午，我从墓穴中走了出来，来到烈日下。我沿着狮子庙后面的一条小路走去，古怪的沃尔贝克伯爵（Count Walbech）在这座摇摇欲坠的建筑里住了一两年，那还是在19世纪早期。他是个冒险家，还推广了这样一个理论：玛雅人一定是受了"我们"的影响（他们不可能自己完成那些东西，不是吗？）；他假设了各种各样的理论，表明从印度人到埃及人等，几乎都曾横渡大西洋来帮助玛雅人进行文明建设。从那以后，扩散论者（diffusionist）一直在鼓吹类似的理论。

通往周围雨林的道路崎岖不平。当你前行时，它先开始变宽，然后不知不觉地又变窄，让人感觉刚走过这段路又要开始往回走。周遭溪流密布，小路穿过了其中的一条。我停下来，在一个水池里玩起了水。我没有带食物，因为错误地认为可以在遗迹这边买到。

在阳光的照射下，我有点头昏眼花，而且还没有吃午饭，于是我沿着一条分支小道向森林深处走去，漫无目的地寻找一些更荒凉的寺庙。我对凯瑟伍德描绘的一幅特殊的帕伦克雕刻很感兴趣：它展示了一座古老寺庙，周围杂草丛生，树木从台阶和寺庙屋顶本身的石造部分中穿出，藤本植物似的触须缠绕在树干上。我找不到那座庙。可能它要么已经衰朽坍圮，成了碎片，要么已经被完美修复——无论是哪种情形，都可能让人无法辨认。

发生了两件事：四点左右，像往常一样，开始下起了雨，还有就是当我试图往回走时，意识到自己迷路了。

这是一种荒谬的感觉。我几乎陷在了丛林中间。然而，因为帕伦克地区人口稀疏，如果我一直朝错误的方向前进，很快就会走错方向。就像童话故事中一样，天开始黑了起来。丛林似乎向四面八方呈现出一种暗淡的泥绿色。从树叶上落下的大雨滴听起来像美洲虎的叫声。我觉得自己像原始丛林中的鼹鼠。我浑身都淋透了。

我在不断减小的圈子里跌跌撞撞走了大约一个小时后，躲到了一棵树下。一个背着孩子的男人走了过来。"遗迹在哪儿？"我没头没脑地对他大喊大叫道（我还能想去哪里呢？）。他奇怪地看着我，用颤抖的手臂给我指了路。

走回去花了一段时间，当我到达遗迹时，天已经黑了；遗迹景区正式关门了。守夜人不得不打开大门上的锁链让我出去，嘴里嘟囔着"嬉皮士"如何如何的抱怨（有一群嬉皮士经常在村子里的拖车公园闲逛，当地人很不喜欢他们）。

"嬉皮士"的头衔是我最讨厌的侮辱性称号了。我仿佛连皮肤都被浸湿了。

*

第二天我醒来时，感到有点发烧。小旅馆提供的淡盐咖啡也没有用。我面临两个简单的选择：待在帕伦克，休息一下，或者开车离开这里。我决定离开。

我开始进入尤卡坦半岛。有个著名的故事，当西班牙皇帝让科尔特斯描述墨西哥的自然地理形态时，他拿起一张纸，然后将其捏在了手里。我喜欢这个故事，不仅因为他是对的，还因为这个故事在很大程度上揭示了科尔特斯的性格特征，他具有强烈的表演型人格。但是如果说墨西哥大部分是山区，那么在一个潮湿的下午，尤卡坦半岛就像东英吉利亚（East Anglia）[1]一样平坦。

科尔特斯从未深入过尤卡坦半岛，他只是在去韦拉克鲁斯的途中乘船由此穿过。他与当地人的零星接触可能让他颇感气馁：玛雅人把他们这些

---

1 英格兰东部的农业区，包括埃塞克斯、诺福克、萨福克和剑桥诸郡。

征服者视为贪婪的入侵者，必须不惜一切代价打败他们；玛雅人不像阿兹特克人，他们不认为征服者是他们的回归之神。不久之后，西班牙人也征服了他们。尤卡坦半岛完全是一个不同的国家，包括地理和种族层面，甚至我认为气质上都不一样。只是一次历史意外阻止了它成为一个独立的中美洲国家。

我第一次厌倦了驾驶这部奥兹莫比尔。进入半岛地带后的漫长道路是一条单调的直线，前方是笔直的地平线，一溜森林。看到远处有架飞机就算是了不起的景儿了，停车加油也是个大问题。路上甚至碰不到搭便车的人。

我在埃斯卡塞加（Escárcega）加了油，道路在这里分了岔：主路通往尤卡坦半岛北部和其他著名的玛雅城市，如乌斯马尔[1]和奇琴伊察，还通往海滨度假胜地坎昆，一个被一些人指斥为粗俗之地的城市，但我喜欢那里——加勒比海上的拉斯维加斯，那一段"狭长地带"仿佛是沿着沙洲建造的。另一条较窄的路少有人走，它穿过半岛，到达切图马尔（Chetumal）和伯利兹边境。路上也有一些偏远的、很少有人去过的玛雅遗迹。

为了应对穿越丛林的长途旅行，我让加油站的人给我加了油。我感到很孤独，和他聊天很愉快。我问离切图马尔还有多远。他耸了耸肩，做了个摊开地毯的手势。自从离开得克萨斯之后，我就没见过那个手势，我笑了起来。

沿着这条路走几公里，我看了看汽油表：油箱仍然显示是空的。这次我笑不出来了。这个混蛋耍了个最古老的花招：他把前一个家伙的加油数留在了计量表上，假装给我加满了，然后对着我的空油箱收费。

1　乌斯马尔（Uxmal）是位于墨西哥尤卡坦州的大型玛雅古城遗址。1996 年被联合国教科文组织列入世界文化遗产。

我怒气冲冲地奔了回去。他当然还在那儿等我。

"我说，这次给我加满吧——我已经付过钱了。"

"不，你没给钱。"

他冷漠地看着我。老板从他的棚屋里走了出来，是一个戴着一顶浅草帽的中年人，草帽下是一张罗伯特·莫利[1]的脸。"你听到他说的了——你还想不想加油？"

八十公里内没有第二个加油站。我别无选择。老板一直扣着我的车钥匙，直到我付了钱。

当我驾车穿越高原时，感到了更加强烈的孤独。那是一条完全废弃的道路：没有任何其他车辆，也没有任何其他人。我试着播放手里拥有的最深情的音乐，范·莫里森（Van Morrison）和格雷厄姆·帕克，但仍然感到消沉沮丧。

沿途有一些小的玛雅遗址，没人去过，因为它们在考古联盟中排名太靠后：贝坎（Becán）、奇坎纳（Chicanna）和须普西（Xpuhil）都是位置偏僻、杂草丛生的地方，要是一只美洲虎从拐角处或缠满树枝的细高塔一侧向你扑来，没有东西能助你躲避。在西班牙人到来之前不久，他们就拥有了玛雅文明最后阶段建造的有趣的类巴洛克式建筑。

正常而言，我会很喜欢这些地方。但我现在感觉自己不正常。我厌倦了空荡的空间，以及所有这些虚空过去的明证。我厌倦了开车。我厌倦了遗迹。我还有正事要做呢。

---

1 罗伯特·莫利（Robert Morley, 1908 — 1992），英国演员，经常饰演自负的英国绅士角色。

第六章　终局之地伯利兹

"如果没有汽车登记文件，我不能放你离开墨西哥。"

我早料到会是这样。

"对不起。我从美国一路而来，不小心把文件弄丢了。"我使劲耸了耸肩。我发现了一个有趣的现象，为了让自己在墨西哥被人理解，我开始给所有的肢体语言"增大幅度"了。我感觉自己就像一个卖力表演的"午后电影"[1]明星。"不管怎样，"我看着提词卡说，"我们难道没有别的办法可以解决这件事吗？"我看着他的眼睛，因为我已经学到了，如果想要体面地完成交易，就必须这么做。我将最后一点美元放在了墨西哥驾照里，准备让他拿去检查。

"不，"这位官员疲倦地说，"没有别的办法。"他脸色阴沉、蜡黄。他还是个大胖子。

我怀疑地看着他。我不敢相信自己在墨西哥开了九千六百多公里，却

1　"午后电影"（afternoon movie）是指 1950—1970 年代欧美一些地方电视台在午后（十二点到下午两点左右）播出的老电影。因为那时有线电视和家庭录像设备还没有普及，所以成了一种很好的提高收视率的方式。

在出境处遇到了第一个廉洁的墨西哥人——一个人形刻耳柏洛斯[1]。他也不是在讨价还价。他甚至没有看过我的钱的颜色。这是真正的拒绝。

"你什么意思？！"我尖叫道，这一嗓子甚至我自己都觉得演过了，"总会有别的方法的。"

"不，除非你有相关文件，否则我不能让你出国，先生。切图马尔有个美国领事。他可以帮忙完成手续。"他示意我去那边。是时候重新安排了。我回到了墨西哥边境小城切图马尔。

切图马尔完全是个现代都市，它的建筑呈网格状分布。但我确实注意到了一点不同，相对而言，墨西哥"内陆"种族比较同质化，而现在我周围都是黑色、黄色和纯白色皮肤的人。

一个酒吧里的墨西哥人向我解释道：切图马尔是一个免税港，所以人们会从伯利兹过来购买奢侈品。伯利兹人是世界上混血程度最高的民族：最初是玛雅人被西班牙人以常规方式征服；然后英国又殖民了这个国家（因此它的旧称是英属洪都拉斯），还引进了华工来生产他们的大宗经济作物红木（mahogany）；一艘满载奴隶的船开往美国时触到珊瑚礁失事，因此奴隶们认为在伯利兹的自由生活会比在佐治亚州的种植园出卖劳力过得更好。所以，它是唯一一个拥有大量黑人人口的中美洲国家（墨西哥人是这么说的——但伯利兹的黑人可能也是由英国殖民者从牙买加带来的）。为了让这道"种族大杂烩"更加完美，一群德国门诺派教徒在世纪之交从他们封闭孤立的"重回人间"（back-to-earth）社区来到这里。我看到过一些这个群体的人，特征十分明显，留着稻草般的枯发，瞪着苍白的大眼睛，踱着大步走来走去。

---

1 希腊神话中看守冥界入口的恶犬。

由此带来的坏消息是，伯利兹人纷纷涌来购物，然后将货物偷运回伯利兹，让这里成了这片大陆上最严厉的边境站之一。我向酒吧里的伙计解释了我的困境。

"或许你应该等几天。毕竟，那位官员不会每天都在那里。"

这是一个非常没有营养的建议。我开始每天监视海关哨卡。我会每天开车去那里（离镇上有点远），看看那个胖胖的"管理员"是否在岗。哨卡有三条通道，但试图走另外的通道是愚蠢的，因为他肯定会看到我。除非文件已经预先签字，否则是不可能晚上通过的。

我是在星期三到达这里的。第二周的周日，那个胖管理员仍然没有轮休。他似乎整天都在那里。（人们连教堂都不去，墨西哥还自命是天主教国家，意义何在？）

我在切图马尔到处闲逛。这是一个交易中心。这个地方就像一个巨大的迪克逊商店（Dixons store）——无论我走到哪里，都有人抱着收音机和大型手提式收录机从商店里走出来。为了验证设备的质量，不管是店主还是顾客，都会把音量开到最大。它们有的在播放录制糟糕的玛利亚奇音乐，以及比这更糟糕的，比如70年代美国摇滚和迪斯科垃圾：波士顿乐队（Boston）、托托乐队（Toto）、大放克铁路乐队（Grand Funk Railroad）等，似乎他们的磁带都在港口被大量卸下，流到切图马尔人民手中。我想象着起重机从货轮上甩下一捆捆彼得·弗兰普顿（Peter Frampton）的专辑。

我住的旅馆具有空调机组的所有特点和魅力。里面有个无菌餐厅，桌布湿答答的，啤酒是温热的。人们认为玛雅食物"丰富异常，有热带风格"，但是从这个地方的证据来看，他们把捣碎的香蕉放在玉米饼里，就像儿童版的墨西哥菜。

我运气不错。一天，经过一家昏暗破旧的公证人事务所时，我冒险走了进去。老板是玛雅人，鼻子像个汤盘。他不会伪造美国的注册文件——但他可以给我墨西哥的正式文件，就是如果我当初是合法地把车弄进来的话，应该在埃尔帕索拿到的那些文件。

他开始工作了。和以往一样，我对墨西哥人做事时那种随意的职业精神印象深刻。他打了一张表格，影印了几次，然后用不同颜色的邮戳乱盖一通，故意让人看不懂，让它们看上去被经常使用。他用手在其中一份文件上写了一个恰当的日期（我的签证早就过期了，所以通过改变日期，显得我好像只在这个国家待了一段时间，一段合法的时间）。最后那堆文件看上去像是玛雅抄本中的东西；我感觉自己是不是得把那些纸卷起来，然后用红丝带捆上。

成功了！胖管理员放行了。我甚至无法确定他是否还记得我。

不到一个小时，我就离开了切图马尔，离开了墨西哥，穿过边境，全速前往伯利兹。我听着"碰撞"乐队，把音量开到最大，借此把那些可能还残存在我脑海的垃圾迪斯科音乐彻底清除掉。

尽管如此，入境伯利兹时仍然存在一个问题。这些混蛋在我的护照上盖了"携车进入"的印章，这就表明我出境时不能"孑然一身"。但我不会被这种小事困扰。

我几近大功告成了。

*

我在伯利兹到达的第一个地方叫科罗萨尔（Corozal），我喜欢这个城镇。那里有独特的小棚屋，有个港口，停着几条船。最棒的是，有个带酒吧的台球厅，旁边还有几个房间。

现在天气越来越热，我喝的啤酒要多过龙舌兰。因为伯利兹的龙舌兰都是进口的，所以价格昂贵。喝了几杯啤酒，吃了些龙虾和米饭（酒吧菜单上的龙虾比鸡肉便宜），我和罗奇（Roach）聊了起来。

罗奇是这个酒吧的管理者。他是牙买加人，五十多岁，深黑色皮肤，头发花白。他不是很健谈，但我也不想要一个很会说的人——我想要一个倾听者。

我把自己的长途旅行跟他讲了一下，然后期待地看着他。

"那么你觉得——我能卖掉我的车吗？"

"这个嘛。"

有那么一会儿，我以为他没有理解我。我的英语口音对他来说可能很难懂，就像他的方言英语对我那样。

"我的车。你认为我能在这里卖掉它吗？"

罗奇看着我，好像看着个傻子。"当然。你来对地方了。在伯利兹，每个人都想要一辆美国车。或许我自己也想要。车在哪里？让我们来看看。"

当时酒吧里没有其他客人，所以他锁上了门，我们绕到停车的阴凉处。

罗奇开始大笑起来——那种带着哭腔的大笑，他庞大的身躯也随之震颤起来。

诚然，这辆车看着是有点破，但没有什么是一桶水不能解决的。

"我很遗憾，但你犯了个大错误。这是辆双门车。"

"没错。这是一辆奥兹莫比尔 98 型轿车，车况绝佳，带电动窗。"我演示了一下，"它就是该只有两扇门。"

"在这里，我们想要的是四门车。只有一种方法可以让每个人都买得起车，那就是让他们兼职当出租车司机。双门汽车做出租车是没有用的，不管它有多大。即使有人想要你的车，他们也不能卖给其他人。没有转售价值。"他意味深长地强调着转售价值，用他那双台球般的黑眼睛看着我。

我脚后跟抵着地，向后退了几步。"他妈的！"我生平第一次意识到"市场调研"这个术语的全部价值和意义。

是时候来点罗奇的进口龙舌兰了。我向他展示了如何做一杯简版的龙舌兰油。我身上没剩多少钱了，所以我想还是大胆一点比较好。

"我该怎么办？"

"你可以在镇上四处打听一下。去酒店找克鲁伊维特（Kluivert）先生。也许你能找到点办法。"他耸了耸肩。这事儿跟他无关。

但我现在面临一个非常现实的问题。身上仅剩的一点钱将在一周内用完。我一直指望卖掉这部车，然后让我能回到墨西哥城，再回到英国。

那天晚上，因为心情极度沮丧，我很难入睡。当我早早起来，沿着海岸散步时，遇到了一个老人，他正拖着一只小船，大概是一艘给那些海湾中漂浮的游艇提供补给的船。

他是个典型的船夫，身边放着一罐油漆，一块破布浸在里面。当他坐在一个小凳子上，在阳光下不停地给船首抹油漆时，我很羡慕，觉得他似乎无需为任何事操心。那艘小船叫"温柔"号，多么诗意的名字。我没有打扰他。当你生活中唯一需要操心的是将小船的吃水线画直一点时，这就是合理的生活应该有的图景。

我去找了罗奇口中的克鲁伊维特先生。他是荷兰人，镇上最大酒店的所有者，看上去有点吓人。他时而说英语，时而说西班牙语。他立刻明确表示他不想买这辆车。

"在这里怎么都没用的。"克鲁伊维特先生抱怨道。我礼貌地点点头。这是一种抱怨，伴随着关于"明日文化"的无聊笑话，欧洲人在谈论中美洲时总是提到此类笑话，但通常他们也忘了欧洲的服务能有多么低效。我们在他酒店的大厅一起喝了一杯咖啡，气氛有点悲伤。他同样对我能否卖掉这部奥兹莫比尔感到悲观。

"去伯利兹城试试，如果在那里也卖不掉，别的地方就更不用想了。"罗奇警告过我关于伯利兹城的事。他告诉我，这个国家所有罪犯最终都会栽在那里。他给了我一个悲伤的眼神，暗示我可能也会在那里嗝屁。

那天晚上，我踏上了南下伯利兹城的道路。我对此了解不多。事实上，我对整个国家的真正认识是，阿尔道斯·赫胥黎曾经把伯利兹描述为"中美洲的腋窝"——他是 30 年代那批作家中唯一去到墨西哥边境以南这么远的人。

有几只大沙蟹被太阳晒热的柏油吸引而来，狂奔过路面。当它们在我面前舞动时，车头灯会捕捉到那些剪影，仿佛来自地狱的图像。我闷闷不乐地打着方向，从一边转到另一边，以避开坑洼，并试图压扁那些挡住我道路的蠢笨螃蟹。

走到海岸的某个地方时，引擎罢工了。我不知道出了什么问题，但这么晚了我也没办法找到问题。我睡在了车里，所有车窗都开着，这样微风就可以吹进来了。我能听到远处丛林中吼猴的叫声。即使像我这样对植物一无所知的人也能看出森林形态正在发生变化——从尤卡坦的灌木丛变成更茂密驳杂的混合森林。

第二天早上，我发现其中一条风扇传动带坏了，我好像带了几条备用的。不可思议的是，这是我在开启旅行前怀着耐心挑选的为数不多的备件之一，有点《南美手册》中那种思维模式的意味了。一名出租车司机在晨间巡航觅客时帮我更换了传动带。"伯利兹城？在伯利兹城你绝对卖不掉的。也许在科罗萨尔能行。"

我告诉他我就是从那里来的。

我正好来到了一个名为阿尔顿哈（Altun Ha）的古典时期玛雅神庙遗址。这让我记起了想来伯利兹的一个原因，因为这是玛雅人的中心活动地带，他们在公元250—900年的古典时期曾在这里繁荣一时：他们创造的许多最令人印象深刻的城市都在这里，或者邻近的危地马拉和洪都拉斯。我一直梦想着看到巨大的寺庙在丛林中拔地而起，但卖掉汽车的迫切需要转移了我的注意力，变成了压倒一切的首要事务。

阿尔顿哈是一个相对较小的遗址，但极富田园感，就像一队好莱坞巧匠刚刚将其装修了一番：高茂的草丛中坐落着一座外形完美的小庙，一匹白马正在那里吃草，空中飞翔着一些美丽的鸟儿。

在这番背景下，我的车看起来像是在一则电视广告中。在科罗萨尔，我已经把它洗干净了，还上了蜡。它可谓是在插标自售。"该死，"我想告诉未来的买家，"如果我有钱，早就自己买下了。"

它看上去确实比我状态好。我的衣服已经有一段时间没洗了，开始有一种黏糊糊的感觉，衬衫几乎粘在了车座上。我误听了别人的建议，用了一些墨西哥产的过氧化物来漂白头发，还戴着一副廉价的"苍蝇人"太阳镜。

主干道上的殡仪馆旁边有一个卖"豆子和米饭"的小屋。伯利兹有两种主要菜肴：一种是"豆子和米饭"，另一种是"米饭和豆子"；我花了一段时间才搞清楚两者还是有些实质差别的。我用这辈子喝过的最脏的咖啡把这些饭冲到了胃里。

我开着奥兹莫比尔驶进伯利兹城时，胃还在努力消化早餐。时间还算比较早，我赶上了本以为已经过去了的交通高峰。这里感觉更像是一个小镇，而不是一个城市，在我看来，这里就是一个破败的小镇：建在沼泽之上，房子都是架高的，道路之间有很深的灌溉渠。

套用一下查克·贝里（Chuck Berry）的歌词，我没有计划，"也没有特别的地方可去"。这里不像典型的墨西哥城镇，会有一个足够吸引人停下来的中央广场。街道上有一种危险的气氛，成群的年轻人在街角徘徊，紧盯着路人。

我漫无目的地开着车，发现自己来到了一个更加郊区的地段——这里有更大的房子，道路两旁仍然是灌溉渠。车子在沟渠的网格上摇摆时，我单手操弄方向盘，让动力转向来完成驾驶。

也许是因为行动太早，或者是"豆子和米饭"分散了我的注意力，经过一个正常弯道时，我计算失误，把车开进了一条沟渠里，就好像要把车停在那里一样。车身一侧倾斜到了水中。

我坐在车里，花了五分钟咒骂跟这部愚蠢的奥兹莫比尔相遇的那一天。然后，我自己慢慢爬了出来。

"你好，"一个标准的英式口音说道，"需要帮助吗？"一个面庞粉扑扑的英国小伙子从对面一栋房子的窗户向我望来。

理查德是个难以想象的守护天使：二十五岁左右，穿着西装外套和休闲裤，打着领带，看起来像是来自巴西尔登（Basildon）[1]附近的某个高尔夫球场，而不是伯利兹城。他在巴克莱银行工作，该银行在伯利兹有业务。他不仅用自己的车把奥兹莫比尔从沟里拉了出来——我在后面胡乱扑腾着试图帮忙——而且还邀请我去他家洗个澡，吃点东西。

他一个人住，租的房子非常整洁。书架上有一些德斯蒙德·巴格利

---

1 英格兰埃塞克斯郡的一个镇，有著名的高尔夫俱乐部。

（Desmond Bagley）的小说和几本旧的《经济学人》。吃着英式早餐（我都忘了吃袋装麦片是什么感觉了），我把自己试图卖掉这部车的故事告诉了他，有些内容适当进行了删减。他感到很震惊，在他看来，这是典型的"无能"，而且我身上竟然一点现金都没有。但他还是好心地借给我一些钱，让我能够度日。

我清理了车尾沾到的泥土和杂草，然后回到镇上，看看是否弄点营生。那里有一个拥挤的十字路口和一座平转桥，当地的年轻人在那里闲逛，消磨时光。我和一个剃着光头、戴着黑色珊瑚耳环的人聊了起来，他叫鲍勃。像其他大多数人一样，他自称是拉斯特法里派[1]信徒，即使他没有那种一绺绺的头发。当我问到没有头发能否成为一个真正的信徒时，鲍勃不高兴了。"我知道什么是真的，什么是假的。"他咆哮道。他虽然很生气，但也没有拒绝跟我一起去对面的小破酒吧喝杯咖啡。

他的一个朋友过来加入了我们。他看上去更不像拉斯特法里派信徒，一头金发覆盖着不健康的灰白皮肤。那人离开后，我打听了一下。"他父亲来自巴比伦。"他解释道。

鲍勃对我的车完全不感兴趣，也不觉得我能成功卖掉它。"也许能卖掉，也许不能。"他耸了耸肩。他唯一感兴趣的似乎是车内有没有收录机。他和我一起开了一个街区，试听了那些磁带：其中一盘特别合他的口味——安妮塔·沃德（Anita Ward）的《尽情挑逗我吧》（Ring My Bell），是我在旅行开始时从埃尔帕索的一家折扣店买的。说实话，我有点尴尬，但在驾驶时，有一段能完美穿透心脏的颤音合唱。

1　拉斯特法里运动（Rastafari movement），又被称为拉斯特法里教（Rastafarianism），是 1930 年代自牙买加兴起的一个黑人基督教运动与社会运动。

鲍勃看着我的眼睛。"这一盘送给我吧。"他说。这也太直接了。反正我也不太在乎，所以就送给他了。他拿上磁带就走了。

在伯利兹，迪斯科舞厅扮演着重要的角色，甚至那些最正派的拉斯特法里派信徒也很喜欢去。从切图马尔贩卖而来的一些专辑一定已经渗透到了伯利兹的国民意识之中。当我在城市中巡游时，听到了很多喧嚣的音乐，或是从出租车司机的收音机中，或是从街边的小摊上传出。到处都在播放着《油脂》（*Grease*）这部歌舞片的原声带，这是约翰·特拉沃尔塔（John Travolta）在1978年主演的电影；他们用西班牙语"瓦瑟琳娜"（Vaselina）[1]来称呼这部片子。

我把车停在了一个我认为比较显眼的地方，上面贴了张大大的纸片，写着"待售"，然后四处去找生意了。这个过程太慢了，因为在告诉我他们没有钱之前，每个人都想聊一会儿。

一座古老的教堂就像是一个平静的天堂，远离迪斯科音乐、出租车、小贩以及炸鸡和龙虾的味道。中午时分，里面很凉爽，也很空荡。我走过小讲坛和长凳，每条长凳上都有靠垫。唯一的噪声来自头顶上方的大风扇，还有那部便宜而笨重的俄罗斯相机撞击我脖子的声音。

我穿过大门廊往外走去，惊讶地看到鲍勃在读通知。我不认为他是那种会来教堂的人。我用一只眼睛的余光看到了他那个有巴比伦血统的金发朋友。那是在那个朋友从后面抓住我以便鲍勃开始揍我之前。他这位朋友突然用一只手抓住我的胳膊，另一只手捂住了我的嘴。然后那人挥出的第一拳击中了我的蛋蛋；接下来，当我弯下腰时，他又打中了我的脸；然后鲍勃击打了我的胸部，这可能是致命一击。他的手撞上了那部俄罗斯相机

1　即凡士林。

的金属机身。他顿时破口大骂起来。

"把你的钱交出来!"

"什么钱?你知道我一分钱都没有。"

鲍勃的朋友已经把手从我的嘴上移开了,这样我可以回话了。这也意味着我现在可以大声呼救了。一对中年夫妇绕过屏风走进门廊。那个男人戴着一顶卷边平顶毡帽,穿着一件宽大的亚麻衬衫。

"发生了什么事?"他惊恐地问道。

鲍勃最后绝望地抓住了我脖子上的相机带子,但我还是奋力把他朋友的胳膊拧折了,又狠狠地朝鲍勃的膝盖踢了一脚。然后他们两个跑了出去。这对中年夫妇很热心,也很震惊。在伯利兹城,抢劫事件并不罕见。女人喊道:"但在教堂里做这种事,这些人对上帝也太不尊重了!"

他们在附近的一座房子里帮我清理了一下。我一只眼睛上方的伤口在渗血。当我开车回到通往科罗萨尔的高速公路上时,血液仍然断断续续地从我的脸上滴下来,车里只剩下最后一箱油了。

带着震惊和一脸血,我努力躲避着路上的螃蟹——我现在不想伤害另一种生物——我不停地撞上坑洼。汽车陷入每个小洞时就好像在玩碰碰车。又开始下雨了,我只有一件事可做。我一直留着它,准备等陷入可怕的虚无主义危机之时再行动:播放性手枪乐队的那盘《没意思》(*No Fun*),音量开到最大。不知道是我的想象还是真实地在发生,当螃蟹听到史蒂夫·琼斯(Steve Jones)的吉他声时,它们试图以更快的速度躲开我,因为被歌词中安非他命和青少年犯罪等元素刺激到了吗?

没意思,我的宝贝,没意思——无所事事,这感觉和以前一

样没意思。

再待一天也没意思。没意思！

*

"你他妈的怎么了？"罗奇看了一眼我可怜的状态后问道。他给了我一杯饮料，也没什么用。我心情很糟，不仅仅是因为身体受了伤：我觉得自己很愚蠢，简直就是个废柴。

我躺在罗奇卧室的床上，看着吊扇转了几个小时。我没钱了。没人想要这辆车，反正它也要散架了。天哪，连我都不会买，而且我对汽车一无所知。我回到了科罗萨尔，连再加一箱油的钱都没有。我全身都被咬了。终局来了。我记得阿尔道斯·赫胥黎说过，伯利兹（或英属洪都拉斯）"绝对是世界的尽头"。

海边有一家豪华酒店，叫"堂吉诃德"。我从沮丧和麻木中清醒了过来，开车去到那里，看看是否能找到一个有钱的买主。我在罗奇的酒吧里向克鲁伊维特先生提到了这件事，并问他是否认为这是个好主意，他用平淡、中性的荷兰口音说："你永远也卖不掉那辆车。接受这一点吧。但是你可以载我一程。我想去见见马克斯（Max）。"

马克斯是这家酒店的经理。我听说过他。他是加拿大人，红头发，据说脾气暴躁。当我们到达时，他正在给几个外国人上午餐饮料：这些人手腕上体毛很重；女人们在纵声大笑。他们不会从一个有着过氧化物漂过的金色短发、戴着"苍蝇人"太阳镜的人那里买车。一般而言，这种情况下我会马上离开。

但是马克斯引起了我的兴趣。他穿着一件明亮的夏威夷式衬衫，这跟他的红头发和自然白皙的肤色不太搭。但他比较精壮，还有一种狂躁的能量，这让我想起了性手枪乐队的经理马尔科姆·麦克拉伦（Malcolm Mc-Laren）。他送了我一件堂吉诃德酒店的 T 恤，因为我的衣服太脏了。他给了我一杯玛格丽塔。我从未像现在这样如此需要一杯免费饮料。

我设法把马克斯拉到一边，解释了自己的困境。

"显然，"他说，好像在面对一个白痴，"你可以把车开到海滩。拿汽油泼一下，然后烧了它，再要求保险赔偿。"

"没买保险。"

"这样的话，你完了。再来一杯玛格丽塔吧。"

回到罗奇的酒吧，我和一些人打起了台球，一直玩到天黑。一个孩子戴着一只黑色珊瑚耳环，下巴很宽。罗奇示意我过去酒吧那边。他悄声说："那些都是坏人。罪犯和瘾君子。伯利兹到处都有他们。不要和他们搅在一起。"他本意是好的，但我并不介意；对于一个牙买加人来说，抱怨毒品文化似乎有点过了。

那个戴耳环的人叫约书亚。他建议我们离开这儿，去弄点毒品，到他熟悉的妓院里找几个女孩。在我目前的状态下，这似乎是一个绝好的主意，即使他们只是因为我有车才愿意带上我。

我开车把他们送到了镇上的一栋房子，我以前从没去过那里。我们进去的时候，唐娜·莎莫（Donna Summer）的《坏女孩》（"Bad Girls"）正从音响里传出；这要么太刻奇了而显得不真实，要么只是本周从切图马尔运来的劣质迪斯科音乐的一部分：

嘿，先生，有没有一角钱？

先生，想一起愉快一下吗？

我有你想要的，你有我需要的，

我会做你的宝贝，来吧，把那一角钱花在我身上。

似乎没有牵涉多少性行为，但有大量的饮酒和嗑药活动。约书亚卷的大麻很大，以至于鲍勃·马利[1]都要花点时间才能吸完；另一个孩子有硝酸戊酯。女孩们在卖啤酒、"米饭和豆子"、"豆子和米饭"，还有炸鸡。这里与其说是妓院，不如说是家餐馆。

我以前没去过妓院，不知道那里会发生什么。起初，这似乎是一个与陌生青少年的聚会，所以当周围的陌生人玩得开心的时候，你只要待在沙发上大口喝酒就好。

由于没钱，无论如何我都不是一个有油水的顾客。我向一个叫玛丽亚·朱丽亚（Maria Julia）的女孩解释了这一点：她的肤色比其他大多数女孩都要深，有着乌黑的皮肤，同时眼含笑意。她穿了一件橙色比基尼上衣和一条包臀裙。对许多女孩来说，这么穿会显得花哨；但在她黑色皮肤的映衬下，看起来美极了。我喝了一杯，然后把自己的情况告诉了她。我开始说个不停——关于汽车，关于我陷入的困境，关于音乐。她想看看汽车。

在热带夜晚的柔和光线下，那部奥兹莫比尔看上去不错：凹痕被夜色隐藏了起来，青绿色的车身闪着磷光。

玛丽亚·朱丽亚低声说道："多漂亮的车啊！也许你只是太喜欢它了才想要卖掉？我要是你，肯定会留着它。"

1　鲍勃·马利（Bob Marley，1945—1981），牙买加歌手、音乐家，被认为是雷鬼音乐的先锋之一。他认为大麻是"疗愈性的草药"，主张毒品合法化。

我打了火，这样就可以向她展示电动车窗和录音机了。侧灯把蚊子吸引了过来，所以我关掉了它们。

我们在黑暗中接吻，她的嘴里有一股甜甜的海水味，还有一点烟草味。天啊，那感觉太棒了。

她问我是否想和她回房间过夜。我露出了英国式的尴尬，觉得自己太年轻了："我还得带这些家伙回镇上。"我喃喃道。她指了指那几个人，其中一些已经是昏睡状态了。他们显然哪儿也去不了。

"还有，"我脱口而出，"你知道我身上没钱。"

她只是笑了笑。

"你不喜欢黑人女孩吗？她们更擅长做爱。这是经过科学证明的。"

我没打算反对，也没理由反对。她带我去了她的房间，房间太小了，几乎被一张床塞得满满的。我从车上拿了一些磁带。我们放着鲍勃·马利的歌。接下来发生的事情"非常私密，也很狂野"，就像伊安·杜利（Ian Dury）唱的那样。现在顿觉在墨西哥开车穿越八千多公里绝对是值得的。

事后，我无法入睡。透过她房间那薄薄的窗帘，我可以看到树木的轮廓。窗户是开着的，街上传来了雷鬼和劣质迪斯科音乐的混合。已经凌晨三点了。一些鸟儿已经在唱歌了。

我有了一种解放的感觉。为什么要担心那辆破车？一个星期后，我就要回英国开始读大学了，现在却没有足够的钱回家，但这有什么关系呢？顺其自然吧。也许我会在伯利兹度过余生。现在看来，这似乎不是个坏主意。我会把车送人，和玛丽亚·朱丽亚再次共度良宵，或者和她在阳台上抽支烟，看着两根烟头慢慢燃尽。

早上，从同一个阳台上，我可以看到海滨景观。我一周前见过的那个人还在给他的船画吃水线。我去酒吧喝了杯咖啡。罗奇面无表情地看着我。克鲁伊维特先生在那里。

*

"我一直在想，"克鲁伊维特先生说，"我可能会买下你的车。"

同一天晚些时候，在伯利兹和墨西哥交界的无人地带，我俩心神不安地待在车里，等待墨西哥警卫挥手让我们通过。此时他还可以改变主意。

克鲁伊维特先生显得有点紧张不安。我希望他不会后悔自己的冲动性购买。他说是买给妻子的，但很明显他是给自己买的。

这位荷兰人向我要了一支烟。我平时就没有备过烟，更不用说送人了，但我觉得自己很豪气。瞬间暴富的感觉。

"那么，"克鲁伊维特先生问，"你现在打算做什么？"

"去读大学，学习文学（study literature）。"根据过往经验，我知道说"学英语"（study English）没人能理解，而且可能会被视为低能。我不是已经会说这门语言了吗？

克鲁伊维特先生的反应也好不到哪里去："文学！"他有点语无伦次，"这有什么意义？为什么要学文学？"他摇下了自己新车的电动窗，小心翼翼地将烟灰倒在了沥青路上，看来他是不想弄脏车内的烟灰缸。显然，我的奥兹莫比尔已经找到了一位可以陪伴它一生的"细心的主人"。

他又玩了一次电动车窗，并调整了驾驶座椅。"我觉得你不像个老师，乌戈。如果学习文学，你以后要做什么呢？"

我还没来得及回答，墨西哥的边检人员就向我们挥手示意，让我们通过了。他们没有注意到我们在无人地带调换了座位，出伯利兹时我在开，现在手握方向盘的变成克鲁伊维特先生了。这是他的车了。我甚至为他拟了一份宣誓书，然后签了字。

当我之前概述这个计划时，克鲁伊维特先生颇为叹服。我离开伯利兹时坐的还是那辆我入境时开的车，所以我的护照可以正常盖章，我完全有权这样操作。他现在正开着自己的车入境墨西哥，他的护照上也会盖着同样的章。当天晚些时候，他将离开墨西哥，和预期的一样，还是开着同样一部车。当他再次进入伯利兹时，他们在他的护照上盖了什么就不重要了（如果他们真那么做的话——其实他和边境警卫关系很好），因为反正他住在那里。与此同时，我进入墨西哥时没有汽车，只是作为一名乘客——而且最后还会以乘客的身份离开，离境的日子也没几天了。

也许克鲁伊维特先生是对的，我应该放下文学。如果我如此擅长这种擦边球式的灰色生意的话，那么轻微犯罪的生活会更加有利可图，也会更有意思。我现在口袋里有一点钱了，是克鲁伊维特先生在无人地带给我的：一千多美元，对于持续数月的无尽旅行来说，这算不得什么大笔收益，但总比吃一巴掌好。

当我离开的时候，我最后看了一眼那部奥兹莫比尔：别人的车总是比自己的好看，我已经忘记了那些糟糕的日子，却记得开车南下的第一天，放着史蒂夫·米勒的《拿上钱快跑》（"Take the Money and Run"）的情景；它看上去还是那部完美的车。一名边防警卫甚至还抚摸了几下它美丽的尾翼。

*

一回到墨西哥，我就没再闲逛了。直接干脆地通过国内航班回了墨西哥城，跟机师索尔（他得到了那部俄罗斯相机）结清了债务，又还了赫苏斯及其家人的债，给了他们一些现金，然后请他们吃了一顿丰盛的午餐，吃饭期间，我还请了一支玛利亚奇乐队为我们演奏；然后我买了一张回欧洲的打折机票。

在转机的漫长等待中，我开始更多地思考克鲁伊维特的问题，集中而言就是："为什么要学习文学？为什么不去学习生活？"开车穿越墨西哥期间，我很少考虑上大学的事情，更不用说去纠结学习英语是否有意义了。

但奇怪的是，这次旅行，无论多么随性，都证实了我的直觉，那就是这是一件正确的事情。书籍之所以重要，是因为它们能将读者引向他们原本不会去的地方，不仅是地理层面的他国异域，还有精神和情感层面的未知之地。

如果征服者们的头脑中没有狂野的浪漫、骑士故事和与陌生敌人对抗的想象，他们绝不会离开西班牙去往新大陆，不管最后他们与阿兹特克人的实际对抗跟想象的有多么不同。利文斯通因为受到了旅行者罗伯特·莫法特[1]写作的那些丰富多彩的故事的影响，才去了非洲。同样，格雷厄姆·格林也是因小时候读《所罗门的宝藏》（*King Solomon's Mines*）而受到了诱惑（"如果没有李德·哈格德[2]的描写，我后来会被吸引到利比里亚吗？"）。这样的叙述，无论多么虚构，都比简单的旅游指南更能吸引旅行者。

我之所以选择去墨西哥，是因为我读过关于它的故事，即使那些故事是 1930 年代那些早已死去的作家们所写的，他们描绘了一幅与我游历过的国家几乎完全不同的图景。

1　罗伯特·莫法特（Robert Moffat, 1795—1883），苏格兰公理会传教士，利文斯通的岳父，曾去非洲多地传教，著有《非洲冒险与见闻》（*Scenes and Adventures in Africa*）等。

2　亨利·李德·哈格德爵士（Sir Henry Rider Haggard, 1856—1925），英国探险小说作家，"失落世界"文学流派的先锋之一。《所罗门的宝藏》出版后，他拒绝了 100 英镑的稿费，而是选择收取 10% 的版税。

只有当我们所期望的和实际发现的产生了分裂，异国经验才得以形成。这就是为什么旅行类书籍比读者通常认为的要远远更有力量。

*

我在回欧洲的最终航班上睡着了。醒来时，我开始和旁边的女孩聊天。她比我年长，二十多岁，大学毕业后一直在南美和墨西哥进行"作为外语的英语教学"（TEFL）。她说她叫弗利克（Flic），大概是费利西蒂（Felicity）的简称吧。她有那种似曾相识的略带悲伤的神情，我在其他从事相同工作的人身上也看到过：最初逃离到异国他乡，口袋里也有钱，有一种解放了的感觉。但当他们发现自己多年后还在做同样的事情，为了赚同样的钱，只是在不同的地方时，就变得有点麻木了。现在她要回到英国，却不知道接下来会发生什么。

但是她有一些关于南美洲的有趣故事，尤其是安第斯地区，这引起了我的兴趣。我是看着《丁丁在南美》(《太阳的囚徒》)长大的，脑海中充满了对瀑布、印加寺庙和羊驼朝你吐口水的想象。

她很美丽，一种安静的美丽。

"你知道吗？那里还有很多未被发现的遗迹。"她说。

"为什么没有人试图去寻找呢？"

她耸了耸肩，像个拉美人。"也许没人有这时间吧。"

飞机着陆的时候，我的脑子里已经充满了这样的梦想：我来找时间去寻找。

第二部分　今时

轻装旅行，我们可以追上那风；

我们可以去到天堂，或许一次，或许两次。

——J. J. 凯尔（J. J. Cale）[1]，《轻装旅行》（"Travelin' Light"）

1　约翰·威尔登·"J. J." 凯尔（John Weldon "J. J." Cale, 1938—2013），美国歌手、吉他手、词人。他不喜欢接触聚光灯，但尼尔·杨和埃里克·克莱普顿等巨星都承认他的惊人才华和巨大贡献。他被认为是摇滚历史上最重要的角色之一。

第七章 归来

　　我再次飞往了伯利兹，一路追寻着海岸线。内陆沼泽呈现出油画那种满溢的颜色和黏度；只有一条狭长的陆地将它们与加勒比海那惊人清澈的蓝色海水隔开。

　　我就这样回来了。一切都变了，同时什么也都没变。三十年，对于一只鬣蜥来说，不过是一眨眼的时光。

　　我一直认为时间并非线性的，而是附着在一根长布条上。有时它平滑而连续地伸展，但在生活中，有时它会折叠起来，再倾压到很久之前的那个你身上。现在就是这样一个时刻。

　　回到我十八岁时去的地方。现在我四十八岁了。在过去的六个月里，我离了婚，失去了房子和大部分的钱。我无家可归了。我手里没有一部可以卖掉换钱的奥兹莫比尔98，但却有崭新的生活等待着我。我不记得我何时曾有现在这般兴奋。或许，我能记起。

*

　　伯利兹市中心的街道空无一人。今天星期六，是大家出门购物的日子，但商店都关门了。现在也正是中午，没有阴凉地儿。

十字路口处那座老摇摆桥还和我记忆中一样，但是两边都站着一群可怜的无业游民。当年我第一次穿越这座桥时，感觉自己像个橄榄球前锋，迎着对方的整支队伍向前突进。现在挡在面前的只有三个家伙了：第一个在路口向我招了招手，然后像个暴露狂一样敞开了他的外套——"兄弟，不管你想要什么，我都有"；第二个人给了我一个"快滚开"的表情，这种表情我从瘾君子那里看到过；第三个人手里握着一根快燃尽的大麻卷，狠狠地吸了一口，然后假装友好地递给了我。

除了曾遭遇抢劫的教堂门厅，我几乎什么都认不出来了。昔日教堂那老旧的石板建筑已经被拆除，它现在成了伯利兹旅游局的办公地，让我觉得很有意思。

在空荡荡的街道上，一位面容和善的中年妇女快步而行，我明白发生什么了：今天是他们的国庆日，也就是独立日，大部分人都会去城市的另一边参加游行。保琳（Pauline）戴着一顶棒球帽，穿着低胸T恤，裸露部位有个文身。她告诉我如何穿过城镇去看游行，但这意味着要经过沟渠区，所以她建议我摘掉手表，藏好现金。"那我的金牙呢？"我问道。她大笑不已。当地人总是比游客更害怕那些犯罪活动。我对那片区域的道路状况可是记忆犹新啊。

但想到要在正午的阳光下走很长一段路，而且今天还是我回来的第一天，所以我叫了辆出租车：一部亮银色的庞蒂亚克"巴黎女郎"（Parisienne），它宛如一条游鱼，从拐角处向我驶来。司机贝利像个和蔼的长辈，平易近人，他可以一边开车一边抽烟。我问他这辆车有多少年头了。

"1985年。一个加拿大人从加拿大一路开了过来。然后他把它卖给了我。"

那个加拿大人显然也知道伯利兹这边的人喜欢四门车。这辆车有着宽大的座椅，让我想起了那部奥兹莫比尔。乘客前面足以放得下一套架子鼓。

我很喜欢贝利；他五十多岁的年纪，对城市和道路非常熟悉。我跟他讲了那部奥兹莫比尔的故事。"双门。"

他笑了起来。"没错，你的确犯了个大错误。"

我也开始庆幸自己选择了坐出租车。我们驶过运河街，发现墙上的涂鸦都很有恐吓性——"不要去改变猴子！""黑狗滚你妈的！"街角处聚集着一些好战的年轻人。

我们在主干道上找了个地方停了下来，等待独立日游行队伍通过。我们对面有个留着马尾辫的纯血统玛雅人，高大威猛，手臂上有文身；他旁边的男人穿着一件 T 恤，上面写着"我的床上功夫很好，可以睡一整天"；一只蜂鸟在中央花圃的鸡蛋花树上飞舞。

天气酷热，再加上时差，所以当游行的彩车走近时，我产生了一种梦幻般的强烈感觉，感觉周遭充斥着饱和的色彩：五十个小女孩打扮成仙女的模样，穿着闪闪发光的圆点尼龙连衣裙，随着飘忽不定的鼓声行进；紧随其后的是美丽的"前任伯利兹小姐"和"现任伯利兹小姐"，她们身着鲜艳绸缎，是狂欢节女王，从一辆看起来像是卡通形象坦克引擎托马斯（Thomas the Tank Engine）的彩车上向人群挥手致意。一个穿着红色和黄色紧身莱卡服装的健壮男子，打扮成了农场公鸡的形象，迈着八字腿前进，引发了人群中的热烈欢呼，尤其是那些女士们。

队伍后面出现了一个更为低沉的音符，几部彩车挂着呼吁"停止暴力"的标语，还有反对艾滋病传播的标牌，彩车的显要位置还放着三个巨大的塑料避孕套。

这些东西让人目不暇接。我都还没有准备好。

我醒来时，一缕微弱的灰色光线从海上射了过来。夜里雨下得很大，破晓时分，在这座海边的破旧旅馆里，我发现位于角落的卧室呈现出一种破败之象。远处有几个派对分子躲在海边的一个演奏台下，还在抽烟喝酒。那是独立日之后的宿醉，我自己也感觉不太舒服。

从上次来到这里到现在，这中间的三十年并非落魄不堪。当我离开墨西哥的时候，我最想做的事情都做成了——在某些方面，甚至超出了预期：我成了一名电影制作人，去喜马拉雅山、乞力马扎罗山和安第斯山探险——在安第斯山，我还开展了进一步的探险，去寻找那些十八岁时就已浮现于我脑海中的前哥伦布时代的遗迹；我也成了一名作家，出版了关于在秘鲁和印度山区旅行的书籍。我花四年时间，雄心勃勃地制作了一部长达十小时的系列剧，讲述了摇滚的历史，为此我去当面采访了所有当年在那部奥兹莫比尔车里听过的音乐家。我多次坠入爱河，一场维系了十五年的婚姻带给我三个可爱的孩子，即使这段婚姻刚刚结束。

但我还是觉得起床有点困难。我情不自禁地感到自己正以某种模糊的方式回到当初的起点。我为什么要回来？部分是为了完成那场中断的旅程，去寻找一些我第一次来时可能没有意识到或认识到的东西。当然，还有一部分，是为了重新和那个刚开始旅行的我产生联结。

只有那种获得不正当快乐的诱惑才能让我从床上爬起来。自墨西哥旅行以来的这些年里，我经常选择住在豪华酒店附近的便宜酒店里；不是要厉行节约，或者提醒我自己的生活有多朴素，而是这样我就可以非法使用旁边更高级酒店的游泳池了。

从德里的帝国酒店到洛杉矶的蒙德里安酒店，我都是轻松混了进去。

在莫斯科，有一群凶悍的老大妈紧盯着酒店所有活动的每一步，取用毛巾和"泳池必备拖鞋"都要靠发的小票，即使这样我也成功过关。走进一家豪华酒店，仿佛那是自家的产业。进去后径直走向游泳池，在有人向你发问之前让自己沉浸其中，没有比这更令人愉快的了。

从前门进去需要躲避警觉的门卫和粗暴的泳池服务员，正是这一点吸引了我。他们是守门人，就像十八岁时一样，我总是觉得攻破各种系统的想法是如此不可抗拒。此外，这种行为难以称之为偷窃——我只是利用了他们一点水域，并且我做到了物尽其用，不像大多数商务客人，他们不是太胖，就是太忙，或者太养尊处优，根本不会去游泳。

所以海滨的丽笙酒店（Radisson）对我而言自然是一个诱惑。它靠近灯塔，离我的酒店也不远。当我到达那里的时候，太阳已经冲破了黎明时分的毛毛雨，喷薄而出。那儿的安保措施很松懈，泳池里只有我一个人；还有一个按摩浴缸。情况一片向好。

泳池边的酒吧正在播放一档名为《唤醒伯利兹》的电台直接对话节目，这档音乐节目的主持人很年轻，名叫埃万·"摩西"·海德（Euan "Mose" Hyde）。他在草根雷鬼（roots reggae）音乐上有着出众的品位，还融进了一些政治侵略性，这在《今日秀》[1]或拉里·金[2]的节目中是不会出现的。我在泳池边享用着冰镇橙汁和浓缩咖啡组成的早餐，悠闲地听着摩西的音乐，逐渐入了迷。

1　《今日秀》（*Today* 或 *The Today Show*），是一档美国的晨间新闻和脱口秀节目。每个工作日的晨间在美国全国广播公司（NBC）播出，于 1952 年 1 月 14 日首播，一直是美国每周收视率最高的早间新闻和脱口秀节目。

2　拉里·金（Larry King, 1933—　），美国著名电视节目主持人。他曾主持美国有线电视新闻网（CNN）的访谈类节目《拉里·金现场》（*Larry King Live*）。

人们对独立日庆祝活动的热情一部分是因为伯利兹直到1981年才最终从英国手中获得独立，也就是我上次来这里两年之后。殖民主义竟然在此持续了这么长时间，似乎很不寻常；毕竟，中美洲其他国家早在19世纪就从西班牙手中赢得了独立。

民族自决后国家没有取得绝对的成功——自1981年以来，伯利兹人在每次选举中都利用他们新建立的民主力量来赶走历任表现不佳的政府。摩西咄咄逼人的访谈风格反映了许多伯利兹人对本国政治家未能兑现其承诺的不满。

今天遭受炮火攻击的是体育部长，摩西指控他挪用了国际足联每年拨给伯利兹的数百万美元："我们的球场在哪里？"他问道，"年轻人能去哪里训练？花了那么多钱，东西在哪里呢？"

部长大人左支右绌，试图缓和一下气氛："我一直很享受和你的论辩，摩西。"

但摩西并没有打算就此放过他："事实是这样的，部长先生，如果您失败了，审判您的将是历史，而不是我。"

这仅仅是跟体育部长——我很想听到他和最高领导层的访谈。他简直太棒了，我顿时决定奔去电台大楼，等节目结束后去拜访一下摩西。搁三十年前，我是不会做这样的事情的——但这时的我由于在电影制作行业积累的经验，已经习惯了直截了当。伯利兹是个小国，所以应该很容易找到人。

贝利在外面的出租车站点上擦着他那部庞蒂亚克"巴黎女郎"。雨后，阳光从海面反射而来，车子那银色的漆面闪闪发光。我发现他原来跟摩西认识，可以带我去克莱姆电台——"伯利兹第一家独立电台"。

它就在运河区附近。入口处的安保措施相当严密，这不是没来由的：

就在一周前，有人向摩西的住所开枪。在他对政府中的腐败分子进行"电波控诉"后，他的汽车被燃烧瓶炸毁了。

我们开车过来的时候，贝利的车载电台一直在播放摩西的节目。现在，我们从安保人员的收音机中听到了摩西在节目收尾时的声音："我们敦促大家要保持坚强，保持坚定。"他切到了一首鲍勃·马利的歌，然后漫步走到了演播室的阳台上，我看到了他，一个三十多岁的瘦小男人，戴着贝雷帽。

我们没有客套。他对我的态度就像在节目中那样直接："我告诉你吧，伯利兹面临的三大问题是公共事业、滥用警力和腐败。"他说"腐败"（corruption）这个词时语调就像费拉·库蒂[1]唱的那般，重重强调了"up"这个音节。

"公共事业的问题在于，私有化创造了一系列非常冷漠的制度，道德义务不复存在。他们将穷人隔离，然后再让他们支付高额的费用以重新与社会获得联结。帮派暴力活动加剧了警察权力的滥用，这就是'我们城市生活的痛苦现实'。"最后这句话说得很好，而且富有诗意。

"我们处在通往美国的毒品转运路线上。实际上我们也是一个'毒品国家'。腐败在街头并不常见——我们没有像墨西哥那样的'咬下一口'的腐败文化，在墨西哥，每个人都在接受贿赂。但在更高的层面上，对于那些政客来说，情况一团糟。"

他把最大的怒火倾泻到了迈克尔·阿什克罗夫特[2]身上。这位亿万富翁似乎插手了伯利兹的所有生意门类，从银行到电信，再到备受争议的游轮业务，该业务正把这个国家变成一个廉价版的佛罗里达："他是一个帝王式

---

1 费拉·库蒂（Fela Kuti，1938—1997），尼日利亚著名歌手、人权活动家。

2 迈克尔·阿什克罗夫特（Michael Ashcroft，1946—　），伯利兹商人、政治家，同时具有英国国籍。曾任保守党副主席。据估计其财富在 2020 年约有 17 亿美元。

的人物，被我们的政治领导人所接纳，他是一头需要被拴住的怪物。他抓住了所有当选官员的命脉。对于一个如此富有和成功的人来说，他有一种被宠坏了的孩子般的吝啬和怨怒——他是那种会去踩死一只蚂蚁的人。他会向一家公司注资，然后和他的律师一起把这家公司榨干。"

我知道阿什克罗夫特也非常好斗，很明显他和克莱姆电台正打得不可开交。

我问摩西对最近不明政客针对他策划的刺杀怎么看，他对此不屑一顾："这是想警告我。这些事情经常发生。"

他必须要去开会了，但离开时第一次把注意力集中在了我身上。"那个，你是谁？聊了这么久，我对你还一无所知。"

*

贝利带我去附近南城这边异常安静的运河街道巡游了一番。周日清晨，参加独立日大狂欢的人们还在睡觉。

起初，贝利说了句我很熟悉的话——这里的犯罪不是由伯利兹人造成的：都是那些墨西哥、洪都拉斯和危地马拉入境者干的，更不用提哥伦比亚人了，他们把可卡因运进这个国家，作为进一步进入墨西哥的一条捷径，因为北美自由贸易协定的存在，美墨边境几乎不受监管。但随后他还是轻松地聊起了本国一些无可辩驳的真相。

"伯利兹情况变坏了。就在最近几周里，这里有十个人被枪杀。"就像邻近的牙买加一样，这里形成了一种长期的、低度的毒品文化，人们喜欢拉斯塔（Rasta）药草，由此引发了更加卑劣和暴力的东西。

"他们从墨西哥拿到丰塔（fonta）叶，在里面混入可卡因和大麻，然后放在烟斗里抽。种植者们经常在丰塔叶上喷洒有害的化学物质。"考虑到他们吸的叶子里的东西，贝利担心它不是有机产品，我觉得这太滑稽了。

我已经知道，自从我上次离开后，伯利兹的情况变得更糟了。1993 年，当尼古拉斯·罗伊格（Nicolas Roeg）选择在这里拍摄《黑暗的心》（*The Heart of Darkness*）时——这本身就是一个有趣的选择——十几名剧组人员遭到了抢劫。

在清晨的阳光下，一切看起来都很安静。两个女孩骑着一辆自行车，其中一个只能坐在车梁上，另一个艰难地保持着平衡。

贝利悲伤地看着她们。"是政客们。他们是腐败的来源。"

他把车停在路边，这样我们可以更方便地交谈。他给我讲了最近的一个案例，一个执政的人民团结党（PUP）高级官员在北部高速公路的撞车事故中丧生；传闻说，他的汽车里有各种枪支，一个装满钱的公文包，还有几袋可卡因。"机场外有一处大房子，他们会在那里举行派对。他们会带一些年轻的女孩，有些只有十四五岁。这些家伙许诺给她们一段美好的时光，然后给她们毒品，然后……"他耸了耸肩说，"有些派对是全裸的。"

我们在这座城市众多小教堂中的一个附近停了下来。礼拜仪式才刚刚开始，我加入了后面的会众。里面挤满了英国圣公会的信徒。我站在门边。穿着红色套裙的男孩和女孩读着经文。牧师走到会众中间来主持仪式。人们为那些需要帮助的人，为社区，为"所有卧病在家的人"祈祷。

当我们开车离开时，贝利说："这里仍然有很多信教的人。但情况很难，很煎熬。"

我们经过了一家名为"最后一块钱"（Bottom Dollar）的打折超市。贝利告诉我，它的所有者是"伯利兹第三富有的人"。

"这里的经济如此糟糕——我们都不得不打好几份工。"他几乎是把

multitask 这个词一个音节一个音节吐出来的。

*

　　我正游进一个山洞。在正午的烈日下穿过云雾缭绕的森林后，这一汪冰冷幽暗的水震惊了我。洞口的形状像一个沙漏，里面有一个深水池，所以当我往前游的时候，光线渐渐消失。水越来越冷。这里与丽笙酒店的泳池简直有着天壤之别。

　　这就是位于玛雅山脉（Maya Mountains）边缘的"石墓洞穴"（Actun Tunichil Muknal）[1]。从伯利兹城出发到这里需要一天；我坐了多路当地的公共汽车才来到这里，大部分公共汽车上都挤满了小学生，然后我找了一个可以带我进去游览的向导。

　　进入第一个洞穴的入口之后，有超过五公里的扭曲通道连接着更多的洞穴系统，其中许多都被水淹没了，我们现在不得不戴着装有头灯的头盔穿过去。我以前从未探过洞穴，也从没有过这种想法，比起幽闭的环境，我更喜欢山地和高原。但这是一个绝好的机会，因为这种游泳的陌生感让我深入到了玛雅世界。

　　当我第一次来到伯利兹时，这些洞穴还没有被发现。直到1986年，当一些"橡胶采集者"走过玛雅山脉这些孤立的山麓时，才偶然发现了入口；他们向一位年轻的地貌学家托马斯·米勒（Thomas Mille）展示了这些发现，托马斯当时正在这个地区勘察。

　　米勒对发现的东西一定非常兴奋，但他也知道自己缺乏相关的训练来对这一发现善加利用。因此，他选择去攻读考古学博士，这种耐心着实令人称赞。然后他在1989年回来展开了进一步的探险，这次他还带了一些探

1　当地人简称这里为ATM，该景点是一个著名的玛雅考古遗址，里面发现了骷髅、陶器和炉器。

洞者。这次探险发现的公开报道引起了轰动。

在 90 年代的大部分时间里,除了专业的考古学家可以来进行测绘和研究外,"石墓洞穴"不对其他任何人开放——但 2000 年后,这里开始向一些受过培训的导游开放,比如我现在的导游丹尼尔,一个土生土长的伯利兹人。

丹尼尔给了我一个建议,他说洞穴的岩壁和地面的岩表太粗糙,脱掉衣服下去游泳太危险了,所以最后我们穿着湿淋淋的衣服和鞋子从水池里走了出来。充满水的通道把我们引向黑暗。走在丹尼尔身后,我试着想象这里对玛雅人来说意味着什么,慢慢走进他们当作精神世界的洞穴,当年他们闪烁的树皮火炬也曾照亮我们的头灯映照出的石钟乳,投射出类似的阴影。

考古学家推测,玛雅人可能对我们经过的地方做过一些地貌改造,以突出某些特征:在入口附近,岩石表面的一些凹陷看起来像是头骨的眼窝;附近的轮廓好似一只蓄势待发的美洲豹。

水流穿过狭窄的水道,力道很强,我们不得不用力与之对抗,有时水流会到我们脖子的位置,同时还要在水下散落的大石块上站稳脚跟。我穿了一双结实的徒步凉鞋,抓地力很好,但是在粗糙的岩石和巨大的水流作用下,鞋子也变得破烂不堪。我们不时会通过攀登到达另一个洞穴系统。有一刻,我们通过了另一个入口,光线从上面照进来,像是一口井,或"天然井"(cenote),然后我们开始上升,进到了一个更宽敞的空间。

在这里,丹尼尔可以用他的手电筒照亮洞穴两侧的壁架,上面放着一些罐子,那是玛雅人供奉的祭品;我们在这里也发现了墨西哥神祇特拉洛克的形象。这些祭品是在该建筑群中心举行的恐怖仪式的预备品。

我们来到主厅，这是一个岩石空间构成的大教堂，里面有钟乳石和圆柱。一部分地面上覆盖着罐子碎片，我们必须蹑手蹑脚地绕过它们；那些献祭罐子的背面整齐地钻了一些小孔，用来释放里面的灵魂，就好像这些罐子是头骨一样。

因为常年被水流冲刷，那些陶器碎片都嵌入了淤积已久的方解石沉积物中，所以几乎没办法提取它们；考古学家们此时展现出了他们最令人钦佩的特点——耐心和"未来适用性"——决定让下一代用更好的工具来解决这个问题。

这让这里成了一个非常特别的地方——在其他任何地方，如果这些罐子没有被移走，至少会用栅栏把它们围起来，再用玻璃罩起来，完全禁止考古人员以外的游客进入。但是在这里，人们眼下（虽然我怀疑这样的日子可能不会长久）仍然可以看到这些洞穴，就像它们当年被玛雅人在公元959 年前后遗弃时一样。

丹尼尔带着我在洞穴里往高处绕去，我们做着复杂的动作，规避着那些陶瓷碎片，就像我们早先在洞穴低处穿过狭窄的水道时那般小心翼翼。至少在每次浸水后，我的轻便旅行裤和轻薄紧身衣很快就干了；在上面的洞穴里也没有我想象的那么冷。但我有强烈的迷失感。大约一个小时后（我们总共在洞里待了四个小时），我完全迷路了；没有丹尼尔的话，我肯定找不到回去的路。当然，无线电和手机都无法在如此深的地下工作；我不禁在想，如果丹尼尔的脑袋撞到了一块石头上，或者只是和我走散了，会发生什么。这些是不可能发生的，但是洞穴的幽暗刺激我产生了一些非理性的念头。

我想到了那些作为祭品被带到这里的人，他们经常被迫饮下灌肠剂或被注射致幻麻醉剂到血液中，对他们来说，我现在所经历的轻微迷失感会被提升到极度恐惧的程度；只有陪同人员的出现才能引导并迫使他们越来越深地进入迷宫，到达他们将要遭遇死亡的地方。

在洞穴中发现了十六名这样的受害者，有幼童，也有成年人。丹尼尔给我看了一些他们的骨骼：头骨从方解石沉积物中露了出来，就像埋在毯子里的脸；一个十几岁的小男孩被压在墙上，双手被缚，死状惨不忍睹；最怵目惊心的是，在高处一个只有沿阶梯才能到达的遥远洞穴里，有一副完整的骨架，那是一个双腿张开的女人。我们无从得知她的腿是不是故意张开，以这样的姿势将自己献给了神，或者尸体是不是偶然被水流从洞穴高处冲下来的。不管怎样，这个形象让我感到十分不安，困扰不已。

盯着那个年轻女子骨架的时刻是一个关键的时间节点。这是我在洞穴系统中能走的最远距离，但也是我能与玛雅人产生共鸣的最近距离。不管人类学家称要如何"欣赏文化差异"，面前的事实仍然是这个年轻女子被残忍地杀害了，可能她是死于被强制灌下致幻剂失去知觉之后。无论他们是何种信仰体系——无论在公元700年至900年，也就是所谓的玛雅古典末期，这种祭祀发生时这个体系承受了多大的压力——对我来说，没有什么能改变这种残忍的本质。

丹尼尔看出了我的失落。"想想你们自己的戴安娜王妃，"他说，"我在探索频道看了一部关于她的纪录片。某种意义上，她也是你们的人类祭品。"

*

对玛雅人来说，人祭似乎只是偶尔为之，不像科尔特斯到达时墨西哥北部的阿兹特克人那样会进行大规模的屠杀。古典时期行将结束时，似乎是人口大爆炸将他们带到了如此极端的境地。伯利兹现在是一个人口相对稀少的国家，人口不到二十五万。在玛雅古典时代，人口大约是这个数字的四倍，超过一百万。

离开洞穴系统后，丹尼尔和我驱车穿过一个空荡荡的山谷，山谷里星星点点地布满了丘坟，那里是早期玛雅人的定居点；考古学家估计，仅在这一个山谷里就住着成千上万的人。今天那里一个居民都没有。

在生态方面，玛雅人是他们自身成功的受害者。从公元250年到公元900年的古典时期里，他们在最恶劣的土地上，在佩滕（Petén）地区的丛林深处，建立了城邦，他们熟练地使用轮作制度来养活不断增长的人口。但即使是他们也无法无限期地维持下去。随着资源越来越少，发掘出的玛雅人骨骼显示他们变得愈发营养不良。

一种理论认为，雨林中所需的谨慎农业平衡开始趋于瓦解。最后几片原始森林开始毁灭，表土被过度耕作破坏。当时可能还爆发了大范围的内乱——当然还有各城邦之间为争夺日益减少的资源而进行的战争。作为统治者安抚神灵和民众的一种方式，此时人祭活动可能有所增加。

我们所知道的是，到公元950年，几乎所有古典时期中部丛林地区的大城市都被遗弃了；相反，玛雅文明的中心转移到了靠近海岸的地方，尤其是尤卡坦半岛，我第一次来此旅行时就在那边看到了一些玛雅人的晚期遗址。

在古典玛雅文明崩溃千年之后，森林才得以恢复原貌；绿色植被覆盖下的玛雅寺庙那浪漫的形象，以及一个与自然和谐共存的文明，不过是谎言，尽管这种说法的确帮助美体小铺（Body Shop）卖了不少沐浴乳。玛雅的城市和洛杉矶大都市圈一样，都是过度营建的产物。

对我而言，被伯利兹的玛雅遗迹所吸引是很自然的——在研究秘鲁的印加人多年以后，我被前哥伦布时代的文明深深吸引住了，但也意识到了人们对这一民族的深刻误解。许多关于玛雅人的误解在最近几年才被学者们消除。

这是我回来的另一个主要原因。我第一次来这边时，对玛雅文明才刚开始有所了解。从那次来访之后，学术界有了一些惊人的成就，比如"石墓洞穴"这种地方的发现，还有玛雅文字的破译等。这些发现以一种不同寻常和意想不到的方式让我们了解了玛雅人的思维方式。

*

我又骑马去了靠近危地马拉边境处的另一个遥远的玛雅遗址，叫作苏南图尼奇（Xunantunich）。在过去的几年里，这里进行了大量的考古工作。这一次我的向导是一个十足的拉斯塔信徒。他叫阿里，年龄和我相仿，之前做过骑师。他剪过两次发辫，但现在仍然拥有一头傲人的浓密长发。我跟在他后面，有足够的时间研究他的头发。天气异常完美，非常适合骑行：阳光明媚，但平原上传来习习微风。作为一个在伯利兹的赛场上赢得过所有骑马赛事的人，阿里偶尔会对慢吞吞的我感到不耐烦，但当我说到自己曾在米恩瓦尔花园观看阿斯瓦德乐队（Aswad）[1] 的现场表演时，他立刻表达了艳羡和赞赏。

在草原上信马由缰时，他告诉了我一些关于他自己的事情。他和我一样，有三个孩子，但两个儿子现在都死了：一个是因为生病，另一个是因为最近的一次骑马事故；他的女儿还活着，和一名警察住在一起。阿里哼了一声，听起来就像他的马："谁能想到一个拉斯塔会有个警察女婿？"

1　阿斯瓦德乐队是一支英国老牌雷鬼乐队，自 1975 年以来活跃至今，其特点是将节奏布鲁斯和灵歌元素加入到雷鬼中。

我们骑着马穿过农场，时值雨季，农场一片郁郁葱葱：热带雪松、棕榈树、木棉树和巨大的瓜纳卡斯特树点缀着草原。阿里感到无聊时，就会强迫我不情愿地跟随他策马疾驰。我们登上山顶时，白色的牛背鹭（cattle egret）在一片葱绿的映衬下格外显眼，白色的孔雀蝶在马的脚下飞舞。刺鬣蜥被我们的突然靠近惊到了，穿过草地奔向附近的河流。地平线上看不到一栋现代化的房子；在一座遥远的小山上，只能看到苏南图尼奇遗迹的主庙。想到还要历尽千辛万苦才能到达那里，脑海中想象到的欣赏它时的快乐顿时消失了。

我们所经过的莫潘（Mopan）谷宁静而美丽，这片区域对玛雅研究产生了重要的影响。第二次世界大战后，一位名叫埃里克·汤普森（Eric Thompson）的年轻英国考古学家来到这里展开研究；他后来成为他那一代玛雅研究者中的领袖人物。

正是汤普森提出了我第一次来到墨西哥时还仍然流行的观点——玛雅文明是希腊式的城邦文明，他们生活在相对和谐的环境中，分享着他们出色的天文学和计时知识：他们是中美洲的观星者。在这些温和而肥沃的草原上的经历可能有助于他形成这种观点。

汤普森对玛雅计时的精确性感到震撼不已，这种精确性远远超过任何当代西方的计时方法。他还受到了这样一个事实的强烈影响，即尽管他们石碑上的日期已经被破译，他们复杂的计时系统（即所谓的长计历）也已获得精确的描述，但石碑上的"叙事符号"还没有破译，而且被认为永远无法破译。

但是我离开后，发生了很多变化。在汤普森之后这些象形文字如何最终被破译的故事是 20 世纪晚期最伟大的智识成就之一；汤普森的先入之见被一个美国和俄罗斯学者组成的出色联盟推翻了，比如隐居在圣彼得堡的尤里·克诺罗索夫[1]，他一生中从未去过任何玛雅遗址，却帮助学术界取得了重大突破。

在玛雅象形文字被破译之前，考古学家面临的处境并不比我三十年前在帕伦克的处境好多少，他们在雨林中四处搜寻，看看地上或地下有什么证据；但是现在他们可以从寺庙的屋顶上俯瞰玛雅历史的全景。

象形文字显示，玛雅诸城邦居民远不是身处中美洲的爱好和平的希腊人——记得当我第一次来参观他们的废墟时，就得知从和平的知识"仓库"中可以发现其他更好战的文化，玛雅城邦一直在相互交战。

每个遗址上竖立的石碑讲述了蒂卡尔（Tikal）是如何与另一个城邦卡鲁克马尔（Calukmal）陷入长达数个世纪的激烈战斗的，蒂卡尔是所有遗址中最具浪漫色彩的一个，直到19世纪才重现于危地马拉的丛林中；遭到一次重击后，蒂卡尔几乎一度消沉了一个世纪，位于现在的伯利兹的卡拉科尔（Caracol）取而代之，得以崛起。我曾在帕伦克参观过帕卡尔的坟墓，他的石棺位于神庙底部。他是位身材高大的王，其坟墓之所以如此豪华，是因为他在帕伦克被邻邦摧毁后领导人民实现了城邦复兴。

纵观整个古典玛雅世界，从伯利兹到危地马拉再到洪都拉斯，那些"叙事符号"揭示了一个故事，在这个故事中，纪念性建筑的建造混合了诡计、谋杀和残暴。玛雅统治者习惯于进行阴茎放血、人祭等活动——经

1　尤里·克诺罗索夫（Yuri Knorosov, 1922—1999），俄罗斯语言学家、碑铭学家、人种志研究者，因协助破译前哥伦布时代流行于中美洲地区的玛雅文字而闻名。"二战"中曾是苏联红军的一名炮兵观测员，柏林战役中随部队攻入柏林，其间获得一本书，引发了他对玛雅文字的兴趣。他在1990年终于获得机会去危地马拉和墨西哥考察了玛雅遗址，并获得墨西哥政府颁授的阿兹特克雄鹰勋章。

常将受害者扔进深井，即那些在石灰岩广布的尤卡坦半岛上形成的"天然井"[1]——以及将敌对城邦的国王斩首，所有这些都是他们的墨西哥兄弟特奥蒂瓦坎人和后来的阿兹特克人的习惯。

事实上，玛雅人比人们最初想象的更像阿兹特克人，他们都热衷于无休止的战争，会通过祭祀来安抚神灵。这些象形文字甚至揭示了两种文明之间的直接联系：来自现在墨西哥城附近的特奥蒂瓦坎文明的人曾到访帕伦克和蒂卡尔。在我和丹尼尔一起探索过的"石墓洞穴"中发现了一块石板，上面有特拉洛克的形象。我对他很熟悉，这是墨西哥中部地区信奉的神祇，凸眼龅牙。

在洞穴里还有一块刻有虹鱼的石板，这是玛雅人的标志，因为他们在放血仪式上会用到它的倒钩：女人会拿它刺穿自己的舌头，而男人会拿它刺穿他们的生殖器——尽管我觉得考古学家过于彬彬有礼了，不会去细想小小阴茎里能放出多少血。

阿里和我来到了莫潘河的一个渡口，一艘手摇式渡船把我们和马匹带到了对岸。这些马已经习惯了河水在脚下咆哮。接下来是一段大约 1.6 公里的短途旅程，才能到达位于山顶上的苏南图尼奇，从那里可以俯瞰整个乡村。

像许多其他玛雅遗址一样，苏南图尼奇仍在被清理和复原；直到 1993 年，主城堡的西侧才发现了一个宏伟的中楣，这提醒人们，在它的全盛时期，这个地方的装饰更加富丽堂皇。在中央广场、主寺庙和已经清理干净的球场[2]周

1　一种天然形成的深坑或水池，因石灰石基岩崩塌，暴露于地下水下形成。在墨西哥的尤卡坦半岛尤为常见，古代玛雅人有时会将其作为祭祀的场所。

2　这种球场（ball court）又被称为人祭球场，比赛落败者的心脏会成为祭品（但有学者指出，奇琴伊察地区相关记载中有胜者光荣担当牺牲者的记录）。

围，有许多仍未完全复现的建筑一直延伸到森林中。

城堡顶部的景色异常卓绝：卡约地区那起伏的绿色山丘如波浪般伸展开来，很奇怪，这些山丘让我想起了萨里郡猪背山（Hog's Back）的景色，它们是如此柔和，显得很英国，尽管山上有一些棕榈树和热带雪松。

埃里克·汤普森在这种环境里做研究，然后将玛雅人表述为生活在森林中的睿智老者，这有什么奇怪的吗？在欧洲经历了一段时间的战争之后，书写一个前哥伦布时代的和平社会，这种理念应该非常吸引人吧？

如果像19世纪的先驱探险家史蒂芬斯和凯瑟伍德一样，汤普森的发现是在佩滕某个蚊子滋生的角落，或者在内陆的丛林深处恰帕斯，而不是在这片绿色宜人的土地上，他还会秉持这种温和且有影响力的看法吗？

我有时喜欢去想象，如果我们自己的文明走到尽头，五百年后，时代广场被后人发现，广告牌已褪至灰色，中央公园的树木已侵占柏油路，将路面切断，霓虹灯的颜色也已变得惨白，他们会怎么看：未来的考古学家会觉得它是多么和平和浪漫，将其看作自己动荡时代的一个喘息。

当我看到风景如画的帕伦克废墟和尤卡坦半岛上的其他遗迹时，我还记得自己的第一印象，以及我是如何被凯瑟伍德的浪漫绘画所吸引，并将它们视为过去荒野生活的象征的——而事实上，它们是人口过剩、生产过剩以及一个完全无法维持自己环境的社会的象征，就像我们自己的社会一样。

*

"这么说，你是一个去过许多遥远国度的作家和探险家了？"在伯利兹，人们对我所做之事的反应一般都是不理解，更普遍的是说："你怎么能拥有如此美差，同时还能拿到报酬呢？"

威廉是一个白手起家的商人，他开着一辆装有空调的大型 SUV 载着我，他聊得更深："休，要想成为一名作家，你必须让人们相信你写的每一个字。"他每说完一句话就敲一下方向盘，好像给它做心肺复苏。我们只是从我住的酒店沿着下山的路往镇上开，但这让我很紧张。

"你必须要做的就是让他们为你写的每一个字付钱。"威廉激动地说道，这时他眼睛直盯着我，没有去看马路。

他现在开始兜售自己了："我就是这么干的。我建立了一个向酒店出售电话信用卡机的企业。你从酒店打过电话吗？你用的就是我的电话卡系统。因为人们总会想打电话。困在酒店房间里，无聊又孤独。休，你感到过无聊和孤独吗？"

我一直很讨厌刚认识的人就直呼我的名字。"没有。"我尖刻地回应道。我说了谎。

"很多人都会。我在贝尔莫潘（Belmopan）还有一家汽车零件公司。你知道为什么我会成功吗？"

我不知道，但估计他会马上告诉我。

"因为人们想要我的产品［敲了几下方向盘］，所以他们会付钱给我。"

威廉似乎已经筋疲力尽了，因为他费了很大力气才把这一点说清楚。他打开车内音响，开始播放 70 年代的公路音乐（MOR）精选集，就是上次来时听的迪斯科原声带：汽车乐队（The Cars）、巴里·马尼洛（Barry Manilow）和皇后乐队。

听《波西米亚狂想曲》似乎让威廉平静了下来。他把汗淋淋的黝黑面庞转向我，他的眼睛捕捉到了城镇灯光的反射，我们要进城了。

现在他的声音变柔和了："你看，你可以用你的写作把人们带入第六维度。你知道前两个维度是什么，对吧？"

他看着我，想确认一下，尽管我明显缺乏商业头脑，但还不是一个十足的白痴。"第三维是时间，第四维是记忆，第五维是音乐。第六维呢？如果需要由我来告诉你什么是第六维，那你永远不会知道了。"

他停下车。我们已经到了台球厅，我要在那里见阿里。虽然车程很短，但感觉这一趟旅程很长。

*

"你是来见阿里的吗？"我询问后，酒保如此回应。"你一定会玩得非常开心！"

我很享受之前和阿里的骑行，我们约定后面再一起去看看圣伊格纳西奥的夜生活。圣伊格纳西奥是当地的一个小镇，是去附近各个玛雅遗迹的出发点。阿里过的是拉斯塔时间，到点了还没出现。但作为一名退休的冠军骑师，他可算声名显赫：他在镇上的酒吧里很出名，部分原因是，他非常勇于表现自己，这一点我将很快见识到。

阿里称伯利兹女孩"很古板——她们游泳时会把 T 恤套在比基尼外面，诸如此类"，欧洲女孩更加随便。他对来这边旅行的英国女孩很感兴趣，不仅仅是因为她们是优秀的骑手，这一点我自愧不如。但他的搭讪技巧实在差劲：五分钟内，他不管国籍，频频搭讪，但都没有成功。一些外国游客不断穿过酒吧，阿里看到女性就会要求她们加入台球游戏；她们拒绝后，他又去邀请酒吧的女服务员。

凭借他那种"粗鲁男孩"式的气质和骑师那种矮壮的体格，阿里确实具有某种吸引力。我们最后和两个当地的年轻小伙子打了场台球，他们对他拉斯塔风格的击球有些敬畏：动作快速而放松，身体随着极其响亮的摇滚节奏舞动，同时嘴里还叼着一支香烟。

我们击败了那俩年轻人，并且一局赢得了一瓶贝利金（Belikin）啤酒，因此我们为晚上的下一阶段娱乐做好了充分的准备：圣伊格纳西奥郊区的一个舞厅，阿里告诉我那里"严格仅限当地人"。

那个地方有谷仓那么大，以震天响的音量放着雷鬼音乐。门上贴着一张告示，上面写着："禁止帮派活动。禁止态度。禁止武器。"虽然快到午夜了，但对伯利兹的夜生活来说还是太早了，俱乐部里几乎空无一人。一个屏幕正在播放近乎色情的雷鬼乐 MV，一群拿着手提包的女孩在一起看着视频跳舞。

这一次，阿里变得害羞起来，轮到我去邀请别人跳舞了。我的舞伴比大多数当地人都要黑，长得很漂亮，穿着一件白色的短连衣裙，在灯光中时而显现出来；她也是个出色的舞者，熟练掌握了雷鬼舞的臀部动作。放低身体时，她会扭动臀部，动作非常性感。

舞池内噪声太大，我努力地大声告诉她，她是一个好舞者——现在不是驰骋色心的时候——她说她已经有五个孩子了。我说母亲是最好的舞者，她闻言笑了起来。眼下的状况不适合进行一些更活跃或更长时间的谈话，比如问她的名字；这就像试图在暴风眼中聊天。俱乐部的当地主持人说着一些乏味的祝酒词，很没有创意，主要靠观众们的捧场，但是我们在努力尝试伴着音乐跳舞；要回到那帮女性朋友身边时，至少她很善良地说稍后会再和我跳一支舞。

但当"稍后"到来时，我意识到自己做错了什么。我看到她和一个当地人在跳舞，更夸张地弓起了身子，性意味颇为浓厚。这次她还同时抚摸着自己的胯部。我的天，不，不可能，但事实就是如此：她的男伴做了完全相同的事情，当他向地板弯下腰去的时候，抚摸着自己的胯部。

即使是最自由化的英国人也有他们的局限性；是时候退出竞争了，倒不是说我没有市场。

阿里因为烟瘾犯了，早早退出了。我喝了几杯贝利金啤酒，漫步在星空下的道路上，向西走去。一些出租车司机向我招手，我没理他们，他们好像担心如果我不上他们的车，就会被抢劫，然后被扔在路边等死。雷鬼乐的声音在我身后回荡，好像一只野兽试图冲出大楼。当我漫步走过卡海佩（Cahel Pech）玛雅遗迹时，星星都已经消失了。

和我去过的加勒比地区其他地方——如牙买加——一样，伯利兹文化的核心之处有一个同样的矛盾：一方面，民众喜欢去教堂，重视教育，拥有社区精神；另一方面，毒品和枪支激发了一种高度色情化的舞厅文化。

这两者很难融合，但他们做到了。那些穿着主日学校服装去参加教堂晨间礼拜的女孩，和那些在舞厅里扭动腰肢的女孩是一样的。伯利兹有时似乎是一个自我矛盾的社会，这也许并不奇怪。

*

动力船绕着河流蜿蜒行进，就像在游乐场里一样。我抓着侧栏，与其说是因为船速太快，倒不如说是为了应付那些突然减速造成的颠簸，这种情况一般是因为舵手发现浅滩上出现了什么东西：一些优雅的北方水雉，这种胸部红色的小涉禽在水葫芦丛中觅食——伯利兹人称它们为"耶稣鸟"，因为它们似乎能在水上行走——或者在我们靠近时悄悄潜入水中的一只鳄鱼。

我们正前往拉马奈（Lamanai），这是一个神奇而美丽的玛雅遗址，长期以来一直吸引着我，它位于奥伦治沃克（Orange Walk）小镇的上游；船在镇上宾馆正下方的码头接到了我们的小团队。到目前为止，走这条河是到达拉马奈的最佳途径，也是游览乡村的一种方式。在我们走到河流源头前，早已飘来阵阵糖蜜的香甜，味道来自最后幸存的甘蔗工厂之一。附近，一只优雅的蓝色苍鹭在河岸上昂首阔步，还有一只瘦骨嶙峋的鸬鹚，它的轮廓像一棵树的树枝一样伸展开来，只是这根"树枝"的叶子仿佛已经被洪水带走了。

过了几个弯，前面突然出现一幅门诺派社区的景象，那里有风力驱动的水泵，河边有马在吃草。门诺派类似于美国的阿米什人，是讲德语的再浸礼派，他们保持着古老的高地德意志乡村生活方式，没有时间来学习电力或者 20 世纪的发明。一个强硬的老者正朝那些马走去；他假装没注意到我们的动力船，好像我们是幽灵，如同从他身边滑过的一艘玛雅长艇。

玛雅人大量使用这条水道。由于没有可利用的负重动物，穿过当今伯利兹、危地马拉和墨西哥丛林的河流网络是这些贸易爱好者唯一快捷的出行方式。当我们进入拉马奈所在的宽阔潟湖时，瞬间就明白了这个城市因何繁荣：它实际上是一个内陆港口。

一群食螺鸢盘旋在拉马奈一些最好的建筑周围，也就是那些潟湖岸边的寺庙。那里除了我们小队外没有别人，在一个空荡荡的城市里游逛，那种感觉很奇怪。那里估计残存九百四十座石头建筑（可能有更多的简易建筑没有幸存下来），只有七座被清理并做了部分修复——考古学家称之为"中央核心区"——因此城市的大部仍隐藏在茂密的丛林植被下。

我首先进入的是美洲豹面具神庙；然后是高庙，那里可以俯瞰潟湖和周围的丛林；最让人惊叹的是面具神庙，它的底部有一个巨大的雕像，看起来非常不可思议，简直就像一个电子游戏设计师的狂热想象下的产物：

一张比成年男子还高的脸，嘴巴大张，眼睛紧闭。

另有四座纪念性建筑已经被发现，但仍有一大片卫城地区有待清理，更不用说延伸到附近村庄的许多金字塔形建筑了，现在它们的形状仍然只能透过林木隐约可见。这是一个巨大的遗址，因为拉马奈经历了不同寻常的长期扩张：第一批居民早在公元前1500年就来到了这里，这座城市在公元250—900年的古典玛雅时期达到了鼎盛，当时大约四万人生活在这里。

让拉马奈几乎居于独一无二地位的是，在伯利兹的大型玛雅城市中，它从公元900—950年左右的古典玛雅大灭绝时期幸存了下来。这就是我想来这里的原因。附近的其他城市早已被遗弃，为什么拉马奈能一直保持繁荣，延续到16世纪西班牙人到来？甚至在大征服之后，由于它离西班牙殖民统治的中心如此之远，以至于玛雅人一直生活在这里，直到公元1700年左右，大约三千年间一直有人居住。除了埃及和美索不达米亚地区之外，世界上没有几个地方的城市能与之相提并论，当然，在玛雅世界内部也没有。

也许它的长期有人居住是因为，尽管身处内陆约八十公里处，但它是一个港口；我们知道，即使在玛雅人的古典时期的城市几乎完全崩溃之后，他们仍然继续在尤卡坦半岛沿岸进行贸易。就此而言，古典时期"崩溃"的程度可能被过分夸大了。一些学者认为，玛雅人的社会结构这时开始发生转变，即从原先由等级森严的诸王统治的城邦国家转变为一个更加重商的社会，不再过于关心留下纪念性的宗教建筑，转而关注贸易，而不是农业——就像欧洲在中世纪末期发生的那种转变。他们可能已经遗弃了丛林中的大城市，转而去其他地方继续生活了。

在19世纪晚期，英国人为了甘蔗而进入这个地区，并开始在拉马奈地区的一些玛雅遗址中生活；我无法想象一个维多利亚时代的英国家庭会如何看待这样的异教建筑——更不用说那些吼猴了——尽管他们会认同玛雅人对贸易的热情。

长期以来，这座城市一直是考古学家的梦想，并且得到了他们的善加利用。1980年，就在我离开伯利兹城之后，一个加拿大小组发现了该遗址的"中央核心区"，并在一块石灰岩石板下发现了一个盛有液态水银的供品。连同在面具神庙发现的一些香炉，这表明拉马奈是一个玛雅世界的朝圣之地。考古学家还挖掘出了一个埋葬点，并惊奇地发现里面的那对夫妇——他们被称为"恩爱夫妇"——来自一千六百公里外的墨西哥西部，这一证据再次证明了拉马奈就像一个中美洲的拜占庭，吸引着域外社会前来朝拜。

我坐在高庙顶部，这样既可以远离蚊子，也可以欣赏风景。我闭上眼睛，开始倾听丛林周围传来的噪音。和我一起工作的录音师喜欢谈论"天际线轨道"，这是一个出众的立体声天际线轨道系统，还有一个重低音扬声器。附近的树上，咬鹃和鹦鹉叽叽喳喳叫个不停，远处的吼猴发出狂野而邪恶的低吼，就像一头鲸鱼在丛林底下游动，偶尔浮出水面。

我突然想到，为什么我不断被这些前哥伦布时代的文明所吸引，为什么自从第一次待在车内在废墟旁边睡了几个晚上后，我一次又一次地回到了秘鲁的印加遗迹——现在我又回到了玛雅遗迹。

在一个被互联网和信息爆炸过度商品化、过度开发和泛滥的世界里，有些东西仍然鲜为人知。我们可能已经开始破译玛雅象形文字了（尽管我们甚至还没有开始破译萨波特克语或印加的奇普文字），但我们仍然只是用他们截然不同的世界观来触及这些异质文明的表面。的确是字面意义上的"触及表面"，因为只有那些考古学家才能得到真正的结果。不知道是出于何种职业原因，善意或私心，他们像服了安眠酮的蜗牛一样踱步，我们可能还需要一个世纪才能真正开始找到玛雅社会崩溃的答案——以及他们的文明的发展动力是什么，还有他们的灵魂世界。

也许有一天，我的孩子们会回到这里欣赏拉马奈、蒂卡尔、卡鲁克马尔或中美洲雨林中其他沉睡巨鲸的全貌。与此同时，我们对玛雅人的看法仍然可能是错误的，就像备受嘲笑的埃里克·汤普森这位前代之人一样，当时他把玛雅人描述为森林中的和平居民——只是我们的错误可能体现在其他方面。

我睁开了眼睛。远处，树梢之上，一场暴风雨即将来临。

回程是我经历过的最潮湿的旅程。首先下起雨来，我们被淋了个透。当我们颠簸前行时，河中洪流进一步冲击着动力船。我们的舵手不顾一切地想回家，摆脱风暴，他打破了所有安全守则，船绕过弯道时依然运桨，船舷都沉入了水浪之下。

关于拉马奈，我想到了它另一个能引发情感的方面。只有这一次，我们知道了玛雅居民如何称呼自己的城市，而不像其他遗迹，都是强加其上的稀奇古怪的名字（卡拉科尔的意思是"蜗牛"，因为那里找到了蜗牛壳；埃尔米拉多，因为它确实是一个很好的"瞭望台"）。拉马奈（Lamanai）是Lama'an/ayin的西班牙语变体，西班牙人刚来的时候这个真名还在使用，它的意思是"水下的鳄鱼"。就像鳄鱼这种来自恐龙时代的古代生物一样，这座城市也在历史长河中经历了几次划时代的变化。

*

到目前为止，我一直抗拒这样一种心理：把过去牢牢地记在心理。我试图让自己远离所有故地。只有在伯利兹城，这是不可避免的。拉马奈离科罗萨尔实在是很近，在流亡的几个星期后，我终于在那里卖掉了车子，我忍不住想回去看看能找到什么。

清晨开往科罗萨尔的是一趟快速公交，所以我可以舒适地靠在空调车厢里，汽车在北方高速公路上疾驰而行。我记得当年这条路走得很慢，坑坑洼洼，但现在已经认不出来了，它变成了一条平坦的快速路。当年的那个夜晚，我就是在这里不断变换着方向，试图碾轧或避开那群陆栖蟹，具体怎么操作取决于我的心情，或者绝望的程度。

前排座位上一位头发斑白的美国和平队（Peace Corps）的老先生解释说："这条公路是新修的。之前的路太糟糕了，当局不得不彻底放弃它，重新修建。有些坑就像是炮弹炸出来的——里面简直住得下一家人。但是，在一个如此破败、连条铁路都没有的国家，你还能指望什么呢？"

我们经过一个面临开发商威胁的小棚屋。上面贴满了标语，写着："请勿靠近！这是约翰的地盘！"远端是停车场和汽车弃置场，停车场上有一排排二手车。我怀着一丝犹豫，幻想当年我那部奥兹莫比尔也在其中慢慢锈蚀，幻想底盘在热带潮湿的天气下变成了一个锈色的绿宝石池。我还想象着自己如何到达科罗萨尔，然后发现它以一个保存完美的状态出现在拐角处。

但这不是小说。我没打算去找玛丽亚·朱丽亚，或者克鲁伊维特先生，或者那个拉斯塔信徒鲍勃，或者那部奥兹莫比尔的残骸。我没打算去寻找任何东西。

但现实还是没能让我如意。无论我期望什么，实际情况都要糟糕得多。我在附近小镇奥兰治沃克的女房东告诉我："科罗萨尔——我们一直叫它为鬼城。"我能明白个中原因。

184

恶劣的天气正在逼近海湾地区，我想起了一些记忆中有些模糊的事情——上次我在这里的时候，也是飓风季节，就像现在一样，我的情绪随着气压的不断变化而波动。也许这就是为何这里的街道都被遗弃了。也许这就是为何我对回到这里突然感到沮丧。仅有的营业商家只有两个：工资贷（Payday Advance）和轻松贷（Eazy Loans），"那里每天都是发薪日"。

据我在主广场唯一找得到的出租车司机说，早先那家米拉马尔酒店已经不在了，是腐烂不堪自己坍塌的。我当年还在那里住过，还跟罗奇交游了一番。罗奇搬到了贝尔莫潘，后来去世了。这里根本没有人记得克鲁伊维特先生。康赛霍（Consejo）那家堂吉诃德酒店现已被一家美国疗养院所取代，当年酒店经理马克斯还曾建议我烧掉车子来跟保险公司索赔。甚至连码头上的渔船也消失了，连同它们一起消失的还有那些美丽的女孩、妓院和台球厅。

整个城镇好像被一块橡皮擦了一遍。我到达时，海湾上空笼罩着乌云，当我绕过主广场与出租车司机交谈时，很明显，上次来访时的那些事物没有留下一点痕迹。一会儿便下起了倾盆大雨。

我和出租车司机找了个地方躲雨，他很惊讶竟然有人对科罗萨尔如此好奇。"没人会在这里停留，"他平静地说道，"他们会继续往前走。"他做了那个熟悉的手势，向前摊开一张地毯。听了南边的英语和克里奥尔语之后，很高兴再次听到西班牙语。但我此时只能和司机坐在一起，看雨。他开车带我去了一个可以吃午餐的地方，一个破旧的酒店，就在镇子的南边，那里有一个破败的码头，但是没有船。

雨停了，空荡荡的海湾，太阳从还在翻腾的海浪中升了上来。望着大海，我想起了我的朋友罗杰·迪肯（Roger Deakin），他曾带着一个不寻常的使命出发：尽一切可能游遍英国——从环绕着他在萨福克郡荒野上的小农场的小河开始，一直游过河流、河口、湖泊和他碰到的任何水域；就在一年前，罗杰突然生病去世了。我知道如果他在这里，会去做什么。

酒店管理人员拒绝借毛巾给我，尽管我答应之后会回来吃午饭。他们也不愿让我存包。太有讽刺意味了：在多年非法使用各家酒店的游泳池并侥幸逃脱后，现在竟然有一家酒店不让我去公海游泳。

我还是脱下衣服，从酒店栈桥的尽头跳了下去，把衣服和背包留在了木板上。酒店会怎么做？——我游到海湾中心时，烧掉我所有的东西？

水不算非常清澈，碎屑在我的腿边打转。然而，当我到达那片广阔海域的中心时，海岸变成了一条模糊的细线，我觉得自己被净化了，变成了更好的自己。我仰面躺着，盯着天空中飘动的云，自己也随浪漂荡。

第八章　岛屿

喝了鱼汤和几杯代基里后，我从酒店餐厅向外望去，看到一艘渡船正准备从科罗萨尔驶往那些岛屿。

那些岛屿。这个想法唤醒了我内心压抑已久的某种东西。我上次来时从未去伯利兹海岸外的珊瑚环礁——带着那部两吨重的铁疙瘩，怎么可能去？然而，它们注定是这个国家最具田园诗风情的地方。

一个朋友建议我这次要去做我十八岁时会做的事情："去吧，追寻自由。"她如此说道。这错误地预先假定了我在十八岁时是心怀自由的。我记得鲍勃·迪伦《昔日的我》（"My Back Pages"）中的歌词："我那时比现在苍老太多，我现在比那时还要年轻。"

这次我已经准备好去游览那些岛屿了。我突然想到了赤脚旅行的景象，光着脚，只带着一个 iPod 和一些防晒霜；豪尔赫·路易斯·博尔赫斯不是写过一首诗，抱怨他在漫长人生旅程尽头唯一的遗憾就是没有轻装上阵吗？

我也很欣赏玛雅人放弃他们的内陆大城市搬到这里的想法——在试图清理雨林用于农耕从而引发环境灾难后，他们选择了"放手"，转而来到这些岛屿上，过起了海上生活。考古学家已经开始发现晚期玛雅人生活于此的大量证据，特别是在安伯格里斯岛（Ambergris Caye）上。

当我们把科罗萨尔抛在后面时，这艘汽艇的船长让我把 iPod 插到船上的音响系统，这样我就可以听文化乐队（Culture）和《两七碰撞》（"Two Sevens Clash"）了，这是我成长年代，也就是 70 年代末期的草根雷鬼音乐。我把头伸进逼仄的船舱口，任凭劲风把我吹得七零八落，两侧的小红树林岛不断往后退却。前方是珊瑚礁中清澈的海水，这是西半球最长的珊瑚礁，也是世界上保存最好的珊瑚礁之一；查尔斯·达尔文将它描述为"西印度群岛最让人惊叹的珊瑚礁"。期待的时刻如此美妙，我几乎都不想真的去到那里了。

库尔克岛（Caye Caulke）没有让人失望：汽艇停靠在一个码头上，这个码头的宽度刚好足够让当地的男孩骑着自行车兜一个弧线；他们可以把一个车胎悬停于水面上一秒钟，然后再拉回来。狭长的城镇沿着海滩延伸开去。仅有的三条街道被称为前街、中街和后街，这种简洁的命名方式让人欣慰。

镇子的北端是游泳的最佳地点，那是在一段叫作斯普利特（Split）的海峡旁，这个海峡将该岛一分为二：那里是孩子们和下班的船夫们玩耍闲逛的地方。附近有家叫作"懒蜥蜴"的海滩酒吧，是一处传奇之所，"一个充满阳光的地方，适合阴郁的人"。

那里有一个老旧的跳台，还挺高的。当你站在上面的时候，会感觉它更高，这一点一向如此；这块木板弹性非常好。我一跃而下，沉入海底时，我让盐度不高的海水侵入了我的眼睛；然后，水流推着我，沿着斯普利特海峡，把我抛向大海，所以当我游到海滩上时，就好像我是从大陆那边过来的一样。

"约翰船长"正在岸边的一棵棕榈树下做烧烤，还卖着虾棒。我知道他叫约翰船长是因为看到了那个插在沙滩上的小标牌。他看上去六十多岁的年纪，脸色白皙，一脸白胡子；要不是那件印有"刮胡子的河狸"字样的涂鸦T恤，他这副海滩老伙计的形象会让人认为他是卖炸鱼条（Fish Fingers）的。他告诉我，他是退休后从佛罗里达过来的，卖虾棒是为了维持生计。

"我离开了佛罗里达，离开了那些说西班牙语的家伙。有一次，我在选举活动中排队等候，坐在我旁边的是个说西班牙语的女人，他们得给她配个翻译来检查她登记的名字。她带了五个身份证。五个！我觉得这就够受的了。我的意思是，如果他们想成为美国人，这是其中的一部分。他们至少可以他妈的去学一下英语。所以我搬到了这里。虾棒味道怎么样？"

伯利兹讲西班牙语的人比例很高[1]，所以我很奇怪他为何选择来这里，他也没有解释。我机智地往前走去，经过那些宾馆的客房，有的房里的吊床都探了出来，有人还在码头上挂起了吊床，大概是为了午休时分可以钓鱼，前面还有出租独木舟和小船的海滩棚屋，以及中国人开的小杂货铺。我似乎是唯一一个走在阳光下而不是躺到树荫里的人。一只小螃蟹小心翼翼、缓慢而目的明确地穿过了沙质街道。

安妮和绰号"巧克力"的莱昂内尔·埃莱迪亚[2]坐在他们家的门廊处。1985年，安妮第一次从纽约来到这些岛屿，是为了进行为期两周的潜水之旅，结果一待就是二十多年；她嫁给了"巧克力"，一个伯利兹人，他现在

---

1 在伯利兹，英语为唯一官方语言，但有相当比例的人会讲西班牙语。

2 莱昂内尔·埃莱迪亚（Lionel Heredia）于2013年去世，他一生致力于环境保护，他的活动对伯利兹的国家发展方向，尤其是旅游业，产生了深远影响。去世前一年还获得了海洋保护组织Oceana颁发的"海洋英雄奖"。

七十多岁了，为了保护生活在珊瑚礁上的海牛一直在不懈努力，并因此而闻名遐迩。

安妮告诉我这些温和的大型生物是如何在浅水区吃海草的，它们像海豚一样聪明，通过转动眼睛相互交流。但是海牛在那些浅水区也很容易被动力船撞到，而它们的内脏里充满了渔民们使用的尼龙线。由于这些原因，伯利兹的海牛数量已经减少到了不足一千只。

从坐在门廊处的椅子上跟我打招呼还不到一分钟，她就把这一切都告诉了我，说话时语速很快，有时会停顿。一个人在投入某项事业时，通常会这样。安妮留着一头短发，目光坚定。我喜欢她，不仅仅是因为她给我提供了一个比他们住的地方还大的房间，同时"巧克力"也给我留下了深刻的印象，他拖着沙滩独木舟到处走，一脸风霜，与他的年纪很相称。

"巧克力"和安妮一起在伯利兹城附近的一个名叫燕子礁的小岛上建立了一个海牛保护区。他们没有拔除所有的海草——商业运营者经常在海滩和珊瑚礁附近的海底拔草，因为海草太多不利于游泳——而是努力促进海草生长。他们还阻止了带螺旋桨叶片的射镖捕鱼船在此水域内运作，那种叶片很容易将海牛的皮肉撕开。

但是现在他们的保护区受到了威胁，因为有人计划在邻近的岛屿上建造公寓和码头，在它们和大陆之间架设桥梁，这会破坏脆弱的保护区环境；主要是一些游轮公司在推动这些计划。

自从来到伯利兹，一直听人们说起游轮公司。这个问题最近几年才开始出现，因为廉价游轮已经开始从佛罗里达和得克萨斯出发，在墨西哥湾进行漂游式度假。他们会把垃圾扔进公海，白天让乘客上岸游玩。

这些商业活动的巨大规模是让人担忧的主要原因。在过去的一年里，超过八十万游轮游客造访了这个只有二十五万居民的国家。难怪伯利兹人感到要被淹没了。那些"小游轮游客"来玩时也没有花多少钱——平均每人消费四十五美元，作为一名游客，这实在不值一提，所以对当地经济没有什么帮助。此外，那些游客在伯利兹以吝啬和粗鲁愚蠢、麻木不仁而闻名，他们白天玩跳伞，购买T恤，然后用几个小时的时间匆匆进行一场"玛雅遗址之旅"，最后返回游轮。

看到这份由嘉年华公司策划的伯利兹城一日游方案，我感到十分有趣。嘉年华是伯利兹乃至全世界最大的游轮运营商：

> 这次旅行是感受伯利兹城之神奇的最佳方式之一。
>
> 在这次旅行中，您将：
>
> > 穿梭于伯利兹城狭窄的街道，欣赏古老的木质殖民时期风格住宅和现代水泥建筑；
> >
> > 参观一些地标，比如具有两百年历史的大教堂和著名的灯塔；
> >
> > 在伯利兹城购物。
>
> 提示：文化之家里有洗手间。

我在安妮反对他们的请愿书上签了名。和许多热带天堂一样，我开始意识到并非一切都是完美的——库尔克岛上的居民很少是本岛出生的：许多是移居到那里的迁徙者，包括一些伯利兹人，他们发现大陆上过于拥挤。

但是很少有人会像乌白杜尔（Obaidul）和穆罕默德这样如此远行，他们是孟加拉人，很安静，一直经营着一家印度穆斯林餐厅和酒吧。我立刻注意到了它的罕见性。这是我在伯利兹城见过的唯一一家印度餐馆——或者说整个拉丁美洲唯一一家。也许正因如此，生意不怎么好。餐馆里空无一人，作为唯一的顾客，我问乌白杜尔和穆罕默德这两个孟加拉人怎么会跑到世界另一端的伯利兹城。

下午下起了雨，这下有时间听他们的故事了。我们一起吃了一些加香料的秋葵和咖喱鸡，饭菜出自较为年长的穆罕默德之手，他在我们聊天时顺手做的。他们先是去了德国，然后去了墨西哥，但不喜欢那里，于是开始了穿越中美洲的冒险旅程。他们不会说西班牙语，试图在这些从未听说过咖喱的国家开一家印度餐馆的想法也越来越绝望。他们在古巴和洪都拉斯尝试了一段时间，发现不可能学会西班牙语后，才来到伯利兹城定居，这里至少有个好处，就是可以说英语——后来发现那里太暴力了，所以他们搬到了岛上。乌白杜尔望着被水淹没的街道，用几乎被敲在屋顶上的雨声淹没的轻柔嗓音说道："我们喜欢这里。在这儿我们能弄到香料，还能种秋葵。"

好像现在问他们餐馆生意好不好不太合适——因为飓风的原因，现在是淡季，或许今年晚些时候会有一堆暂时放下龙虾和豆子来吃椰汁咖喱鸡的伯利兹人。

*

黄昏时分，雨停了，我又走在了街上，可以闻到海边简易棚屋里用辣椒和孜然做的烤鱼和龙虾的味道。热闹的酒吧和餐馆里传出阵阵雷鬼乐。几个背包客在码头附近镇上最便宜的宾馆那儿的树上荡来荡去，在那里你连房间都不用订，睡在吊床上就行。

我很自然地被吸引到了雷鬼乐最热闹的地方，城镇的南边，也是镇上大多数本地人居住的地方。音乐来自似乎是岛上最高建筑之一的那栋，一共三层。这家俱乐部叫作"我和我"（I and I），沿着店主房间旁边的楼梯可以走到入口。我上去之后，高度大约与树平齐，进入了我见过的最狂野的酒吧之一。那环境就像吸了高纯度大麻的《海角乐园》（*Swiss Family Robinson*）[1]一家人，一系列角度奇怪的树屋，深夜玩家们可以随心所欲地摇摆着，从昏暗的室内荡到树梢，然后再荡回来。

音响里播放的是《巴比伦咏唱》（*Chant Down Babylon*），这是鲍勃·马利的一张混搭专辑，有说唱、贝斯和鼓乐等，他的甜美嗓音与刺耳的说唱相融合，就像他们在这里吃的木瓜配辣椒酱。

现在还"为时尚早"，俱乐部里似乎就我一个人；我手里拿着一杯冰凉的贝利金啤酒，从一个黑暗的房间走到另一个黑暗的房间，然后走进树屋。音乐太吵了，我紧握冰冷的瓶子寻求安慰。但就在最顶层，可以看到夜晚城镇的全景，以一只苍鹭的视角可以看到下面水手酒吧的人正在打台球，我意识到有人把吊床挂在橡架上摇晃：一个当地的大块头，梳着拉斯塔发辫，T恤难以掩饰他肥大的啤酒肚。他正在吸一支好像"潘兴"导弹似的大麻卷。

"来点儿吗？"他问道。他的声音很低，有点烟嗓，他在吊床上摇摆着，我不得不向他走去。

"你来做什么，伙计？"他低语道。

我怯怯地低声用英语说自己也不太确定。

"没关系，伙计。慢慢来。我们都在寻找失落的地方，伙计。失落的

1　1960 年的美国电影，讲述一个瑞士家庭在移民海外时，乘的那艘船不幸遭遇海难，一家人都流落到了一个热带荒岛之上。他们逐渐克服了生活上的困难，以乐观的生活态度将这个荒岛变成了人间天堂。

地方。"

*

第二天早上，黎明时分，我从自己的阳台往外看去。在码头的尽头，一艘亮黄色的帆船正在装载物资。我立刻注意到了这一点，因为该岛上的船主要是雅马哈双引擎动力船，用于让潜水者去九十六公里外的灯塔礁大蓝洞。一艘帆船的出现仿佛是时代错置，但对我来说是一个颇有吸引力的错置。

自孩提时代起，我就喜欢航行，先是在萨福克郡的河口，如德本（Deben）河，后来在曼迪普斯（Mendips）附近的丘谷湖（Chew Valley Lake），那里强劲的西南风掠过群山，鸟儿聚集在丹尼岛（Denny Island）的背风处躲避。望着大海，我能感觉到微风拂过我的面庞。

那艘黄色的船叫作"雷鬼小子"号，尺寸很小，吃水也很浅，船身长度不超过九米。

"我们今天晚些时候起航，大约十点钟。船上还有一个铺位。我们向南航行三天后到达普拉森西亚（Placencia）。"

我沿着码头闲逛，想靠近看看，被阿米莉亚拦了下来，她是小木屋里的年轻女孩，这个小屋被那些自封的"雷鬼爱好者"用作了办公室。作为最后一个加入者，我成了第七名乘客，唯一的单身者，和我一起的是三对情侣。但更令人不快的是空间。一艘九米的船怎么也睡不下我们七个人，再加上船长和他的大副。

"我们会在岛上下榻——英国岛，集合点岛，或烟草岛。这取决于风势。船长说有北风。"

我转过身去，感受码头上的风。最轻的水花从浪尖飞溅到我的脸上。阿米莉亚把我叫了回去。那些珊瑚礁的名字是早期英国私掠者和海盗（两者好像没什么区别）给它们起的。他们把这片海岸变成了自己的地盘，那里有险峻的礁石和小岛，在那里可以躲避西班牙和英国当局。

我甚至不知道普拉森西亚在哪里。但这听起来是个航行的良好目的地。

船长是一个高大的尼加拉瓜人，皮肤比许多伯利兹人都黑，体态威严。他做的第一件事是要求每个人把鞋子放在一个袋子里，这个袋子在航行期间被收藏起来。"这艘船上必须打赤脚。这是第一条规则。这次航行中，我决定自称米格尔。这不是我的真名，但我一直想叫这个名字。"

我见过的小船船长都是有脾气的主儿。而米格尔——那实际上就是他的真名——的脾气可真不少。

他的大副戴斯（Dice）是本地人，比他年轻，块头比他小，也比他安静，但跟他一样英武。在接下来的几天里，我发现他是一个浪漫主义者，他称自己在穿越珊瑚礁的旅程中遭遇了一些美丽又无情的女孩，他正试图从那些感情中恢复过来。

当我们向南航行时，一段神奇的时光就这样开始了。正如米格尔告诉我们的那样，他是一名优秀的自由潜水者，而且从不羞于展示自己的能力。他带我们在梦幻的珊瑚礁中浮潜，这些珊瑚礁离库尔克岛太远了，一日游的游客都无法到达，更不用说游轮了，它们只能通过去往伯利兹城的几条深水航道穿过珊瑚礁。

他装好矛枪——主要是为了炫耀——沉到珊瑚墙下面很深的地方，然后，就在我们认为他似乎肯定要上来透透气的时候，他会继续往下走一点，搅出一些东西。有几次，他惊扰了躲在隐蔽处休息的海鳗；其中一条转过身，用蛇头一般的凶恶脑袋直直地盯着我。

我以前在荷属安的列斯群岛的博奈尔岛浮潜过，那里有一些世界上最好的自主步入式浮潜（walk-in snorkeling）区域。但总的来说，这里更加令人满意，从一艘帆船的侧面滑入岛礁的某个无名区域，看到自己的同伴变成了失重漂浮的人鱼，和那些鱼一起游泳。

这里有各种各样的鱼：漂浮在麋角珊瑚周围的一大群蓝刺尾鱼；黄色的啮鱼和布满条纹的八带笛鲷；拿骚石斑鱼和奇怪的猪肉鱼是群体中的孤独者；一只孔雀鱼在水底挣扎。然后是黄貂鱼，庄严而悠闲地游着，或者在泥沙上挖着洞。

有一次，我感觉到有人在我身边游来游去，转过身想去看看是团队中的哪一个，却发现一条斑点鹰魟平静地匀速游动，与我几乎保持着一臂之遥的距离，这是仅次于蝠鲼的最大魟类。

与全球海洋温度上升导致的一些珊瑚退化相比，这里大部分的礁脉仍然比较完好。但仍有一种悲凉之感，感觉如果我十年或者二十年后回来，可能就看不到娇嫩的蓝色豆娘鱼在珊瑚周围啃食，扇状珊瑚随水流摆动，或者脑珊瑚在海底聚集成簇了，更不敢想象三十年之后了。

有一次，我们遇到一只睡在海底的海牛，这种温和的动物大部分时间都在这里睡觉。米格尔在它旁边躺了下来，他没有靠近去触摸——当然我们不应该这么做，但是看到人类和海牛一起躺在海床上，两个生物都面朝下，被上面的海水保护着，给人一种奇怪的感动。海牛庞大的体躯使米格尔相形见绌。

稍后我看到海牛以惊人的速度游过：它们每小时可以游三十二公里；巨大的尾鳍肢在强劲的波浪中上下起伏，然后消失在一片蓝色中，向礁石那边游去。

*

我们从远处看到了英国礁，加勒比海上的一个小点。这是一个卡通风格的小岛，只有几棵棕榈树、一座灯塔和一个码头，周围是珊瑚礁。这里甚至还有一个被遗弃的水手——岛上唯一的居民，我们得知他已经在这里生活了三十年，并在岛上建立过家庭，现在这个家已经散了，同时他还是灯塔的名义守护者。

我做的第一件事就是在岛上游来游去——这可没有看起来那么容易，因为找到一条穿过珊瑚迷宫的路很复杂，而且我要严格恪守米格尔的禁令，不惜一切代价避免触碰珊瑚。成群的小鱼穿游而过，还有大量麋角珊瑚枝。

我们在棕榈树下搭起帐篷，在登岸码头处开锅造饭——米格尔用椰汁做了一条石斑鱼，戴斯用朗姆酒洗了龙虾，然后做成了酸橘汁腌龙虾。我发现在这里喝朗姆酒就像在俄罗斯喝伏特加一样——一口口灌下去，很快你就陷入无意识状态了。在朗姆酒和雷鬼乐的作用下，我们在外面坐到了很晚，等着慢慢清醒过来。

这段时间我进一步了解了那几个同游的伙伴：迈克尔来自加州，是一个身材魁梧的冲浪爱好者，他是消防员，所以可以利用轮班制度来海上休一个长假；他的演员女友安内卡（Anneka）说消防部门是"男孩天堂"，因为所有的消防员都是业余健身狂魔。

布拉姆（Bram）和卡伦（Karen）是一对年轻的比利时夫妇，他们和我遇到的许多其他比利时人一样，喜欢冒险和探索；来自德国的奥利（Ollie）和来自格勒诺布尔[1]的安妮是在之前的一次玻利维亚之旅中相遇的，现在他们一起生活在法国，但两人用西班牙语进行着古怪的交谈，对他们来说，这是最好的通用语了。

这正是我在旅途中喜欢的那种团队，大家都是自己做出的选择，因为

1　法国东南部城市。

只有某一类旅行者才会赤脚去乘坐一艘小船，一路充满冒险和迷人的故事。花了一天时间浮潜，然后在桅杆前喝几杯朗姆潘趣，我会感到非常舒服，甚至感觉能跟萨达姆·侯赛因或阿道夫·艾希曼友好共处。

我们在岛上各自找了个地方，大家都在棕榈树下扎了营。我半夜醒来，走出帐篷去散步，看到灯塔的"大眼睛"在闪烁，看起来像《星际战争》（*The War of the Worlds*）[1]中的火星入侵者。天空中是熟悉的猎户座和双子座，下面是闪烁的天狼星，还有地平线上的启明星。

海上出现了一个奇怪的幻影：一艘游轮在夜间抵达，停泊在通往伯利兹城的深水航道上，应该是带来了参加第二天一日游的乘客。游轮像一个被点亮的烛台，呈现出一种嘉年华（这的确是嘉年华公司的游轮）的荒谬景象，以及过度消费的感觉，就像那些深夜还亮着灯的办公大楼。

我蹲在海边看着它，凉丝丝的微风让蚊子不能近身，突然生出了想抽烟的奇怪冲动。我很久以前就戒烟了，早已不是那个年方十八、一天也离不开万宝路的小伙子了，那段记忆已经非常久远。

在灯塔、星星和闪亮的游轮的照耀下，沙滩如同舞台一样光亮，海面则如观众席一般黑暗。突然觉得现在的我和十八岁的自己非常亲近，这种感觉很奇怪。如果他当初留在伯利兹，像灯塔守卫一样，在这个岛上孤独地度过过去的这三十年，然后看着今天的我来到此地，他会说什么？会对我的大部分头发依然健在感到讶异？我现在的情绪更加稳定，少了些梦想和激情，但可能有了更多的成果。他也许会强烈反对离婚，就像大多数从未经历过离婚的人一样。听到我那些死去的密友的消息，他会很难过。他还会对我现在喜欢尼尔·杨感到震惊。

---

1 英国小说家赫伯特·乔治·威尔斯在 1898 年发表的一部科幻小说。

但他可能会对我仍在努力探索感到惊讶。青少年时期，我们经常假设成年和成熟乃至平和就在前方——经过一段必要的过渡期后，完美的伴侣、工作和生活就会自然到来。但是过渡期可以无限延续，或者再度出现，直到你死去的那一天。继续旅行的冲动，至少对我来说，则是一如既往。

*

就某些方面而言，在这边航行很容易，因为珊瑚礁保护着沿海水域免受海浪的冲击，但从另一些方面来说，也更加困难，因为珊瑚层往往离水面很近，使航行变得复杂，即使是我们这艘吃水很浅的小船也是如此。吃水浅导致"雷鬼小子"号随风漂流；此外，船帆跟帆桁和桅杆都不搭配，因为戴斯告诉我，制帆商送的帆是错误的。但米格尔泰然自若，一边在船后钓鱼，一边用一条腿转动舵柄。我抬头看了一眼，一条巨大的石斑鱼上钩了，越过船后的尾流，飞跃海浪向我们扑来；米格尔用刀在鱼身上划了几个口子，把内脏取了出来，扔到一个桶里，整个过程的同时依然在掌舵。

我现在能明白为什么这整个地区都是海盗的游乐场了：这是一片受庇护的小群岛，其中的岛屿有一系列引发记忆的名字，如布莱克多拉岛（Blackadore Caye）等。摩根、德雷克和霍金斯[1]等私掠者在从南部的洪都拉斯或巴拿马起航到达此地时会处于伏击西班牙运宝船的最佳位置，那些船上载有黄金，这些黄金将使查理五世及其继任者能够在欧洲发动战争——因此英国当局默许了这些"海盗"的行为。

---

1 亨利·摩根爵士（Sir Henry Morgan，1635—1688），17世纪著名海盗、私掠船长，经英国政府罗致为英国驻牙买加的总督，成为以牙买加为基地的海盗。弗朗西斯·德雷克爵士（Sir Francis Drake，1540—1596），英国著名的私掠船长、探险家和航海家，1588年成为海军中将，参与击退西班牙无敌舰队的战斗。约翰·霍金斯爵士（Sir John Hawkins，1532—1595），英国海军司令、海盗、奴隶贩子，被认为是首位以三角贸易赢利的英国商人。

据说"伯利兹"这个名字不是来源于当地，而是来自彼得·"华莱士"（Peter "Wallace"）的西班牙语发音，他是个苏格兰海盗，沃尔特·罗利（Walter Raleigh）爵士的副官。他于1638年在该海岸建立了第一个永久殖民地。尽管哥伦布将控制深水航道的岛屿命名为"卡西纳斯角"（Punta Caxinas），海盗们则将该岛改名为"圣乔治岛"（St George's Caye），考虑到那些海盗与英国国王的矛盾关系，这实在是一种不切实际的爱国主义精神。其他岛屿也获得了一些引人联想的名字：绞刑架岛、中士岛、法国人岛、西班牙瞭望台岛、北溺岛（North Drowed Caye）。还有几个以个别海盗的名字命名的岛屿：拉姆齐岛、格伦内尔岛和西蒙兹岛。

近年来，学者们改变了对这些加勒比海盗的看法。他们不再是神话和电影中自由而迷人的摇滚明星般的人物，而是更多地被视为工人阶级英雄（或者性别和种族英雄，因为一些海盗是女性或黑人），他们逃离了专制社会，提出了自由思想，建立了颇具吸引力的合作社区。

定居在伯利兹大陆上的海盗开始对外出口利润丰厚的原木和红木，这让控制着周边所有领土的西班牙人大为恼火。1629年，西班牙国王菲利普四世建立了一支海岸警卫队，试图打击伯利兹附近的海盗活动，但收效甚微。

圣乔治岛是1798年一场关键战斗的战场，当时一小群英国殖民者和"海湾人"赶走了西班牙舰队，将该地确立为英国殖民地；尽管如此，危地马拉至今仍宣称该地是自己的领土——这就是为什么伯利兹是美洲最后一个获得独立的英国殖民地，也是为什么英国军队仍然驻守该国作为其保护力量。[1]

1　自伯利兹独立后，英军一直应伯利兹政府之邀驻扎该国。1994年，英国成立了"英军驻伯利兹训练和支援单位"（British Army Training and Support Unit Belize），替代之前的"英军驻伯利兹部队"（British Forces Belize）。由于受到危地马拉的威胁，预计伯利兹政府会继续让英军驻扎下去。

这里至今仍然保有一种劫掠式的海盗精神。第二次世界大战期间，库尔克岛的当地渔民盯着加勒比海上被鱼雷击中的船只，收集漂浮在水上的货物，最赚钱的战利品是成包的橡胶。这些岛屿仍然是转移走私货物的好地方，诸如逃避关税或反毒品缉私等。

时间匆匆而过，我躺了下来，看着一只军舰鸟在头顶高高盘旋，宽松的帆布随着风呼呼作响，滑向脚踏式桅杆的顶端。在日晒、雷鬼乐和朗姆酒的作用下，过了一会儿，所有的岛屿感觉看起来都一样了——天知道海盗们是怎么记得他们把宝藏埋在哪里的。

我们到达了海盗使用过的一个岛屿——集合点岛：这是我们登陆过的最小的岛屿，还没一个足球场大，四周都是完美的旋转沙滩。我们登岛后，开始享受在我经历过的最纯净的水域中游泳的乐趣，这时一艘大型游艇来了，船上传出音乐，乘客们在大声喧哗。

不像"雷鬼小子"号由于吃水浅，可以直接滑行到海滩上，那艘游轮必须停泊在近海，我们面对他们，就像当年的土著印第安人看到渡海而来的西班牙人一样。游轮上的乘客望着水面，仿佛在思虑发动一场两栖登陆入侵，穿越将他们与海滩隔开的那一小段距离。但是船长通过天朗（Tannoy）广播系统宣布他们只能在那里停留十分钟，"所以请大家待在船上！"游轮以极快的速度向远处驶去时，引擎的轰鸣声借由水面将音乐的低音放大开来。

当我游进复归平静的水域时，尖嘴鱼开始从波浪中蹿出，从我身边跳过，还有一条桶状的梭子鱼向我迫近，然后钻到沙子滑入大海的地方。

我穿着一件旧的冲浪背心，考虑到我们欧洲的白皮肤要泡在水里的时间，这是很有必要的；我在甲板上晾背心的时候，会经常和戴斯聊天，他喜欢在米格尔掌舵的时候来到桅杆前，主要是为了摆脱船长严厉的命令或者亚哈船长（Captain Ahab）¹式的情绪。

　　戴斯大约二十五岁，在伯利兹城接受工程师培训之前，他和他信奉基督复临派（Adventist）的父母在乡下长大。但就像赫普顿斯乐队（The Heptones）²唱的那样，"乡下男孩／没有人知道你的名字"，戴斯在城里迷失了："我受不了这种烦恼，所以有一天我登上最后一班渡船去了那些岛屿——我知道当我这么做的时候，就再也不会回去了。我的确再也没有回去。"他找到了一份造船的工作，专门为船主要求的更强大的舷外发动机定制肋板。后来，他加入了这个更为轻松的"雷鬼爱好者"世界，在那里沿着岛礁航行，对他来说，这是一份完美的工作——一份我在这个年龄也会爱上的工作，如果我没有在世界各地追逐电影和财富的梦想的话。

　　戴斯说，他现在没有心情应付米格尔的"坏脾气"，因为他前一天晚上没睡好。我问戴斯有没有结婚，他说没有，但他有一个三岁的女儿，和她母亲住在乡下；这位母亲在没有通知他的情况下就决定留下那个孩子，这"把他的心脏击得粉碎"。

　　现在他正考虑加入英国军队，英国军队正在积极招募伯利兹人。我试图劝阻他；戴斯打算去阿富汗打仗的想法很糟糕。他对参军感兴趣的一个原因是过去对驻扎在伯利兹的一名女兵倾心不已。我想起了年轻人的脆弱和偶尔的天真，当然，我自己当年也是如此。

*

　　我很早就在烟草岛上一个美丽的房间里醒来了，那是一个名为"岛之尽

1　19 世纪美国小说家赫尔曼·梅尔维尔所著小说《白鲸》中的人物，他一心想追捕白鲸莫比·迪克，竟至失去理性。

2　1960 年代和 1970 年代初最活跃的牙买加摇滚和雷鬼音乐组合。

头"（Reef End）的旅馆：一个和它的名字一样简单的地方，只有四间挑高的卧室，周围是一个小海湾，"雷鬼小子"号就停泊在那里。一只小黑猫正在抬头看着我。我的房间三面都有窗户，没有窗帘，黎明的阳光透了进来，就像白色涂料一般。阳台上有一张吊床，楼梯上装饰着海螺壳。昨夜的朗姆酒开始起劲了，我有点宿醉的感觉，但对前一天晚上还有清晰的印象。

我和一个年长一些的男人去了岛上的一个小酒吧，他是一个路过的得克萨斯游客。我从未问过他的名字。他有一张饱经风霜的脸，像被折叠过一样，他的那件衬衫看上去就像他刚在水里碾过一个水果。

这时从另一条船上来的两个漂亮女孩走过，这成了他开启话匣子的由头："你不想去掀起那可爱的小裙子吗？"这似乎是一个纯粹的反问，所以我也就没应声。

他头发蓬乱，显得有点狂野，可能是因为盐雾和高速旅行。我们开始谈论他的船，这是我在岛上见过的最强大的船之一，他说服我和他一起喝"绿色条纹"（Green Stripe），这是一种朗姆酒和薄荷以及茴香的混合物，尝起来就像是强效药。

"这是雅马哈 F350 V8 双引擎，每台引擎都是 5.3 升的排量。我自己设计了肋板来搭载它们——它们是市场上最好的四冲程燃油喷射发动机，由电脑控制，具有可变凸轮轴正时、多气门和增压功能。"我根本不懂他在说什么，但即使是我也能看出这是一艘强大的船。

"这是你能拥有的最佳发动机。在这些岛上，你可以藏在任何地方，或者去任何地方。你想把东西运到洪都拉斯或尼加拉瓜，没人会知道。我不是指毒品或类似的东西。这里还有很多其他的可能性，商业可能性。"

他猛地喝了一大口"绿色条纹"。然后不再言语了。

"你应该给自己买一艘船，一艘你可以赖以生活的船。自己做自己的经纪人。然后你可以航行到世界上任何你想去的地方。你知道的。把你想要的东西装到船上，然后去任何你想去的地方。"

　　"如果你愿意，可以买我的。我现在正在找买家呢。"原来他是在推销。

　　他又一次喝了一大口"绿色条纹"，向大海摊开了手，就像摊开一张地毯。我对这个手势当然是非常熟悉了。世界总是充满无限的可能性，即使你没有总是去尝试。

致　谢

　　我要感谢以下人员：吉姆·爱墨斯（Jim Aimers）、安格斯·布罗德纳克斯·贝尔（Angus Brodnax Bell）、菲欧娜·卡德沃拉德（Fiona Cadwallader）、约翰·艾略特（John Elliott）、阿德里亚那·迪亚斯·恩西索（Adriana Diaz Enciso）、艾米·芬格（Amy Finger）、伊丽莎白·格雷厄姆（Elizabeth Graham）、大卫·胡埃尔塔（David Huerta）、巴里·伊萨克森（Barry Isaacson）、尼可拉·基恩（Nicola Keane）、伊莱娜·波斯特洛娃（Irena Postlova）、詹姆斯·珀赛（James Pursey）、简内特·斯科特（Janette Scott）、劳里·格温·夏皮罗（Laurie Gwen Shapiro）、阿列克斯·泰特（Alex Tait）、本尼迪克特·泰勒（Benedict Taylor）和盖瑞·齐格勒（Gary Ziegler）；感谢我的大家庭"过去"和"现在"对我的支持；感谢我的经纪人乔治娜·卡佩尔（Georgina Capel）和 Weidenfeld & Nicolson 出版社编辑团队的弗朗辛·布罗迪（Francine Brody）、毕·海明（Bea Hemming）和阿兰·萨姆森（Alan Samson）；还要感谢每一个请我喝了一杯的墨西哥人。

精选参考书目

约翰·里德的《暴动的墨西哥》一书出版于 1914 年，但是该书未能完全收录他在墨西哥前线为美国媒体如《大都会杂志》和《世界》等写的报道。

关于潘乔·比利亚和墨西哥革命的漫长故事，参见弗兰克·麦克林恩的《比利亚和萨帕塔》(*Villa and Zapata*, 2001)。比利亚的遗孀鲁斯·比利亚 1976 年出版的《近观潘乔·比利亚》很难获取。

对西班牙征服和科尔特斯的描写，他本人的《致查理五世的五封信》(*Five Letters to the Emperor Charles V*) 仍然是最为详细生动的记叙。普雷斯科特 (1843) 和休·托马斯 (1993) 都曾以《墨西哥征服史》为名书写过这段完整的历史。墨西哥历史学家米格尔·莱昂-波尔蒂亚 (Miguel Leon-Portilla) 研究了邪恶角色特拉卡埃莱尔 (Tlacaelel) 和纳瓦特人对侵略者的反应，参见他于 1959 年出版的《战败者见闻录》(*Visión de los Vencidos*)[1]，同时他还有其他一些书探讨了这一主题。

1927 年，D. H. 劳伦斯在他的小说《羽蛇》出版之后又写作了游记《墨西哥的清晨》(*Mornings in Mexico*)。格雷厄姆·格林写作了两本关于墨西

1　中文版由商务印书馆在 2017 年出版。

哥的书,《权力与荣耀》(1940)和《法外之路》(1939);伊夫林·沃在1939年出版了《法律之下的抢劫:墨西哥实物教学》(*Robbery Under Law: The Mexican Object-Lesson*);阿道斯·赫胥黎1934年出版了《超越墨西哥湾》(*Beyond the Mexique Bay*)。赫胥黎之后在写作《加沙的盲人》(*Eyeless in Gaza*, 1936)时,选择将墨西哥作为创作之地。

马尔科姆·劳里的《火山之下》出版于1947年,几乎是在他们的自传式经历发生十年之后。他的前妻简·加布里阿尔根据他们在库埃纳瓦卡的经历写了一本回忆录,恰如其分地取名为《火山之内》(*Inside the Volcano*, 2001)。我之前也错误地认为其他人不会对劳里对高尔夫的热爱感兴趣:请参见华威大学 D. J. 哈德菲尔德(D. J. Hadfield)的博士论文《马尔科姆·劳里〈火山之下〉中真实和想象的高尔夫课程规律系统》(*Real and imaginary golf-course systems of order in Malcolm Lowry's Under the Volcano*, 1982)。

罗伯特·洛威尔关于墨西哥的诗作首次见于1969年出版的《笔记本》(*Notebook*),1973年以《献给莉齐和哈里艾特》(*For Lizzie and Harriet*)为名再版。

迈克尔·寇(Michael Coe)在《破解玛雅密码》(*Breaking the Maya*, 1992年初版,1999年修订版)中讲述了玛雅象形文字最终被翻译的故事。在诸多语言学著作中,这可能是唯一一部可以获得极大阅读乐趣的作品。他的《玛雅人》(*The Maya*)一书(自1966年首次出版以来,随着日后不断出现的新发现,每一版都需要进行大量的修订)颇具权威性,大卫·德鲁(David Drew)的《玛雅诸王的失落编年史》(*The Lost Chronicles of the Maya Kings*, 1999)也是如此。詹姆斯·J. 艾默斯(James J. Aimers)发表于《考古研究杂志》(*Journal of Archaeological Research*, 15, 329–377, 2007)上的论文《何谓"玛雅崩溃"？——古典末期玛雅低地的变易》（"What Maya Collapse? Terminal Classic Variation in the Maya Lowlands"）探讨了玛雅文明究竟遭遇了什么，颇有洞见。[1]

马库斯·雷迪克（Marcus Rediker）在《魔鬼和蓝色深海之间》（*Between the Devil and the Deep Blue Sea*, 1993）和《列国恶棍》（*Villains of All Nations*, 2004）中写了关于加勒比海盗的故事。

1972 款奥兹莫比尔 98 的车主手册有时可以在易趣网（eBay）上买到。

---

1 该文认为古典末期（公元 900 年左右），多个地区的玛雅文明的确遭受了重大变故，但作为一个整体的玛雅文明并未崩溃，目前这是学界的共识。

译名对照表

212

Plumed Serpent, The《羽蛇》

Policemen 警察

Pop, Iggy 伊吉·波普

Popocatépetl volcano 波波卡特佩特尔火山

Portillo, López 洛佩斯·波蒂略

Power and the Glory, The《权力与荣耀》

Prawns 对虾

Prescott, William Hickling 威廉·希克林·普雷斯科特

Psycho (film)《惊魂记》(电影)

Queen 皇后乐队

Queretano ridge 克雷塔诺山脊

Quetzalcoatl (god) 克察尔科亚特尔 / 羽蛇神

Ragga Gal (sailing boat) "雷鬼小子"号 (帆船)

Railways 铁路

Ramsey's Caye 拉姆塞岛

ranch life 牧场生活

Rancho Grande 大牧场

Rastafarians 拉斯特法里派信徒

Reed, John 约翰·里德

Rendezvous Caye 集合点岛

Rio Grande 格兰德河

Rivera, Diego 迭戈·里维拉

Road Runner (cartoons)《飞奔鸟和大郊狼》

(动画片)

Robbery Under Law: The Mexican Object-Lesson《法律之下的抢劫：墨西哥实物教学》

Roeg, Nicholas 尼古拉斯·罗伊格

Russell, Ken 肯·拉塞尔

Sabina, Maria 玛丽亚·萨宾那

sacrifices, human 人祭

sailing 航行

St George's Caye 圣乔治岛

San Blas 圣布拉斯

San Ignacio 圣伊格纳西奥

San Juan 圣胡安

Sandinista rebels 桑地诺起义军

sawmills, working in 在锯木厂工作

Sergeant's Caye 中士岛

Sex Pistols, The 性手枪乐队

Sierra Madre 马德雷山脉

Simmonds Caye 西蒙斯岛

snorkelling 浮潜

Somoza, President Anastasio 安纳斯塔西奥·索摩查总统

South American Handbook《南美手册》

Spanish conquest 西班牙征服

Spanish Lookout Caye 西班牙瞭望台岛

Spanish treasure galleons 西班牙宝船

spider, tarantula 狼蛛

译后记

　　在本书叙述的第一段旅程中，汤姆森还是一个十八岁的少年，初到异国他乡，无知无畏。后来，他成了著名的旅行文学作家，还是制片人和考古探险家。此时提笔追溯往事，身份的叠加让他的思考与写作也具有了多重维度。读者既能从中感受到浪漫精神和传奇色彩，也能有一些历史和文化层面的收获。

　　在跨洋航班上，头等舱的陌生人向他简单描述了那个国度，还传授了一部"致富经"。未成曲调先有情。在旅行正式展开前，他脑海里已经有了无限遐思。等到拿到那部奥兹莫比尔，轮胎开始碾过墨西哥大地时，他才发现这个国家是如此广袤。

　　伴随着作者的行走，墨西哥的国土从北向南摊开在读者面前。其间夹杂着阿兹特克人、玛雅人和西班牙征服者的历史，还有墨西哥大革命的剪影。古代帝王、殖民者和革命的弄潮儿依次登场。

　　关于本书的内容和作者的经历，罗老师在推荐序中已有概述。我想大体勾画一下墨西哥的历史，让读者脑海中能有一个比较宏观的坐标系。

　　在拉美诸国中，中国游客数量最多的就是墨西哥了，但和去欧美以及东亚、东南亚邻近国家的游客规模相比，绝对数量还是非常少。大部分中国人对墨西哥缺乏了解，用李慎之先生当年的话说，就是"抽象的概念多于具体的知识，模糊的印象多于确切的体验"（《剑桥拉丁美洲史》中文版前言，1990）。对于普通民众而言，仅有的一些了解可能还是来自欧美文艺作品中对墨西哥的刻画。

从文明的源头说起，哈佛大学遗传学家大卫·赖克在《人类起源的故事》（浙江人民出版社，2019）在"追寻美洲原住民的祖先"一章中追溯了原始人类在美洲的繁衍和散播，他指出：跟人类在非洲和欧亚大陆漫长的居住史相比，人类在美洲的居住史短暂得就像是一瞬间而已。大约在 1.5 万年以前，亚洲人类越过北方冰盖区，跨过白令陆桥到达美洲，然后一路南下，最南到达火地岛。在漫长的历史发展过程中，几大本土文明逐渐诞生。

古代美洲三大文明中的玛雅文明和阿兹特克文明都在墨西哥境内。当然，玛雅文明还延伸到了墨西哥南面的危地马拉、伯利兹、洪都拉斯和萨尔瓦多等国。前些年掀起颇多讨论的 2012 末日说就诞生自阿兹特克创世说与玛雅日历推演的结合。

阿兹特克帝国存在于 15 世纪至 16 世纪，统治中心在墨西哥谷地，大体位于现在的墨西哥城和墨西哥州东半部。谷地周围群山环绕，前哥伦布时期的文明中以阿兹特克文明最为强盛。帝国的统治主体是墨西加人，"阿兹特克"是德国博物学家亚历山大·洪堡创造的词，现在用来泛指墨西哥谷地一带使用纳瓦特语（Nāhuatl）的诸民族。阿兹特克名为"帝国"，实际上是一个结构较为松散的城邦联盟，其中以特诺奇蒂特兰城的墨西加人实力最强。

1519 年，西班牙征服者埃尔南·科尔特斯在尤卡坦半岛上的韦拉克鲁斯登陆，当时他只有一百名船员和五百三十名士兵，多数人只装备了剑和盾。除去阴谋和疾病，相比于效率差、故障率高的火枪，铁剑和战马才是暴力征服过程中起决定性作用的因素。

一些说法认为当时的阿兹特克人将乘坐巨帆大船渡海而来的西班牙人奉若神明，且对即将到来的灾难毫无察觉。美国历史学家卡米拉·汤森（Camilla Townsend）在其新著《第五个太阳：阿兹特克新史》（*Fifth Sun: A New History of the Aztecs*）中批驳了这类说法。西班牙人到来时，蒙特祖玛二世已经意识到双方技术的差距和对方的危险性，想以财物换取和平，正如周边其他部落对阿兹特克所做的那样。但殖民者的贪欲和暴虐让蒙特祖玛的计划未能实现。1521 年 8 月 13 日，蒙特祖玛二世的兄弟、末代皇帝夸乌特莫克向科尔特斯投降，帝国彻底覆灭。

攻陷特诺奇蒂特兰城后，科尔特斯将目光转向了玛雅人，派佩德罗·德·阿尔瓦拉多南下经略，征服了危地马拉。自 1527 年起，弗朗西斯科·德蒙特霍父子经过数十年的连番进攻，终于在 1546 年完全征服了尤卡坦半岛北部。1697 年，最后一座玛雅城邦陷落，至此西班牙人完全摧垮了玛雅人的古典城邦政治，其文明区域尽数被纳入新西班牙总督区，成为世界上第一个"日不落帝国"的一部分。

在被西班牙统治了三百年后，墨西哥于 1821 年赢得了独立，所以今年也是墨西哥独立战争胜利两百周年。1910 年，以反抗独裁者波菲利奥·迪亚斯为起点爆发的墨西哥革命则是 20 世纪第一场全面革命，革命引发的动乱直到 1934 年拉萨罗·卡德纳斯就任总统后才算平静下来。

我在墨西哥时，曾去墨西哥城郊外的特奥蒂瓦坎遗址看过月亮金字塔和太阳金字塔，也在奇琴伊察和图卢姆等遗址感受了玛雅建筑的壮美，还在国家历史博物馆和人类学博物馆中看到了巨量的珍贵文物，其中很多雕塑、绘画、器物和其上的画符与我国古代的同类作品颇为近似，让人惊奇不已。一些中外学者基于此提出了上古时期中国人移民墨西哥的猜想。针对此类假说，我国著名美洲史专家罗荣渠教授曾在1980年代发表《扶桑国猜想与美洲的发现——兼论文化传播问题》一文予以廓清。

同源之说虽然尚待研究，但中墨两国的交往和友谊却已是年深日久。自1565年至1815年间，明清时期中国的瓷器等商品通过航行于菲律宾与墨西哥阿卡普尔科港之间的马尼拉大帆船运抵墨西哥及西欧。同时也将大量的美洲白银经菲律宾中转输入到中国。

相比于汤姆森首度游历的土地，今天的墨西哥虽然依然存在大片的荒蛮之地，存在着严重的发展不平等，但总体而言，要繁华现代很多，但也少了因荒蛮和野性带来的惊心动魄。

范文豪

图书在版编目(CIP)数据

龙舌兰油:迷失墨西哥/(英)休·汤姆森著;范文豪译.—北京:商务印书馆,2021(2021.12 重印)
(远方译丛)
ISBN 978 - 7 - 100 - 19755 - 7

Ⅰ.①龙… Ⅱ.①休… ②范… Ⅲ.①游记—作品集—英国—现代 Ⅳ.①I561.65

中国版本图书馆 CIP 数据核字(2021)第 057374 号

远方译丛

龙舌兰油:迷失墨西哥
〔英〕休·汤姆森 著
范文豪 译

商 务 印 书 馆 出 版
(北京王府井大街 36 号 邮政编码 100710)
商 务 印 书 馆 发 行
北京市十月印刷有限公司印刷
ISBN 978 - 7 - 100 - 19755 - 7

2021 年 5 月第 1 版 开本 880×1230 1/32
2021 年 12 月北京第 2 次印刷 印张 7⅜
定价:45.00 元